The Schooldays of Jesus

J. M. Coetzee

イエスの学校時代

J・M・クッツェー

鴻巣友季子 訳

早川書房

イエスの学校時代

THE SCHOOLDAYS OF JESUS
by
J. M. Coetzee

Translated by
Yukiko Konosu
First published 2020 in Japan by
Hayakawa Publishing, Inc.
This book is published in Japan by
arrangement with
Peter Lampack Agency, Inc.
350 Fifth Avenue, Suite 5300
New York, NY 10018 USA.
through Tuttle-Mori Agency, Inc., Tokyo.

一説によれば、後篇がうまくいった例しはない。

『ドン・キホーテ』後篇第四章

第一章

エストレージャはもっと大きなところだと思っていた。地図で見ると、ノビージャと同じ大きさの点で記されている。ところが、ノビージャが〝都市〟だとしたら、エストレージャはまとまりのない田舎町で、野山と果樹園にかこまれ、その間をよどんだ川がくねくねと流れているばかりだ。

このエストレージャで新生活を始められるのか？　ノビージャでは、〈移転課〉に頼めば、住居の手配をしてくれた。ここで、自分とイネスとこの子の三人が落ち着く先を見つけられるだろうか？　〈移転課〉は慈愛にあふれている。親身にならない慈愛だが、慈愛の塊と言ってもいいぐらいだ。とはいえ、その慈愛は法を犯した逃亡者にもおよぶものだろうか？

ここまでの道すがら拾ったヒッチハイカーのファンによれば、どこかの農園で雇ってもらったらどうか、とのこと。どこの農園も働き手はほしいはずだと言う。大きめの農園なら、季節労働者向けの寮だってあるだろう。オレンジの季節でなければ、リンゴがあるし、リンゴの季節でなければ、ブドウがある。エストレージャとその周辺は正真正銘、豊穣の地だから。もしよければ、友だちが前に働いていた農園に案内するよ。

シモンはイネスと目交ぜで問いかけあう。ファンのアドバイスに従うべきだろうか？　金銭面の心配はいらない。彼の懐中にはたっぷりお金があるから、ホテルに泊まるのも問題ない。とはいえ、ノビージャの当局が本当に追ってきているなら、名もなき渡り労働者たちの間にまぎれているほうが安全だろう。

「いいんじゃない」と、イネスが言う。「その農園に行ってみましょ。もう車の中に押しこめられているのはうんざりよ。ボリバルも運動させないと」

「それには同感だ」シモンも応じる。「しかし、農園というのはホリデーキャンプみたいなものじゃない。炎天下で、一日中、果物の実をもいで過ごすんだぞ。きみ、だいじょうぶか？」

「自分のノルマはこなすわよ。それ以上でも以下でもなく」と、イネス。

「ぼくも果物もいでいい？」少年が尋ねる。

「残念だけど、おまえは無理」ファンが答える。「法律に触れるから。〝児童労働〟になるだろ」

「ぼくは、〝ジドーロードー〟になったっていいよ」少年は答える。

「きっと農園の人がもがせてくれるさ」シモンが言う。「でも、あんまりたくさんはだめだ。労働にならない程度にな」

四人は目抜き通りを通って、エストレージャの中心を車で抜けていく。ファンは市場や、役所や、ささやかな博物館やアートギャラリーを指さす。橋をわたり、町を後にして川沿いに走っていくと、丘の斜面に堂々たる屋敷が見えてくる。「あれが、おれの言った農園だよ」ファンが言う。「あそこで友だちは職にありついたんだ。裏にいい、いい、いいレフーヒオがある。見かけはしけてるけど、じつはけっこう住み心地がいいんだ」

隠れ家《レフーヒオ》とは、細長いトタン小屋を二軒、屋根つきの渡り廊下でつなげたものだ。片側に、沐浴場がある。シモンは車を駐める。だれも迎えに出てこないが、灰色の犬が脚をつっぱらせて、鎖が届くかぎり寄ってくると、黄ばんだ歯をむいて唸ってくる。

ボリバルがむくりと起きあがって、車から滑りでる。遠目に見知らぬ犬を検分してから、相手にする必要なしと結論。

少年は小屋に飛びこんだかと思うと出てきて、大声を出す。「二段ベッドがあるよ！　上の段に寝ていい？　お願い！」

ここでようやく、赤いエプロンに、もっさりした木綿のワンピースを着た大柄な女が、農家の裏手からあらわれて、よたよたと近づいてくる。「いらっしゃい！」一切合切を積みこんだ車をひとわたり眺めて、「遠くから来たらしいね？」と言う。

「そのとおりです。こちらに働き口がないかと思いまして」

「うちは、働き口ならいつでもある。人手が多けりゃ仕事は楽になる――ものの本にもそう書いてあるじゃないの？（英語の古い諺）」

「ご厄介になるのは、わたしと妻だけです。こちらの友人は自分の仕事がありますので。こいつは息子のダビードです。それで、こっちの犬はボリバル。ボリバルを置いてもらえる場所はありますか？　家族の一員なんです。彼なしでは、わが家は立ち行きません」

「ボリバルって、本名なんだよ」少年が口をはさむ。「アルサティアンって種類なんだ」

「ボリバルか、いい名前だね」女性は言う。「たしかに変わってるけど。うちに置いてあげてもいいよ。ただし、行儀よくすること、残飯でがまんすること、けんかしないこと、鶏を追っかけないこと。働き手たちはいま、畑に出払っているけど、宿舎を案内させてもらいますよ。左の棟が紳士用、右の棟が婦人用。家族部屋はあいにく用意がないもんで」

「じゃ、ぼくは紳士のほうだ」少年が言う。「シモンが、二段ベッドの上に寝ていいって。シモンはね、ぼくの父さんじゃないんだけど」

「どうぞ、ぼくのお好きなように。場所はたっぷりあるから。じきにほかのみんながもどって——」

「シモンはぼくの本当の父さんじゃないし、ダビードもぼくの本当の名前じゃないんだ。本当の名前、知りたい？」

女性は面食らった顔でイネスを見るが、イネスは気づかないふりをする。

「車中でゲームをやっていたんですよ」シモンがひきとる。「暇つぶしに。それぞれに新しい名前を考案していたんです」

女性は肩をすくめる。「じきに昼時でみんなもどってくるから、自己紹介したらいい。給金は男女一律で、一日二十レアル。一日というのは、日の出から日暮れまでで、途中に二時間の休憩。週の七日目は休み。これが自然の法則で、人間はこれに従うものだ。食事に関しては、食糧は提供するから、自分たちで調理すること。この条件でかまわないね？　やっていけそう？　果樹園の収穫仕事は経験があるの？　ない？　まあ、すぐに覚えるよ。むつかしい技は必要ない。ところで、帽子は？　帽子は必要だね。このあたりは日射しがすごく強いから。ほかに知りたいことは？　わたしなら、あっちの大きな家にいつもいるから。名前はロベルタ」

「どうぞよろしく、ロベルタ。わたしはシモン、こちらはイネス、それからこの人はファン。道案内をしてくれただけなので、これから町まで送ります」

「農園へようこそ。おたくらならきっとうまくやって行けるよ。自分の車があるのは便利だしね」

「はるばるここまでわれわれを運んでくれた。律儀な車です。車としてはなにより有難いことですよ、律儀というのは」

車から荷下ろしが終わるころには、働き手たちが畑からばらばらばらともどってきた。ひとわたり自己紹介が済むと、ファンもふくめて昼食を勧められる。自家製のパン、チーズ、オリーブ、果物を大きなボウルに何杯も。同僚はざっと二十人ほどで、なかには五人の子持ちの家族もおり、ダビードはテーブルのこちら側から、用心深く子どもたちを観察する。

ファンをエストレージャに送っていく前に、シモンは寸時、イネスとふたりきりで話す機会をとらえて、「どう思う？　ここでやっていけそうかな？」と、小声で問う。

「良さそうな所じゃない。わたしはしばらくここでようすを見るつもりだけど。でも、将来の計画は立てないとね。わざわざ肉体労働をしに、こんな遠くまで来たわけじゃないもの」

この問題については、ふたりはこれまでも討議してきた。法の手に追われているなら、慎重に行動すべきだ。しかし本当に追われているのか？　追手を恐れる理由はあるのか？　六歳のだらけ坊主をとっ捕まえるのに最果ての僻地まで役人を放てるほど、司法局は人手があまっているだろうか？　文字のひとつも読めなくなるわけじゃあるまいし、子どもがひとり学校に行こうが行くまいが、ノビージャの当局にとって現実問題になるだろうか？　シモンは疑問に思っている。だが、その一方、もし追跡の的がだらけ坊主ではなく、彼の両親を詐称して学校に通わせないでいる男女だとしたら？　追われているのが子どもではなく、自分とイネスだとしたら、追手が疲れ切って追跡を投げだすまで、身を潜めているべきではないか？

「ひとまず、一週間、肉体労働とやらをやってみようじゃないか。それから再考しても遅くはない」シモンはそう提案する。

ファンをエストレージャまで車で送り、活版所を経営しているという友人たちの家でおろしてやる。農園にもどると、新たな環境を探索していたイネスとダビードに合流する。果樹園に入り、大きな植木鋏や剪定刀の使い方の秘訣を伝授される。ダビードは同僚の子たちに誘われて、どこへともなく消えていく。夕食のころ帰ってきたときには、腕や脚が擦り傷だらけになっている。木登りをしたんだよ、とのこと。イネスが傷口に消毒液を塗ろうとするが、拒否される。夕食後は同僚たちにならって、早々と部屋に引きあげ、ダビードは望みどおり、二段ベッドの上の段で寝る。

翌朝はトラックが着くまでに、イネスとシモンは手早く朝食を済ませるが、ダビードはまだ眠くて目をこすっており、朝食の席にはつかない。シモンらは新たな仲間たちとともにトラックに乗りこみ、ぶどう畑に運ばれていく。畑では同僚の手順にならい、籠を背中にしょって、収穫作業にかかる。

おとなたちが働いている間、子どもたちには仕事もなく、好きなように過ごす。五人きょうだいの長子はやせっぽちで背の高いベンギという名の男の子で、黒いくせ毛をもじゃもじゃさせている。この子に率いられ、丘の斜面を駆けあがって、ぶどう畑が水を引いている盛り土の貯水池まで行く。すると、水面を泳いでいたカモたちが驚いて飛び立つが、まだ幼くて飛べない子ガモを抱えたつがいは残る。逃げようとして、遠くの対岸へと子ガモたちを追い立てていくが、いかんせん動きがのろい。ヒューヒューと歓声をあげる人間の子どもらに先回りされ、仕方なくまた貯水池の中央へ子ガモを押しもどそうとする。そこへ、ベンギが石を投げ始める。年下の子らはそれを真似る。カモたちは逃げ惑って、うるさく鳴きながらぐるぐる旋回する。ひときわ目立つ色合いの雄カモに、石が当る。カモは飛び立ちかけたが、力なく水面に落ち、折れた片翼を引きずりながら水しぶきを立てて動きまわる。ベンギは勝利の雄叫びをあげる。新たな石つぶてと土だんごが、どっとばかりに投げられる。

シモンとイネスは騒ぎ声に訝って、作業の手を止める。ほかの摘み手たちは気にとめない。「なんの騒ぎだと思う？」イネスが言う。「ダビード、だいじょうぶかしら？」

シモンは籠をおろすと、斜面をふうふう言いながら登り、貯水池に着いたところでその場面を目撃する——ダビードが年かさの子を強く突き飛ばし、男の子はよろめいて倒れそうになる。「やめろよ！」と、ダビードが叫ぶのが聞こえる。

男の子は突き飛ばしてきた子を唖然として見つめているが、すぐに向きなおって、新たな石をカモたちに投げつける。

すると、ダビードが靴も衣服も着けたまま足から水に飛びこみ、水しぶきを立てながらカモたちのほうに近づいていく。

「ダビード！」シモンは大声を出す。ダビードはそれを無視する。

ふもとのぶどう畑にいたイネスも籠をおろして駆けだす。彼女が全力を出すのを見るのは、一年前のテニスコート以来、久しぶりだ。とはいえ、遅い。肉がついたのだろう。

どこからともなく大きな犬があらわれ、イネスの横を矢のように駆け抜けていく。あっというまに貯水池に飛びこみ、ダビードに追いつく。そのシャツを口にくわえると、ばたばたと暴れて抵抗する子を岸へと引っ張っていく。

イネスが到着する。犬は〝伏せ〟の姿勢で耳を立て、イネスを注視して指示を待つ。一方、ずぶ濡れになったダビードはわめきながら、両の拳で犬をぶち、「ボリバルなんか嫌いだー！」と叫ぶ。

「あの男の子、石を投げていたんだよ、イネス！　カモを殺そうとしたんだ！」

抵抗するダビードをシモンが抱きあげる。「いいから、落ち着いて。カモは死んでいないよ。ほら、ごらん！　こぶが出来ただけだ。すぐに良くなる。さあ、きみたち、もうむこうに行って、カモたちをそっとしておいてやれ。カモにはカモの生活がある。それから、ダビード、ボリバルに『嫌いだ』なんて言ってはいけない。ボリバルを愛しているんだろう。もちろん、ボリバルもきみを愛している。きみが溺れかけていると思ったんだよ、ボリバルは。きみを助けようとしたんだ」

ダビードは怒って、シモンの腕を振りほどく。「ぼくはカモを助けようとしていたんだ。ボリバルなんか呼んでないよ。ボリバルはバカだ、バカな犬だ。だったら、シモンがカモを助けてよ。助けにいってよ！」

シモンは靴とシャツを脱ぐ。「どうしてもと言うなら、やってみよう。しかし、これだけは指摘しておく。カモの考える『助ける』と、きみの考える『助ける』は意味が違うかもしれないぞ。カモの『助ける』は、人間がそっとしておくことかもしれん」

その頃には、ほかの摘み手たちも集まってきている。シモンに、「よせよ、おれが行くから」と、彼より年若い男が制止する。

「いや、ご親切はありがたいが、うちの子の問題だからね」シモンはズボンも脱ぎ捨て、パンツ一枚になって、泥色に濁った水をかきわけていく。ボリバルが水しぶきもたてず寄ってきて、脇につく。「もどりなさい、ボリバル。助けてもらう必要はない」シモンは小声で指示する。

摘み手たちは岸辺に人垣をつくり、もう若くはない紳士――かつて港湾の荷役をしていたころのような体力もない――が、子どもの命令で池に入っていくのを眺める。

水は深くない。いちばん深いところでも、水位は胸のあたりだ。ところが、池の底はずぶずぶと柔らかく、なかなか前に進まない。こんな調子では、羽根を折られてもがき、水しぶきをたてて不規則な旋回をするカモを捕まえられるわけがない。いわんや、母ガモに追いつけるはずもなく、すでに母ガモは子ガモたちを率いてはるかむこう岸に着き、茂みの下生にすばやくもぐりこんでいる。

任務を代行してくれたのはボリバルだ。頭だけを水上に出し、幽霊のようにすーっと脇を泳いでいくと、手負いの鳥を捕まえ、水面に力なくたれた片翼をしっかりくわえて、岸辺へと曳いていく。カモは最初のうちこそ、バタバタと飛沫をあげて抵抗していたが、観念して運命を受け入れたのか、突如、静かになる。シモンが水からあがる頃には、カモは、さっき自分が代わりにいくと申し出てくれた若者の腕に抱かれ、取り巻く子どもらに好奇の眼でじろじろ見られている。

太陽は中天にあるというのに、ちっとも身体が温まらない。シモンは震えながら衣服を身につける。ベンギは石を投げつけた騒動の張本人のくせに、なすがままになったカモの頭をなでてやる。

「ひどいことをしてごめんなさいって、カモに言えよ」若者がベンギに言う。

「ごめんなさい」ベンギはぼそぼそと謝る。「羽根を治してあげられる？　そえ木をくくりつけたら？」

若者は首を横にふる。「こいつは野生の生き物だ。そえ木なんか当てさせようとしないだろう。

それでいいんだ。死ぬ覚悟はもうできてる。受け入れているんだ。こいつの目を見てみろ。すでに死んでいる」

「ぼくの寝棚《バンク》に寝かせればいい」ベンギが言う。「治るまでエサをあげるから」

「後ろを向いてろ」若者は言う。

ベンギはきょとんとしている。

「後ろを向いてろ」若者はもう一度言う。

ダビードの体を拭いていたイネスに、シモンは小声で言う。「見せるな」

イネスは少年の顔を自分のスカートに押しつける。ダビードは抵抗するが、イネスは力をゆるめない。

若者はカモの体を膝のあいだにはさむ。手早い動きひとつで終了する。カモの頭がぶらんとたれる。目に膜が張ったようになる。若者は翼ある骸《むくろ》をベンギに手わたし、「埋めてきてやれ」と命ずる。「さあ」

イネスがダビードを放す。「きみも行きなさい」シモンは少年に言う。「埋める手伝いをするんだ。ちゃんと葬ってやれるように」

しばらくのち、ぶどう畑で作業をするシモンとイネスを探して、ダビードがやってくる。

「気の毒なカモは埋めてやれたんだね?」シモンは尋ねる。

少年は首を振る。「穴を掘ってあげられなかったんだ。スコップがなかったから。ベンギが茂みに隠したんだよ」

「困った子だ。今日の仕事が終わったら、わたしが埋めてこよう。そこまで案内してくれ」

「なんであんなことしたの？」

「どうしてあの若者がカモの苦しみを終わらせたか、って？　さっき話したろう。あの鳥は羽根が折れていては、生きていけないんだ。餌を与えても拒んだろう。じきに衰弱して死んでしまう」

「そうじゃなくて、ベンギはなんであんなことしたの？」

「きっと傷つけるつもりはなかったんだ。ただ石を投げて遊んでいたら、あんなことになってしまった」

「子ガモたちも死んじゃうの？」

「そんなことはないさ。世話をしてくれるお母さんがいるからね」

「でも、だれがミルクをあげるの？」

「鳥はわれわれとは違うんだ。ミルクは飲まない。どっちみち、ミルクをあげるのはお母さんだろう、お父さんではなく」

「パドリーノ（代父）を見つけるの？」

「それはどうかな。鳥の世界にパドリーノはいないだろう。ミルクがないのと同じだ。パドリーノは人間が作りだした制度だからね」

「悪いと思ってないんだよ、ベンギは。口では、ごめんなさいって言ってたけど、本当はそんなこと思ってないんだ」

「どうしてそう思う？」

「だって、カモを殺すつもりだったんだ」

「それは違うと思うよ、坊や。きっと自分でもよくわからないままやってしまったんだ。男の子はよく石を投げるだろう。そんなふうに気軽に投げただけで、本気でだれかを殺そうとしたわけじゃない。やってしまってから、カモがどんなにきれいな生き物で、自分がどんな酷いことをしてしまったかに気づいて後悔し、申し訳ないと思ったんだろう」

「本当は思ってないんだよ。ぼくにそう言ってたもん」

「いまは思っていなくても、そのうち痛感するさ。良心の呵責にたえられなくなる。人間というのは、そういうふうに出来ているんだ。悪いことをしたら、楽しめない。良心が働くからね」

「でも、目がきらきらしてたよ！　ぼく、見たもん！　きらきらした目で、石を力いっぱい投げてた。カモをみんな殺すつもりだったんだ！」

「〝きらきらした目〟がどんなものかわからないが、たとえ、目をきらきらさせて石を投げつけたとしても、だから本気で殺すつもりだった、とは言えない。人間は結果を承知のうえで行動できるとは限らないんだ。とくに幼いうちはそうだ。あの子、手負いのカモは自分が世話をするって、寝棚に置いてやるんだって言ってたじゃないか。そこを忘れちゃいけない。彼にそれ以上、なにができた？　投げた石を投げなかったことにできるか？　それは無理だ。過去を取り消すことはできない。起きたことは起きたことだ」

「でも、カモを埋めてあげなかったよ。茂みに放りだしてきた」

「その点は悔やまれるが、あのカモは死んだんだ。生き返らせることはできない。今日の作業が終わり次第、いっしょに行って埋めてやろう」

「ぼくはカモにキスしたかったのに、ベンギがだめだって。汚いからって。ぼく、どっちみちキスしてきたけどね。茂みに入って、キスしたんだよ」

「良いことをしたな。そう聞いてうれしいよ。カモだって、死んだ後もだれかに愛されてキスされたと思えば、うれしいだろう。きちんと埋葬してくれたとわかれば、それも大いに意味がある」

「埋めるのはシモンがやってよ。ぼく、埋めたくない」

「いいとも、わたしがやろう。あしたの朝、もう一度、墓を見にいってみて、もし墓がからっぽで、カモの一家が父さんも母さんも子どもも一羽も欠けずにそろって池を泳いでいたら、きみのキスが効いたってことだ。キスで死者が甦ったってことだ。けど、あのカモの姿が、カモの一家の姿が見えなければ――」

「カモにはもどってきてほしくないよ。もどってきたら、またベンギに石を投げられるだけだもん。あいつ、悪いと思ってないんだ。ごめんなさいって振りをしてるだけ。ぼくにはちゃんとわかってるのに、シモンは信じようとしない。ぼくのこと、いっつも疑うよね」

スコップもつるはしも見当たらないので、トラックからタイヤレバーを借りる。少年が先に立って、骸の横たわる茂みへ案内する。羽根はすでにつやを失い、目に蟻がたかっている。ひどく固い土にレバーを叩きつけて穴を掘る。充分な深さは掘れず、お世辞にもまともな埋葬とは言えないが、息絶えた鳥をそこに横たえ、土をかけてやる。水かきのある足が硬直して、土から突きだしている。シモンは小石を集め、墓の上に並べてやる。「これで、どうかな。やるだけのことはやった」と、ダビードに言う。

翌朝、墓の場所を訪れてみると、小石は散らばり、カモの骸は消えている。いたるところに羽根が落ちていた。探してみるが、見つかったのは、目のない頭部と一本の足だけだ。「申し訳ない」シモンは言って、重い足取りでぶどう畑の仲間たちのもとへ行く。

第二章

それから二日して、ぶどうの収穫が終わる。トラックが収穫されたぶどうをすっかり運び去る。

「あんなにいっぱいのぶどう、だれが食べるの？」ダビードが強い口調で尋ねる。

「食べるんじゃないんだよ。圧搾機で圧搾して、その果汁をワインにするんだ」

「ワインって、きらい」ダビードは言う。「すっぱいよ」

「ワインの味を覚えるには時間がかかる。子どものころは美味しいと思えなくても、大きくなるにつれ、そういう味覚を獲得するんだよ」

「ぼくは、そういうみかく、かくとくしないもん」

「言ったな。見てのお楽しみだ」

ぶどうの実をすっかり収穫してしまうと、つぎはオリーブ畑へ。ここではネットを広げ、長い鉤棒を使って、オリーブを収穫する。作業はぶどう畑よりもきつい。シモンは昼休みを心待ちにする。さらに午後の労働は長く、日射しは耐えがたく、ちょくちょく手を止めて水を飲み、疲れをとらないともたない。ほんの数か月前には、埠頭で荷役をやり、汗ひとつかかずに重たい積荷をかついでいたなんて、自分で信じられない。背中にも腕にもあのころの力はなく、心臓は鈍く打ち、作業中に折った肋骨の痛みに苛まれる。

肉体労働に不慣れなイネスはきっと文句を言い、弱音を吐くだろうと思いきや、意外にも日がな、彼に遅れず働き、潑剌とは言わないまでも、不満は漏らさない。いまさら言われるまでもなかろうが、そもそもノビージャの街を逃げだし、ジプシー暮らしを始めようと言いだしたのはイネスなのだ。いまごろは、ジプシー暮らしが骨身にしみていることだろう。日の出から日の暮れまで、他人の畑で汗水たらして働き、ようやく一日ぶんのパンを得、数レアルが懐に入る。

とはいえ、少なくとも少年は楽しい時間を過ごせている。この子のために街を逃げだしてきたのだ。ダビードはあの事件後、いっときは孤高に距離をおいていたが、じきにまたベンギたちの仲間入りをし、それどころか、ベンギに代わってリーダーの地位についたようす。いまでは、命令を出すのはダビードで、ベンギと子分たちはそれにおずおずと従う。

ベンギには妹が三人いる。三人ともそっくり同じキャラコのスモックを着て、ピッグテールの髪型もそっくりなら、それを結う赤のリボンもそっくりだ。男の子たちの遊びには必ず混ざってくる。ノビージャの学校では、ダビードは女子との関わりはいっさい拒否し、「あいつら、いつも内緒話をしてクスクス笑ってるんだ。ばかじゃないの」と、イネスに言ったものだ。ところが、こうして初めて一緒に遊んでみると、ばかとはみじんも思っていないようす。ダビードはあるゲームを考案する。オリーブの木立に接した小屋の屋根に樹伝いによじ登り、そこから手近な砂山に飛び降りるのだ。ときおりダビードは三人姉妹の末っ子と手をつないで飛び降り、ふたりで手足をもつれさせてころがった挙句、楽しそうに笑いながら立ちあがる。

末っ子はフロリータといい、ダビードの行くところどこへでも影のようにくっついてまわる。ダビードも追い払うようなそぶりは見せない。

あるとき昼休みに、オリーブの摘み手が末っ子をからかって、「ノービオができたみたいね」と言う。フロリータはおごそかな目でその女を見返す。ノービオ（恋人、許婚）という語の意味がわからないのだろう。「なんて名前なの、あなたのノービオは？」フロリータは顔を赤くして、駆けだしていく。

女の子たちが屋根から飛ぶと、スモックが花びらのようにめくれ、これまたそっくり同じ薔薇色のパンツが丸見えになる。

収穫したぶどうはまだたっぷり――籠にいくつも――残っている。子どもたちはそれを口につめこみ、手や顔を甘い果汁でべとべとにする。ダビードだけは一度にひと粒しか口に入れず、種を吐きだし、あとで几帳面に手を洗う。

「ダビードがみんなのマナーのお手本ね」と、イネスが言う。本当は、〝わたしの坊やの〟と冠したいのだろう。その気持ちが手にとるようにわかる。〝賢くてマナーの良いわたしの坊や。あんなハナタレ小僧たちとは大違いよ〟と言いたいのだ。

「たしかに、急におとなびてきたな」シモンも認める。「ちょっと急すぎるかもしれない。いささか態度が過ぎるというか」と、ここで次の語をためらってから続ける。「ひどく強権的で、横柄なことがある。少なくともわたしはそう感じるんだが」

「男の子だもの。個性が強いのよ」

ジプシー暮らしはイネスに合わないかもしれないし、シモンには明らかに合わないが、少年には間違いなく合っている。こんなに活発で、エネルギーにあふれた姿は見たことがない。早起きをして、もりもり食べ、一日中友人たちと外を駆けまわっている。イネスがキャップをかぶせようとするが、じきに失くしてしまい、二度と出てこない。生白かった子が、いまでは木の実のようにこんがり日焼けしている。

いちばん仲が良いのは末っ子のフロリータではなく、姉のマイテだ。マイテは七歳で、ダビードより数か月上になる。三人姉妹のなかでいちばんの美人で、いちばん考え深い性格だ。

ある夜、ダビードはイネスにこっそり相談する。「マイテに、おちんちん見せてって言われたんだけど」

「それで?」

「ぼくがおちんちん見せたら、マイテもマイテの〝あそこ〟を見せてくれるって」

「もっとベンギと遊びなさい」イネスは言う。「女の子とばかり遊んでいてはだめよ」

「マイテとは遊んでないよ。おしゃべりしてるだけだ。ぼくのおちんちんをマイテのあそこに入れたら、マイテに赤ちゃんができるんだって。それ、本当?」

「いいえ、でたらめよ。マイテの口をだれか石鹼で洗ってやるべきね」イネスは答える。

「みんなが寝たらロベルトが女の人の部屋に来て、マイテのお母さんのあそこにおちんちんを入れるんだって」

イネスが途方に暮れた目でシモンを見てくる。

「おとなたちのすることは、ときに変てこに映るかもしれない」シモンが口をはさむ。「きみも大きくなったら、理解できるよ」

「マイテのお母さんはロベルトのおちんちんに風船をつけさせて、赤ちゃんができないようにしてるんだって」

「うん、それは正しい。そういうことをする人もいる」

「シモンもおちんちんに風船をつけるの？」

イネスは立ちあがって、どこかへ行ってしまう。

「わたしが？　風船を？　いいや、まさか」

「だったらさ、イネスに赤ちゃんができる？」

「坊や、きみがいま話しているのは、性交というものなんだ。性交は夫婦間でおこなうもので、イネスとわたしは結婚していない」

「でも、結婚してなくても、せいこうって出来るんでしょ」

「そのとおり、結婚していなくても性交はできる。しかし結婚せずに子どもをつくるのは、吉とされないかもしれない。一般的には」

「どうして？　そういう子はウエルファノ（孤児）になるから？」

「いいや、結婚していないお母さんのもとに生まれた子はウエルファノではない。ウエルファノとはまったくべつのものだ。こんな言葉をどこで覚えたんだ？」

「プンタ・アレーナス（ダビードが前に入れられていた全寮制の特殊学校。正しくはプント・アレーナス）だよ。プンタ・アレーナスの子たちはみんな、ウエルファノなんだ。ぼくも、ウエルファノなの？」

「いいや、違うとも。きみにはお母さんがいるだろう。イネスがきみのお母さんだ。ウエルファノというのは、両親のいない子のことだ」

「お父さんもお母さんもいないなら、ウエルファノはどこから生まれてくるの？」

「ウエルファノというのは、両親が亡くなって独りぼっちになった子のことなんだ。あるいは、お母さんに食べ物を買うお金がなく、世話をしてくれる他の家に彼がもらわれていくこともある。彼とは限らないな、彼女かもしれない。こういう場合は、ウエルファノになる。どうだ、きみはウエルファノじゃないだろう。イネスもいるし、わたしもいる」

「でも、シモンとイネスは本当の親じゃないでしょ。やっぱり、ぼくはウエルファノだ」

「ダビード、きみはわたしや周りの人たちと同じく、船でこの国に着いた。もとからここに生まれる幸運に恵まれなかった人々の一人だ。きみと同様、ベンギも妹も、どこかから船に乗ってここに来た。大海を渡ってくる途中で、過去の記憶は洗い流され、みんな真新しい人生をスタートさせる。そういう仕組みなんだ。〝以前〟というのは存在しない。歴史も存在しない。港の船着き場に着いてタラップを降りたら、〝今とここ〟の世界に突入するんだ。時間が動きだす。時計は時を刻みだす。きみはウエルファノじゃない。ベンギもウエルファノじゃないだろう」

「ベンギはノビージャで生まれたんだよ。そう言ってた。船なんか乗ったことないって」

「よかろう。ベンギと弟妹がここで生まれたというなら、彼らの歴史はここに始まる。よって、彼らはウエルファノではない」

「ぼく、船に乗る前のこと、思いだせるよ」

「それは前にも聞いたさ。海を渡ってくる前の人生を覚えているという人たちは大勢いる。しかしそうした記憶には問題があってね、きみは賢いから、どんな問題かわかるだろう。問題は、その人たちが覚えている記憶というのが、本物なのか、作られたものなのか、だれにも判別できないということだ。なぜなら、ときに作られた記憶というのは、本物の記憶と同じぐらい本物らしく感じるからだ。ことに、それが本物の記憶であってほしいと思っているときは。たとえば、海を渡ってくる前の自分はどこかの王さまか君主だったらいいな、と思ったとする。強く願ううちに、自分でも本当にそんな気がしてくるんだよ。とはいえ、その記憶は本物の記憶ではない。なぜって？　なぜなら、王さまになれる人というのは、きわめて稀だからね。王さまになるのは、百万人にたった一人だ。ということは、むかし王さまだったと言う人は、おそらく作り話をしていて、作ったこと自体を忘れてしまったんだろう。それはいろいろな記憶に言えることだ。記憶が本物か偽物かなんて、確実に知る方法はないんだ」

「でも、ぼくはイネスのお腹から生まれたんでしょ？」

「何度も言わせるなよ。わたしは『そうとも、きみはイネスのお腹から生まれたんだ』と答えることもできるし、『いいや、きみはイネスのお腹から生まれたんじゃない』と答えることもできる。しかしどう答えようと、真実に迫ることはできない。なぜか？　なぜなら、船でここに着いたほかの人たちと同じく、きみもイネスも過去を正確に思いだすことはできないからだ。思いだせないんだから、きみもイネスもほかのみんなも、作り話をするしかないじゃないか。たとえば、もう一つの世界にいた最後の日、わたしは乗船を待つ巨大な人混みのなかにいた。人はものすごい数にふくれあがり、引退した操舵手や船長にまで電話して、船を出してくれと助けを求める始末だった。その人混みのなかに、わたしはきみときみのお母さんを見た、と言っておこうか。この目でね。お母さんはきみの手をしっかり握り、行先もわからず、心配そうな顔つきだった。じきにきみたちの姿は人混みにまぎれてしまった、と言ってもいいだろう。やっとわたしの乗船する番がきて、ふと見ると、だれあろうきみがいるじゃないか。独りぼっちで手すりにしがみつき、『ママー、ママー、どこー？』と呼んでいた。だから、わたしはそばに行って、きみの手をとり、こう言った。『おいで、坊や。いっしょにお母さんを探してあげよう』こうしてきみとわたしは出会ったのだった。

こんな話をすることもできる。きみとお母さんを初めて見たときの記憶として」

「でも、本当でしょ？　それって、本当の話でしょ？」

「本当だろうか？　わたしにはわからない。本当らしくわたしには思えるがね。自分のなかで反芻するほど、本当らしく思えてくる。手すりをがっちりつかんで引き離すのに苦労が要った、あのきみの姿も真に迫っているし、船着き場にいた何万人という群集も本物っぽい。みんな、きみやわたしと同じく、着の身着のままで不安な目をして途方に暮れていた。あのバスも本物らしく感じるし——ほら、異様に年季の入った操舵手と船長を波止場に運んできたバスがあったろう。屋根裏のトランクから引っ張りだしてきたような、まだナフタリンの臭いのするネイビーブルーの制服を着たふたりだった。最初から最後まで、すべて本当らしく思えるよ。しかし、かくも信憑性が感じられるのは、わたしがこの場面をしょっちゅう思い浮かべているからだろう。きみにも本当らしく思えるかな？　どんなふうにお母さんと離れ離れになったのか、覚えている？」

「ううん」

「当然、そうだろう。でも、そんなことは起きなかったから思いだせないのか、忘れてしまったから思いだせないのか、確実に知るすべはない。そういうふうに出来ているんだ。人間はそうやって生きていくしかない」

「ぼくはやっぱりウエルファノだと思う」

「わたしに言わせれば、親のいない天涯孤独の身の上というのがロマンティックに思えるから、そう言っているだけだろう。よし、だったら、教えてやろう。きみはイネスという世界最高の母親がいるし、世界最高の母親がいる子は間違ってもウエルファノではないのだ」

「イネスに赤ちゃんができたら、ぼくの弟になるの？」

「弟か、妹か。しかしイネスに赤ちゃんはできないよ。イネスとわたしは夫婦ではないからね」

「ぼくのおちんちんをマイテのあそこに入れたら、赤ちゃんができて、その子はウエルファノになるんでしょ？」

「いいや、マイテにはどんな類の赤ちゃんもできるものか。きみもマイテもまだまだ子どもだから、赤ちゃんはつくれないんだ。おとなたちがどうして結婚して性交をするのか理解できないのと同じだよ。おとなが結婚するのは、強く惹かれあうからなんだ。これは、きみとマイテはまだ知らない感情だ。きみたちは子どもだから、そんな恋愛感情《パッション》はもち得ない。ただこれを事実として受け入れ、『どうして？』とは訊くな。恋愛感情とは説明できるものではなく、体験して知るものだ。もっと正確に言うと、内側から体験してみないと、外側からは説明できないものなんだ。肝心なのは、きみとマイテは性交してはいけないということ。恋愛感情なき性交は意味をもたないからね」

「でも、それって怖いことなの？」

「いいや、怖くはない。ただ、賢明な行為とはいえない。あさはかで軽率なことだ。ほかにご質問は？」

「マイテはぼくと結婚したいんだって」

「きみはどうなんだ？　マイテと結婚したいのか？」

「ううん、ぼくは結婚なんかしたくないよ」

「ほう、そのうち恋《パッション》のひとつもしたら、考えが変わるだろう」

「シモンとイネスは将来、結婚するの？」

シモンは答えない。少年はドアロに駆けていき、「イネス！　イネスとシモンは結婚する？」と、大きな声で訊く。

「シーッ！」イネスの怒気をふくんだ声が返ってきて、彼女はふたたび部屋に姿をあらわす。「もうおしゃべりはたくさん。寝る時間よ」

「〝れんあいかんじょう〟ってもってる、イネス？」少年は尋ねる。

「よけいなお世話」と、イネスは答える。

「どうしていつもぼくと話すのを嫌がるの？」少年は言う。「シモンはちゃんと話してくれるよ」

「わたしだって話しているでしょ」と、イネス。「でも、プライベートな問題はお断り。さあ、歯を磨いてきなさい」

「ぼくは、れんあいかんじょうなんて、もたないぞ」少年は宣言する。

「今そんなふうに言っていても、大きくなったら、わかるさ」と、シモンが口をはさむ。「そういう感情はままならないものだって。ほら、さっさと歯を磨いておいで。きっと、お母さんがベッドでお話を読んでくれるよ」

第三章

農園に着いた日には、ロベルタがここのオーナーだと思っていたが、実のところ、彼女もシモンたちと同じ雇われの身であり、働き手の監督、食事の世話、給金の支払いを務めとしていた。気さくな人物で、みなに好かれている。雇われ人の私生活にも興味をもち、ときどき子どもたちにちょっとしたご褒美をくれる。キャンディやビスケットやレモネード。農園の実の所有者はというと、〈三姉妹〉という名であまねく知られる三姉妹だと判明。もうけっこうな年配で、子どもはおらず、農園とエストレージャにある自宅を行き来して暮らしている。

ロベルタはイネスと話しこむ。「坊やの学校のことはどうするつもりなの？　見るからに賢い子だね。ベンギみたいになったら可哀想だよ。あの子はちゃんとした学校に通ったことがない。だから、いけないってわけじゃないけどね。性格のいい子だし、でも先行きは暗い。あの両親みたいに畑仕事をするしかない。そんな人生は長い目で見たら、どんなもんかね」

「ダビードはノビージャでは学校に通っていたんですけど」イネスが答える。「うまく行かなかった。教師に恵まれなくて。もともと頭の良い子だから。あの子には授業のペースが遅すぎるので、辞めさせて、うちで勉強するしかなかったんです。ここの学校に入れても、同じような目にあいそう」

ノビージャの学校制度にどう対処してきたか、というイネスの説明は本当とばかりは言えない。あちらの当局と決裂した件は黙っておこうと示しあわせてあるのだが、どうやらイネスはこの年上の女性を信頼して気兼ねなく相談しているので、シモンもあえて口をはさまない。

「本人は学校に行きたがっているの？」ロベルタが尋ねる。

「いいえ、ノビージャでの経験で懲りたみたい。この農園では、いたって楽しそうにしてます。きっとここの自由が合っているのね」

「子どもにはまたとない環境だけどね、収穫期にも終わりが来るだろう。野生児みたいに農園を駆けまわっているだけじゃ、将来が思いやられる。家庭教師は検討したことないの？　それとも、アカデミーは？　そりゃ、アカデミーはふつうの学校とは違うだろうけど、おたくの坊やみたいな子には合うんじゃないの」

イネスは答えない。ここで初めてシモンが口をひらく。「うちは家庭教師をつける経済的な余裕がありません。アカデミーのお話ですが、ノビージャにはアカデミーというものがなかったもので、少なくとも、聞いたことがありません。アカデミーとは、具体的にどんなものなんです？　もし自分の考えに固執するような問題児が行く学校にしゃれた名前を付けただけなら、あの子を入れる気はありません――なあ、イネス？」

イネスは首を振って、シモンに同意する。

「エストレージャには、アカデミーが二つあるけど」と、ロベルタは答える。「問題児のための学校なんかじゃないよ。一つは、〈歌唱アカデミー〉、もう一つは〈ダンスアカデミー〉。あと、〈原子スクール〉というのもあるけど、これはもっと年かさの子たちが通う学校だから」

「ダビード、歌うのが好きなんです。声も良いし。でも、その二つのアカデミーは歌とダンス以外には、なにをするのかしら？　通常の授業は？　それに、あんな幼い子でも入れます？」

「イネス、わたしは学校のことは詳しくないんだよ。エストレージャの知り合いはみんな、ふつうの学校に子どもを通わせているけど、アカデミーも基礎は教えてくれるはずだよ。つまり、読み書きなんかね。よかったら三姉妹に訊いておこうか」

「原子スクールはどうでしょう？」シモンが訊く。「なにを教えているんですか？」

「そりゃ、原子のことでしょう。原子を顕微鏡で眺めてさ、原子がどんな動きをするのか知らないけど。わたしにはそれしかわからない」

イネスと顔を見あわせて、「二つのアカデミーは候補として心に留めておきますよ」と、シモンは言う。「当面、この農園の生活でなにも不足はありません。収穫が終わった後も、ご姉妹にいくらか賃貸料を払えば、ここに置いてくれませんかね？　それとも、訳のわからない手続きをひとと おりやって〈アシステンシア・ソシアル〉（生活支援課）に登録し、職を探し、住むところを見つけないとだめでしょうか。こちらは、そういう準備はまだできていなくて――なあ、イネス？」

イネスは首を振って同意する。

「わたしから三姉妹に話してみるよ」ロベルタは答える。「話すなら、セニョーラ・コンスエロだね。実務にいちばん強いから。ひきつづき農園に住めることになったら、セニョール・ロブレスに電話するといい。個人教授をしてくれるし、レッスン料も高くない。好意でやってることだから」

「セニョール・ロブレスというのは？」

「この地区の水道技師で、谷を何キロか上ったあたりに住んでる」

「けど、どうして水道技師が個人教授を？」

「技師の仕事以外にも、なんでもやる人なんだよ。多才な人でね。谷の入植地の歴史まで書いてる」

「歴史ですか。エストレージャのような土地にも歴史があったとは知りませんでした。電話番号を教えてもらえれば、セニョール・ロブレスに連絡してみます。それから、セニョーラ・コンスエロへの打診もお忘れなく」

「話しておくよ。どこかに腰を落ち着けるまで、ここに寝泊まりしてもかまわないと言うんじゃないかね。おたくだって、自分の家があれば移りたいだろう」

「とくにこだわりません。いまのままで十二分ですよ。われわれにとっては、ジプシー暮らしはまだ冒険めいていますからね。なあ、イネス？」

イネスはうなずいて同意する。

「それに、うちの子も気に入っています。学校に行かなくても、ここで人生勉強をしていますよ。ご厚意のお礼にできる作業などありませんか？」

「あるとも。農園にはなにかと雑用があるからね」ロベルタは言葉を切って考えこんだ。「それから、もうひとつ。知ってると思うけど、今年は国勢調査の年だ。調査員はえらく徹底している。どんな辺鄙な土地の農園も見逃さずに訪問してくる。国勢調査をかわそうというなら――いや、もしもの話だよ――ここにいてはまずいだろうね」

「われわれはなにもかわそうとしていませんよ」シモンは言う。「お尋ね者じゃあるまいし。ただ、わが子に最良の生活をさせたいだけです」

翌日の午後遅く、一台のトラックが農園にやってきて、血色のいい男が降りてくる。ロベルタが応対し、宿舎に連れてくる。「セニョール・シモン、セニョーラ・イネス、こちらがセニョール・ロブレス。わたしは失礼するんで、後は三人で話し合って」

話し合いは簡単に済んだ。セニョール・ロブレスは、本人の弁によれば、子ども好きで、扱いがうまいとのこと。セニョーラ・ロベルタも大絶賛のダビードくんに、算数の基礎を喜んで教えましょう、と。もしお望みであれば、週に二度ほど農園に寄ってレッスンをしますよ。いかなる謝礼もいただきません。聡明な幼子の頭脳にふれるだけで、充分な見返りです。自分自身は残念なことに子どもがいないのです。家内も他界しましたので、この世に身寄りもありません。ほかの働き手のお子さんにも、一緒にレッスンを受けたい子がいたら、歓迎しますよ。ご両親、セニョーラ・イネスとセニョール・シモンも、もちろん参観してください。言うまでもありませんが。

「算術の手ほどきでは退屈なさいませんか？」両親の片割れであるシモンは尋ねる。

「とんでもない。本物の数学者にとっては、この学問の基礎ほど面白いものはありません。幼い頭脳に基礎を注ぎこむのは、最もむずかしい仕事です――むずかしくて、やりがいがある」

シモンとイネスはセニョール・ロブレスからの申し出を、農園にわずかに残った働き手に伝えるが、最初のレッスンにあらわれた生徒はダビードだけであり、参観する親もシモンひとりだ。

「1がどういうものかは、知っているね」セニョール・ロブレスはそんな問いかけで授業の幕を開けた。「では、2はどうだろう？　これが、今日わたしたちが考える問題だ」

風のない暖かな日だ。三人は宿舎の外の木陰にいる。セニョール・ロブレスとダビードはテーブルを挟んで向かいあい、シモンは遠慮がちにテーブルの隅につき、足元にはボリバルがいる。

セニョール・ロブレスは胸ポケットからペンを二本とりだすと、テーブルに並べる。もう片方のポケットからは、小さなガラス瓶をとりだし、白い錠剤をふた粒振りだして、二本のペンの隣に置く。「さて、これらと」と、ペンの上に手を持っていき、「これらの」と、次は錠剤の上に手を持っていって、「共通点はなにかな、坊や？」と、尋ねる。

少年は黙りこんでいる。

「字を書く道具と薬だが、使い道は考えなくてよろしい。たんなる物として見たら、これらと」と、ペンをちょっと右に動かし、「これらが」と、錠剤をちょっと左に動かして、「共通してもっている性質があるだろう？　これらとこれらの似たところは……？」と、尋ねる。

「ペンが二つ、薬が二つ」少年は答える。

「そのとおり！」セニョール・ロブレスは言う。

「薬は二つともおんなじだけど、ペンは違うよ。青と赤だ」

「それでも、二つには違いないだろう？　だったら、薬とペンが共通してもっている性質はなにかな？」

「二つってこと。ペン二つと薬二つ。でも、それは同じ二つじゃないよ」

セニョール・ラブレスは表情を曇らせて、シモンをちらと見る。ポケットからペンをもう一本、錠剤をもう一粒とりだす。さて、卓上には、三本のペンと三粒の錠剤が置かれた。「これらと」と、ペンの上に手を持っていってから、「これらは」と、錠剤の上に手を持っていき、「どんな共通点がある?」と、訊く。

「三つってこと」少年は答える。「でも、ペンは三つとも同じじゃないから、同じ三つじゃない」

セニョール・ロブレスは彼の但し書きを無視する。「そう、ペンと薬でなくてもいいね? ペンをオレンジに置き換えても、薬をリンゴに置き換えても、変わらない。答えは同じ。三つあるということ。3というのが、左側にあるオレンジと、右側にあるリンゴの共通点なんだ。どのグループにも三つの物がある。さて、これでなにがわかったかな?」と、問いかけ、少年が答える間もなく、自分で答えを出す。「リンゴであれ、オレンジであれ、ペンであれ、薬であれ、物が代わっても3は3だということがわかったね。これらのグループに共通しているのが3という性質。さらに言えば」と、セニョールはペンから一本、錠剤から一粒、ひょいと取り除け、「3というのは2とは違う。なぜならば」と、手をひらくと、そこに目の前から消えたペンと錠剤が載っている。「いま、一個どけたね。両方のグループから一つ。さて、これでなにがわかったかな? そう、われわれは2と3の違いについて学んだ。これとまったく同じ方法で、4と5についても学べるし、そのようにして百、千、さらには、百万についても知ることができる。これで、数についてあることがわかったね。すなわち、個々の数字というのは、世界にある特定のものが共有する性質の名前なんだ」

「百万の百万まで?」少年は言う。

「そう、百万の百万のその先までわかる」と、セニョール・ロブレスはうなずく。

「星まで?」と、少年は言う。

「星々の数もわかる。無限かもしれないがね。いまのところ、はっきりわかっていない。さて、一回目のレッスンのここまでで、どんなことがわかったかな？　そう、数字とはどんなものか、そして数え方もわかったね。1、2、3、というふうに、決まった順序で一つの数字から次の数字に移る。では、まとめてみよう。ダビード、説明してごらん。2とはどんなものかな？」

「2っていうのは、テーブルにペンが二つとか、薬が二つとか、リンゴが二つとか、オレンジが二つとかあるっていうこと」

「そう、よくできたね。だいたい正解だが、ちょっと惜しい。2というのはそれらが共通してもっているものなんだよ。リンゴもオレンジもその他の物も」

「でも、固い物じゃないとだめだよ」と、少年は言う。「柔らかいのはだめ」

「固い物かもしれないし、柔らかい物かもしれない。この世のどんな物でもいいんだ。1より多くないとだめだが、とくに制限はない。ここが大事な点だ。この世のありとあらゆる物は計算の対象になる。それどころか、宇宙にあるあらゆる物がね」

「でも、水は違うでしょ。ゲロも」

「水は物体ではない。水の入ったコップであれば物体だが、水だけでは物体にはならない。言い換えれば、水は数えられないということだね。空気や大地もそうだ。空気や大地も数えられない。しかしバケツ一杯の土やボンベ一本ぶんの空気なら数えられる」

「それって、良いことなの？」少年は尋ねる。

セニョール・ロブレスはペンを胸ポケットにしまい、錠剤を瓶にもどし、シモンのほうに向きなおると、「また木曜日にお寄りしましょう。次は足し算と引き算に入ります――二つのグループの物を合わせて加算したり、グループから物を引いて減算したりします。次回までに、数の数え方を練習しておいてください」と言う。

「数はもう数えられるもん」と、少年は言う。「百万までだって数えられるよ。自分で覚えたんだ」

セニョール・ロブレスは立ちあがる。「百万まで数えるのはだれでもできるんだよ。大事なのは、数とは真にどんなものかを理解すること。しっかりした基礎作りをするためにね」

「もうお帰りなんですか？」シモンが引き留める。「いま、イネスがお茶を淹れていますから」

「いやいや、時間がありませんので」セニョール・ロブレスはそう言うと、トラックに乗りこみ、土埃をあげて去っていく。

お茶を盆に載せて、イネスがあらわれる。「あら、もうお帰り？　お茶ぐらい飲んでいくかと思ったのに。ずいぶん短いレッスンね。うまく行ったの？」

「また木曜日に来るって」少年が言う。「次は4をやるんだよ。今日は2と3をやったから」

「一回に一つずつ数を習うんじゃ、いったいいつまでかかるの？　もっと手っとり早い方法があるんじゃない？」

「基礎作りをしっかりやりたいそうなんだ」シモンが答える。「土台がしっかりできれば、その上に数学の伽藍を築く準備ができる」

「ガランってなに？」と、少年は尋ねる。

「伽藍というのは建物のことさ。この伽藍に限っていえば、天までそびえる塔なんだろうね。塔というのは建てるのに時間がかかる。辛抱強くあらねば」

「ダビードに必要なのは足し算だけよ」イネスが言う。「それさえできれば、生きていくのに困らない。数学者になる必要がどこにあるの？」

しばしの沈黙。

「どうだろう、ダビード」と、シモンが切りだす。「今後もこういうレッスンをつづけたいかい？勉強になっているか？」

「4のことなんかもう知ってるもん」と、ダビードは答える。「数ならぜんぶ知ってる。前もそう言ったよ。なのに、ぜんぜん聞いてくれなかった」

「この先生はお断りしたら」イネスが言う。「時間の無駄よ。だれか他の先生を見つけましょう。足し算を教えるつもりがある人」

シモンはこの速報をロベルタに伝え（彼女は「えっ、もったいない！　でも、親御さんの言うことだから、それがいちばんだろう」と言う）、セニョール・ロブレスに電話をする。「セニョール・ロブレス、粘り強く寛大なご指導には感謝の言葉もありません。しかしイネスもわたしも、あの子にはもう少しシンプルで実用的なことが必要だろうと考えておりまして」

「数学はシンプルなものではありません」セニョール・ロブレスは答える。

「数学はシンプルなものではない、おっしゃるとおりですが、われわれの目的はダビードを数学者にすることではありません。学校に通わないことで遅れをとってほしくないだけなんです。自信をもって数を扱えるようになってほしい」

「セニョール・シモン、息子さんには一度お会いしただけですし、わたしは心理学者ではありません。工学畑の人間です。ですが、ひとつお伝えしておくことがあります。どうもダビードくんには〝認知障害〟と呼ばれるものがあるようです。つまり、特定分野の基本的な思考能力が欠けているということです。彼の場合、共通性を元にして物を分類する能力です。この知力はふつうの人間にはいたって自然に備わりますので、有していることすらほとんど意識しません。物をある集合の一員として見る能力で、この働きによって言語活動は可能になります。わたしたちは動物と違い、一本一本の木を個別の実体として見る必要はなく、〝木〟という集合の一例として見る。この見方によって数学も可能になるのです。

なぜ、ここでわたしは分類という概念をとりあげるのか？　特定の稀なケースですが、この能力が弱いか欠けているかたがいるからです。これに該当する人たちは決まって数学が苦手で、全般に抽象言語の理解に苦労します。息子さんはこれに当てはまるのではないかと」

「つまり、なにをおっしゃりたいんです？」

「息子さんのために、発達状況をもっとよく調べ、できればこの先の教育態勢を整えていくべきだと思う、ということです。すぐにでも発達心理科の先生に予約を入れたほうがいい。認知障害の専門家が望ましいでしょう。〈教育課〉にかけあえば、先生がたの名前を教えてくれますよ」

「教育態勢を整えるというのは、どういう意味です？」

「ざっくばらんに言えば、息子さんがこの先も数と抽象概念に手を焼くようであれば、たとえばですが、職業訓練学校に通うのがいちばんかもしれません。配管工や大工といった実用的かつ実務的な職能を学べる学校です。さて、それはそれとして、算数のレッスンはキャンセルということで了解しました。わたしも賛成ですよ。賢明なご判断かと。ご両親と息子さんのご多幸をお祈りします。では、おやすみなさい」

「セニョール・ロブレスに連絡したよ」シモンはイネスに報告する。「レッスンはお断りした。セニョールによれば、ダビードは職業訓練学校に行って、配管工の訓練をすべきらしい」

「この場にいれば、横面《よこつら》をひっぱたいてやるのに」イネスが言う。「あの男、見るからに気に入らなかったのよ」

翌日、シモンは車で谷の上にあるセニョール・ロブレスの家に出向き、農園で絞ったオリーブオイルの一リットル瓶にカードを添えて、裏口に置いてくる。カードには〝ダビードと両親より感謝をこめて〟と書かれている。

帰宅後、少年とまじめに話しあう。「別の先生を——むずかしい数学ではなくシンプルな足し算だけ教えてくれる先生を見つけてきたら、ちゃんと言うことを聴くか？　教えられたとおりにやるか？」

「セニョール・ロブレスの言うことだって聴いたよ」

「いいや、そんなことないのは自分でよくわかっているはずだ。彼の言うことを茶化したり、からかったりしていた。わざと幼稚なことを言って。セニョール・ロブレスは賢い人なんだぞ。大学で工学の学位もとっている。多くを学べただろうに、きみは馬鹿のふりをしていた」

「ぼくは馬鹿じゃない。馬鹿はセニョール・ロブレスのほうだ。足し算なんて、とっくにできるよ。七足す九は十六だろ。七足す十六は二十三だ」

「だったら、どうしてあの人の前で足し算の能力を見せなかった？」

「あの人のやり方がまず、自分が小さくならないとだめなんだ。豆ぐらい小さく。それから、豆の中の豆ぐらい小さくなって、それから、豆の中の豆の中の豆ぐらい小さくなる。そうしたらやっと、あの人の言う数ができるようになるんだよ。小さく、小さく、小さく、小さく、小さくなったら」

「セニョールの言うような〝数をする〟のに、どうしてそんなに小さくなる必要があるんだ?」

「だって、あの人の数は本物の数じゃないから」

「なるほど、だったらセニョールにそう説明すればよかったのに。馬鹿のふりをして怒らせて追い返す必要はなかったじゃないか」

第四章

月日が過ぎ、冬の風が吹きはじめる。ベンギの家族は暇《いとま》を告げる。ロベルタがバス停まで車で送っていくと申し出る。一家はそこからバスで北へ向かい、広大な平野に点在する牧場のどこかに職を求めることになるだろう。マイテとふたりの妹がまたまたそっくりの格好で、別れを告げにくる。マイテはダビードに贈り物を用意している。固いボール紙で作った小さな箱で、花々とからみつく蔓のごく細かい絵柄が描かれていた。「これ、あげる」と、マイテが差しだすと、ダビードは礼も言わず、ぞんざいに箱を受けとる。マイテはキスをせがんで頬をさしだす。ダビードは気づかないふりをする。恥をかかされたマイテは踵を返すと、駆けだしていく。彼女を好かないイネスでさえ、少女の心の傷を思って胸が痛む。

「どうしてマイテにそう辛くあたるんだ?」シモンが尋ねる。「もう二度と会えなかったらどうする? 一生、きみの嫌な思い出が残るんだぞ。なぜそんなことをする?」

「ぼくに質問するなって言ったんだから、シモンもぼくにも質問するなよ」少年は言う。

「きみになにを訊いた?」

「なぜって訊いたじゃないか」

シモンはあきれて首を振る。

その夕べ、花柄の箱がゴミ箱に捨てられているのをイネスが見つける。

シモンとイネスは歌唱アカデミーとダンスアカデミーの詳細を聞きたいのだが、ロベルタはそんな話は忘れてしまったようす。ダビードはというと、独り遊びで農園を駆けまわったり、寝棚で本に熱中したりして、いたく満悦のようす。一方、ボリバルは最初のうちこそ、ダビードの遊びにはことごとく付き添っていたが、最近は宿舎で寝ているほうがいいらしい。

少年はボリバルの態度に不満を漏らす。「ボリバルはぼくのこと、もう好きじゃないんだ」

「そんなことないわよ」イネスが言う。「前ほど若くないってだけ。あなたみたいに一日中、駆けまわっていても面白くないんでしょ。疲れてしまうのよ」

「犬の一年は、人間の七年に相当する」シモンが言う。「ボリバルはもう中年なんだ」

「いつ死んじゃうの？」

「そんなにすぐではないよ。まだまだ長生きするさ」

「でも、いつかは死ぬでしょ？」

「そうだ、いつかは死ぬ。犬はいつか死ぬ。人間と同じで不死身ではないからね。自分より長生きのペットがほしければ、ゾウかクジラを飼わないと」

その日しばらくして、シモンが請け負った雑務のひとつとして薪を鋸で挽《ひ》いていると、なにか思いついたダビードがやってくる。「シモン、宿舎に大きな機械があるよね？　あの中にオリーブの実を入れて、オリーブオイルを作らない？」

「あれは動かないと思うよ。きみとわたしふたりの力では、あの大きなホイールは転がせない。昔々は雄牛にひかせていたんだ。シャフトに牛をつなぎ、その周りを牛がぐるぐる歩いてホイールを動かしていた」

「じゃあ、牛にオリーブオイルを飲ませてあげたかな？」

「牛がオリーブオイルをほしがれば飲ませたろう。でも、雄牛はふつうオリーブオイルは飲まない。好きじゃないんだ」

「その牛、人間にミルクをあげてた？」

「いや、人間にミルクをくれるのは雌牛だ。雄牛じゃない。雄牛は労働力しか提供するものがないんだ。オリーブの圧搾機を回したり、鋤を曳いたり。そのお返しとして、人間は雄牛を守ってやる。ライオンやトラのような雄牛を食べようとする敵から守るんだ」

「だったら、ライオンやトラはだれが守ってくれるの？」

「だれも守ってやらない。ライオンやトラは人間のために働くのを拒むから、人間に守られない。自分の身は自分で守るしかない」

「ライオンやトラはここにもいる？」

「いいや、彼らの時代は終わったよ。ライオンもトラもいなくなった。過去の存在だ。ライオンやトラを見たければ、本を見るしかない。雄牛も同じくだ。雄牛の時代も過ぎ去ったんだ。今日び、人間に代わって働くのは機械だからね」

「オリーブの実を摘む機械を発明すればいいのに。そうすれば、シモンもイネスも働かなくて済むよ」

「確かにそうだな。しかしオリーブを摘む機械を発明したら、わたしたちのような摘み手は職がなくなり、それゆえお金も入ってこない。これは古くからある議論なんだよ。機械派と、手摘み派に分かれる」

「ぼくは仕事なんか嫌いだ。つまんないもん」

「だとすると、きみは労働を厭わない両親がいて運が良いな。わたしたちがいなければ、飢え死にするしかないし、それは嫌だろう」

「ぼくは飢え死になんかしないよ。ロベルタが食べ物をくれるもん」

「きっとくれるだろうね――彼女は心がやさしいから。しかし本当にそんなふうにして生きていきたいかい？　他人の情けにすがって」

「ナサケってなに？」

「情けというのは、人にやさしく、親切にすることだ」

少年は腑に落ちない顔で見返してくる。

「いつまでも人の親切心に頼って生きるわけにはいかないんだ」シモンはつづける。「人はなにかをもらったら、同じぐらい与えないといけない。そうでないと、不公平になる。公正を欠く。きみはどっちの側の人間になりたい？　与える側か、もらう側か？　どっちのほうが良いと思う？」

「もらうほう」

「本当に？　本当にそう思うのか？　もらうよりあげるほうが良くないか？」

「ライオンはあげないよ。トラもあげない」

「だったら、きみはトラになりたいのかな？」

「トラになんかなりたくないよ。トラは悪くないって言ってるだけ」

「良くもないだろう。トラは人間じゃないから、善悪の埒外にいるんだ」

「あのさ、ぼくは人間にもなりたくないんだ」

ぼくは人間にもなりたくないんだ。シモンはこのやりとりをイネスに話して聞かせる。「あんな話し方をされると不安になるね。大きな間違いだったんじゃないか？　学校を辞めさせて、社会の外で育てて、ほかの子たちと野山を駆けまわらせて」

「あの子は動物が好きなのよ」と、イネスは言う。「わたしたちみたいに、ただぼんやり将来の心配ばかりしている人間になりたくないんでしょ。自由でいたいの」

「いや、『人間にもなりたくない』というのは、そういう意味ではないと思う」シモンは言うが、イネスは聞こうとしない。


ロベルタがメッセージを携えてあらわれる。三姉妹とのお茶に招かれたのだ。母屋で、四時に。ダビードも一緒にいらっしゃい。

イネスはスーツケースから一張羅と、それに合った靴をとりだす。髪の毛がひどい状態だと言って苛立つ。「ノビージャを出てから美容院にも行ってないのよ。頭のおかしい女みたい」ダビードにはフリル付きのシャツを着せ、ボタン付きの靴を履かせるが、ダビードは靴が小さすぎて足が痛いと文句を言う。イネスは彼の髪を濡らし、ブラシで梳かしつける。

四時ぴったりに、三人は母屋の玄関に到着する。ロベルタに案内され、長い廊下を通って屋敷の奥へ。小さなテーブルとスツールと小間物が散らばる部屋に着く。「ここは冬用の客間」と、ロベルタが説明する。「午後の日射しが入るから。そこ、座って。三姉妹はすぐに来ると思うよ。言っとくけど、カモの件には触れないこと、いい？　あの男の子が殺したカモのことだけど」

「どうして？」と、少年は尋ねる。

「三姉妹が動揺するからね。心が柔《やわ》なんだ。善良な人たちなんだよ。農園を野生動物の安息地にしたがってる」

三姉妹を待つあいだ、シモンは壁に何枚か掛かった絵を検分する。水彩の風景画だ（あの不運なカモが泳いでいた池とおぼしき絵も）。上手に描けてはいるが、素人臭い。

女性がふたり入ってきて、その後にお茶の盆を捧げたロベルタがつづく。「こちらが、そのご一家～」と、ロベルタが節をつけて言う。「セニョーラ・イネスと、ご主人のセニョール・シモンと、息子さんのダビード。こちらが、セニョーラ・バレンティーナと、セニョーラ・コンスエロ」

いかにも姉妹然とした女性ふたりは、見たところ六十代だろうか、白髪になりかけ、地味な服装をしている。「お会いできて光栄です、セニョーラ・バレンティーナ、セニョーラ・コンスエロ」シモンは言ってお辞儀をする。「この麗しの地にわれわれの住む場所を与えてくださりお礼申しあげます」

「ぼくはこの人たちの子じゃないんだけどね」ダビードが落ち着いた声で淡々と述べる。

「おや、まあ」バレンティーナだかコンスエロだかわからないが、姉妹のひとりが驚いたふりをする。「だったら、おまえはだれの子なの？」

「だれのでもない」ダビードはきっぱりと言う。

「つまり、だれの息子でもないと」バレンティーナだかコンスエロだかが言う。「それは面白い。面白い状況だね。年はいくつ？」

「六歳」

「六歳。なのに、学校に行ってないとか。おまえは学校に行きたくないの？」

「前は行ってたよ」

「それで？」

イネスが割って入る。「前に住んでいた場所では学校に通わせたんですけど、ろくでもない教師ばかりで。だから、家で教育することにしたんです。当面は」

「学校ではテストがありました」シモンが言葉を添える。「生徒の学習進度を計る月例テストです。ダビードは能力を計られるのを嫌い、テストにでたらめを書きました。それで、問題になったんです。家族ぐるみの問題に」

姉妹の片方はその言葉を無視して言う。「おまえは学校に行って、ほかの子たちと会いたくないの、ダビード？」

「家で教育を受けるほうがいいのです」ダビードは鹿爪らしく答える。

こうしたやりとりの傍ら、姉妹のもう片方が紅茶を注いでくれていた。「お砂糖はいかが、イネス？」彼女が勧めると、イネスは首を振って断る。「あなたはどう、シモン？」

「これって、紅茶？」少年が訊く。「ぼく、紅茶好きじゃない」

「だったら、飲まなくていいのよ」砂糖を勧めたほうが言う。

「きっと首をかしげていることだろう、イネス、シモン」最初に話しだしたほうが言う。「どうしてここに招《よ》ばれてきたのかと。息子さんのことは、前々からロベルタに聞いている。いたく利発な坊やで、言葉もよくできる、なのに、摘み手の子どもと一緒になって、本来勉強すべき時間を無駄にしていると。それで、わたしたち三人で話しあい、あなたがたにひとつ提案をしようということになった。ところで、姉妹の三人目はどこにいるのか不思議に思っておいでだろう。わたしたちは界隈では〝三姉妹〟で通っているようだから、言っておくと、セニョーラ・アルマはあいにく具合がよろしくない。ゆううつ病で、今日はそれが強い日らしい。暗黒日と、アルマは呼んでいる。しかし彼女もこの案にはすっかり同意している。

わたしたちの提案は、息子さんをエストレージャの私立アカデミーに入学させてはどうか、ということ。二つのアカデミーのことは、ロベルタから少しは聞いているね。歌唱アカデミーとダンスアカデミーがあり、わたしたちはダンスアカデミーをお勧めする。学長のアローヨ夫妻とは知り合いだし、あのふたりなら間違いない。ダンスのレッスンをさせながら、ひととおりの教育はきちんとほどこしてくれる。息子さんが通う間、学費はわたしたちがもつ」

「ぼく、ダンスは好きじゃない」ダビードが言う。「歌が好きなんだ」

姉妹は顔を見あわせる。「歌唱アカデミーのほうは個人的なつきあいがないけれど」と、バレンティーナだかコンスエロだかが言う。「一般的な科目は教えてないと言っていいと思う。あそこはプロの歌手を育てるところだから。ダビード、おまえは大きくなったら、プロの歌手になりたいの？」

「わかんないよ。自分がなにになりたいか、まだわかんない」

「ほかの子たちみたいに、消防士や電車の運転士にはなりたくないだろう？」

「うん、前はライフセイバーになりたかったんだけど、だめだって」

「だめだと言ったのはだれ？」

「シモンだよ」

「なら、シモンはどうしてライフセイバーになることに反対するの?」

シモンが口をはさむ。「反対しているわけではないんです。いかなる計画や夢でも、この子が言うなら反対しません。わたしに関して言えば——この子の母親は意見を異にするかもしれませんが——ライフセイバーでも消防士でも歌い手でも、この子がなりたいものになればいい。この子の人生ですから指図しませんし、もはや形ばかりの助言をする気もありません。実のところ、この子の強情さには母親もわたしもほとほと参っているんです。まるでブルドーザーのごとしだ。われわれをぺちゃんこにしてしまった。ええ、ぺちゃんこにされましたとも。もはや抗う気力もありません」

イネスはシモンの言葉に啞然とする。ダビードは密かににやりとする。

「めずらしい激白だね」バレンティーナが言う。「こんな激白を聞くのは久しぶりだ(この国の好意的な人々は欲望や強い感情をもたず、充足して穏やかに暮らしている)。あんたはどう、コンスエロ?」

「いまどき聞かないわねえ」コンスエロが答える。「たいそうドラマチックだこと! ありがとう、シモン。さて、ダビードくんをダンスアカデミーに入れるというわたしたちの提案はどう思います?」

「そのアカデミーはどこにあるんですか?」イネスが横から尋ねる。

「市街地の中心に。美術館と同じ建物に入っています。残念ながら、農園は出ないとなりません。通うのに遠すぎます。通学できる距離ではありません。市街に住む場所を探すことになります。でも、収穫時期も終わったことだし、どのみち農園にいつまでも居たくないでしょう。もの寂しいし、退屈しますよ」

「われわれはまったく退屈していません」シモンが言う。「それどころか、生き生きと暮らしています。ここでの生活を十二分に楽しんでいるんです。実際、ここのバラックに寝泊まりするあいだは雑用を手伝うということで、ロベルタとも話がついています。農閑期でもなんらか雑用はあるものでしょう。たとえば、木の剪定とか、清掃とか」

シモンは加勢を求めてロベルタのほうを見るが、彼女は遠くをじっと見つめている。

「バラックというのは、うちの寮のこと?」バレンティーナが言う。「だったら、冬の間は閉めるから、寝泊まりはできない。でも、どのへんで住居探しをすればいいか、ロベルタに訊けばわかる。どこもいっぱいでも、〈アシステンシア〉がある」

イネスが立ちあがり、シモンもそれに倣う。

「アカデミーの件のお返事を聞いていませんが」と、コンスエロが言う。「話しあう時間が必要ですか? 坊や、あなたはどうなの? ダンスアカデミーに行ってみたくない? お友だちにたくさん会えるのよ」

「ぼくはここにいたい」と、少年は言う。「ダンスって、好きじゃない」

「あいにくだけど、ここには置いてあげられない」バレンティーナが言う。「それに、おまえはまだうんと幼く、思いこみばかりで、まったくの世間知らずだ。自分の将来のことで決断をくだせる立場にはない。このようになさい」彼女は手を差しのべると、ダビードの顎に指をかけて持ちあげ、自分の目をしっかり見るようにする。「まずはご両親のイネスとシモンにこの件について話しあってもらい、どういう結論が出ようと、子として従順な心でそれに従うこと。いいね?」

ダビードは彼女の目をまっすぐに見返し、「コトシテジュウジュンってなに?」と尋ねる。

第五章

くだんの美術館はエストレージャの中心となる広場の北側にあり、砂岩の柱列がずらりと並んだ奥に鎮座している。三人は教えられてきたとおり、建物のメインエントランスは通り越し、狭い入口を目指して脇道に入っていくと、〈アカデミア・デ・ラ・ダンサ〉という麗々しい金文字の看板が出ており、矢印が階段を指している。その階段で二階にあがり、スイングドアを開けて入っていくと、煌々と明かりのついた広いスタジオに出た。隅にアップライトピアノがあるだけで、がらんとしている。

ひとりの女性が入ってくる。背が高く、すらりとして、全身黒ずくめだ。「ご用件は?」と、訊いてくる。

「うちの息子の入学手続きのことでお話ししたいんですけど」イネスが言う。

「入学というと、どちらに?」

「こちらのアカデミーです。セニョーラ・バレンティーナから学長にお話がいっていると思うんですが。息子の名前はダビードです。こちらのアカデミーに入れれば、きっとひととおりの教育が受けられると、セニョーラに聞いてきました。つまり、たんなるダンスだけでなく」〝ダンス〟と言う口調にいささか蔑みが滲んでいる。「わたしたちは一般的な教育を望んでいます——ダンスの教授はそれほど求めていません」

「セニョーラ・バレンティーナから確かに息子さんのことは聞いています。しかしながら、彼女にもはっきり申しあげましたし、セニョーラ、あなたにも明確にしておかねばなりません。ここは普通学校とは違います。普通学校の代替校でもありません。ここは音楽とダンスを通じて魂の鍛錬に身を捧げるアカデミーなのです。子どもさんに正規教育の場をお探しでしたら、公立の学校制度のほうが目的にかなうでしょう」

魂の鍛錬——シモンはイネスをなだめるようにその腕に触れ、「お言葉ではありますが」と、この蒼ざめた若い女性に言う。血の気がないと言っていいほど青白く、雪花石膏《アラバスター》という語が浮かぶ。それでも美しい。目を瞠《みは》るばかりの美しさだ。イネスが敵意を覚えているのはそのせいだろう。なにしろ、彫像に息が吹きこまれ、美術館から彷徨《さまよ》いでてきたような美しさなのだ。「ええと……われわれはエストレージャのことには不案内でして。新参者なのです。セニョーラ・バレンティーナとご姉妹の所有する農園で季節労働者として働くうちに、ここの生活にもなじんできました。ご姉妹は親切にもダビードのことを気にとめてくれ、こちらのアカデミーに通うための学費援助を申しでてくれました。ダンスアカデミーのことを非常に高く買っておられます。ここはすぐれた全人教育をほどこすことで知られ、学長のセニョール・アローヨはりっぱな教育者だ、と。セニョール・アローヨとの面会申込みはできますか？」

「セニョール・アローヨはわたしの夫ですが、お会いできません。今週は休校中なのです。クラスは休み明けの月曜に再開します。ですが、実務的なことを知りたいのであれば、わたしがお話しします。第一に、息子さんは寄宿生になるおつもりですか？」

「寄宿生？　寄宿生を受け入れているとは初耳です」

「人数的には限られますが、寄宿できる部屋はあります」

「いえ、ダビードは家から通います。そうだね、イネス？」

　イネスはうなずく。

「けっこうです。第二に、シューズについて。息子さんはバレエシューズをお持ちですか？　お持ちでない？　バレエシューズは必須です。店舗の住所を書きますから、そこで買ってください。それから、軽くて動きやすい服装を。身体を自由に動かせることが重要です」

「バレエシューズですか。調達しておきます。さきほど、魂について、魂の鍛錬についてお話しされましたが、どんな方面において魂を鍛錬するのですか？」

「善の方面です。善に従うという。なぜ、そんなことをお尋ねになるんです？」

「いえ、とくに理由はありません。ダンス以外には、どんなカリキュラムがありますか？　買う必要のある書籍などは？」

　彼女の外見には、なにか不穏なものがある。どこがどうと説明できないが。なるほど、原因がわかった。眉毛がないのだ。眉毛をすっかり抜いたか、剃ったか。いや、もともと生えていないのかもしれない。ブロンドの髪は量が少なく、後ろできつくひっつめられており、生え際の下からシモンの掌ほどもある広い額がむきだしになっている。空色よりも濃い蒼《あお》の双眸はシモンの視線を受けて穏やかで、かつ揺るぎない。**見抜かれている**、とシモンは思う。**こんな話の裏はすべてお見通しな**

のでは。最初に思ったほど若くはないようだ。三十か？　三十五か？

「書籍？」女性は軽くいなすように言う。「本はあとでいいでしょう。なにごとにも時宜があります」

「それから教室ですけど」と、イネスが口を出す。「ほかの教室も見せていただけます？」

「教室はここだけです」女性はスタジオ内をさっと見渡す。「子どもたちはここで踊ります」と言って、イネスに近寄り、その手をとる。「セニョーラ、ご理解ください。ここはダンスのための学院です。ダンスが第一義、そのほかはすべて二次的なものです。後からついてくるものです」

女性に触れられると、イネスは目に見えて体を固くした。人との接触にイネスは極端な抵抗を示す。怯えていると言っていい。それはシモンも嫌というほど知っている。

セニョーラ・アローヨは少年のほうに向きなおる。「ダビード、確かそういうお名前でしたね？」

ダビードがいつものごとく突っかかり、否定する（「本当の名前じゃないんだけどね」と言って）かと思いきや、そんなことはない。少年は花びらがひらくように顔をあげる。

「当アカデミーへ、ようこそ、ダビード。きっと気に入ってもらえるはずです。わたしはセニョーラ・アローヨ。あなたの面倒を見ることになります。さて、バレエシューズを買うこと、きついウェアは着ないこと。いまご両親にお話ししたことは聞きましたね？」

「はい」

「よろしい。では、月曜日の八時きっかりにお待ちしています。新学期の始業日です。こっちに来て、フロアを触ってごらんなさい。すてきでしょう？　ダンスのための特別な床なんですよ。山々に高くそびえる杉の木材を使って、大工さんたちが真の職人技を極限まで発揮してなめらかに仕上げてくれたのです。毎週、ぴかぴかになるまでワックスをかけ、日々、生徒たちの足でさらに磨かれているのです。とてもなめらかで、ぬくもりがあるでしょう！　木の温かみがわかりますか？」

少年はうなずく。相手にこんなにしっかり応えるダビードの姿は見たことがない。相手に応え、相手を信頼し、子どもらしくふるまう姿は。

「では、ダビード、今日はこれで。月曜日にお会いしましょう。新しいバレエシューズを忘れずにね。では、セニョール、セニョーラ、これで失礼します」

三人はスウィングドアの外に出た。

「背の高い人だったな、セニョーラ・アローヨは」シモンは少年に話しかける。「背が高くて優美で、本物のバレリーナという感じだ。先生のこと、気に入ったかい？」

「うん」

「だったら、決まりだな？　この学校に行くね？」

「うん」

「なら、ロベルタと三姉妹に、われわれの探訪は上首尾に終わったと報告できるな」

「どうだい、イネス。上首尾と言えるんじゃないか？」

「うん」

「わたしの意見は、ここの教育を見てからにする」

大通りに出ようとする三人の行く手を、こちらに背を向けた男がふさいでいる。皺になった灰色の制服を着ており、制帽のまびさしをはねあげて、煙草をふかしている。

「すみませんが」と、シモンが言う。

男はどうやら夢想にふけっていたらしく、ぎょっとなったが、すぐに気をとりなおし、大仰に腕を振り、「セニョーラ、イ、セニョーレス……」と言って三人を通す。その脇を通り抜けていくと、煙草の煙と、不潔そうな制服の異臭が襲ってくる。

大通りに出た三人が方角を見失ってうろうろしていると、灰色の制服の男が、「セニョール、美術館をお探しで？」と声をかけてくる。

シモンは男のほうを振り返る。「いや、ダンスアカデミーに用があったもので」

「ああ、アナ・マグダレーナ・アカデミーですな！」男の声は低く、まさにバスの声域だ。煙草を脇に放って近づいてくる。「ということは、坊っちゃんはこれからアカデミーに入学し、ゆくゆくは有名なバレエダンサーになるわけだ！　そのうち暇を見つけて、このわたしにも踊りを見せてくださいよ」男は顔をくしゃくしゃにして笑い、黄ばんだ歯をむきだしにする。「ようこそ！　アカデミーに通うなら、わたしとはしょっちゅう会うことになるから、自己紹介しときましょうか。名前はドミトリー。ここの美術館で、〝主任美術館員〟として働いとります。そういう肩書なんですよ、ずいぶんえらそうでしょう！　主任美術館員って、なにをするのって？　それはな、美術館の絵画や彫刻を守り、塵芥や天敵から保護し、夜には鍵をかけてしっかり仕舞い、朝になったら解き放つ、それが主任美術館員の職務だよ。主任美術館員として土曜日をのぞく毎日ここにいるから、自然とアカデミーの生徒さん親御さんみんなと顔をあわせることになる」と、ここでシモンのほうを向いて、「尊《たつと》きアナ・マグダレーナのことはどう思われましたか？　感銘を受けられましたかな？」

シモンはイネスと目を見かわす。「セニョーラ・アローヨと面談はしましたが、まだなにも決まっていません。それぞれの考えを検討してみないと」

彫刻と絵画の解放者たるドミトリーは顔をしかめる。「必要ないでしょう。なにを検討するというんです。アカデミーを蹴るなんて愚の骨頂だ。一生、後悔することになりましょう。セニョール・アローヨは巨匠だ。正真正銘の。ほかの言葉が見当たらない。エストレージャなんていう辺鄙な土地にあのようなおかたがいて、子どもたちに舞踏を教えてくださっているのは、われわれの誉れです。わたしが坊っちゃんの立場なら、セニョールのアカデミーに入れてくれと、夜なに朝なに騒ぐでしょう。ほかにどんな選択肢があるのか知らんが、そっちはお忘れになったほうがいい」

臭う衣服と脂じみた毛髪のこのドミトリーという男に、好感をもったとは言い切れない。少なくとも、往来でこんなやつに説教されたくないのは事実だ（午前も中ごろで、街は人の行き来が多い）。「せっかくですが」とシモンは言う。「決めるのはわたしたちですから。なあ、イネス？さて、これで失礼しますよ、それじゃ」と言って少年の手をとり、三人はその場を去る。

車に乗りこんで初めて、少年が発言する。「シモンはどうしてあの人、好きじゃないの？」

「美術館の守衛のことか？　好き嫌いの問題じゃない。あの人は赤の他人だろう。われわれのことも、われわれの現状も知らない。うちの問題に首をつっこまれても困る」

「ヒゲをはやしてるから、いやなんでしょ」

「馬鹿言うな」

「あれは鬚って言わない」イネスが言う。「きれいに手入れされた顎鬚と、身なりにかまわないのは別物よ。あの男性は鬚も剃らないし、体も洗わないし、服も洗濯しないいんでしょ。子どものお手本にはならないわね」

「だれなら子どものお手本になるの？　シモンはお手本？」

だれも答えない。

「ねえ、シモンは良いお手本なの？」少年は重ねて訊く。

イネスが加勢してくれないので、シモンは仕方なく自己弁護する。「うん、そうなるべく努力はしている。うまくいっていないとしても、努力不足というわけではないんだ。これまで、おおかた良き手本であったことを願うよ。しかしそれはきみが判断してくれ」

「シモンはお父さんじゃないし」

「そう、きみの父親ではない。だが、だからと言って手本になれないことはない、そうだろう？」

少年は答えない。実のところ、すでに興味を失い、べつのことを考えながら、窓の外をぼんやりと眺めている（車はこのうえなく侘しい界隈を抜けていく。行っても、行っても、箱みたいに小さな家が並んでいる）。長い沈黙が流れる。

「ドミトリーって、シミタール（アラビア・ペルシア起源の新月形の片刃刀）と似てるよね」少年が唐突に言いだす。「首を斬るやつ」だれも答えない。「ふたりが嫌いでも、ぼくはあの人のこと気に入ったよ。アカデミーに通いたい」

「ドミトリーはアカデミーとはなんの関係もないのよ」イネスが言う。「ただのドアマンなの。あなたがアカデミーに通いたい、もう決めたと言うなら、そうすればいい。でも、また教師たちが、この子は賢すぎるだのなんだの文句を言いだして、心理学者だの精神科医だのをつけようとしたら、即刻、辞めさせるからね」

「ダンスは賢くなくたってできるよ」少年は言う。「ぼくのバレエシューズはいつ買うの？」

「これから買いにいきましょう。シモンがいまシューズショップに連れていってくれるわよ。あのご婦人が住所をくれたお店に」

「あの人も嫌いなの？」少年は訊く。

こんどはイネスが窓外を眺める番だ。

「ぼくは好きだよ」少年は言う。「きれいだもん。イネスよりきれい」

「人を判断するときには内面性を見るようにしなさい」シモンが言う。「見た目のきれいさや、鬚のあるなしで判断するものではない」

「ナイメンセイって？」

「内面性というのは、やさしさ、誠実さ、正義感のような心の性質のことだ。これらについては、きっと『ドン・キホーテ』で読んだろう。内面性はじつに多岐にわたっており、思いつくものを羅列してもしきれない。哲学者にでもならないかぎり、その一覧を知ることはできないが、外見のきれいさが内面性でないのは確かだ。きみのお母さんもセニョーラ・アローヨと同じぐらいきれいだよ。方向性が違うだけで」

「セニョーラ・アローヨはやさしいもん」

「そうだな、確かにやさしそうだ。きみのことを気に入ったようだし」

「だったら、ナイメンセイがあるよね」

「ああ、あの人はきれいなだけでなく、やさしい。しかし見た目のきれいさと心のやさしさは関係ないんだよ、ダビード。きれいであるのは偶発的なこと、運の問題だ。人間はきれいに生まれつくこともあれば、十人並みのこともある。そのことでなにか言っても仕方ない。ところが、やさしさというのは偶発的なものではない。人間はやさしく生まれつくのではない。やさしくなるんだ。やさしくすることを学ぶ。そこが違うところだ」

「ナイメンセイはドミトリーにだってあるよ」

「ドミトリーにも内面性はあるかもしれない。わたしが判断を早まったかもしれない。その点は認めよう。彼の内面性までは洞察できなかった。今日のところは。彼の内面性はあらわにならなかった」

「ドミトリーはやさしいよ。そうだ、タットキってどういう意味？　ドミトリーはどうして、〝タットキ、アナ・マグダレーナ〟って言ったの？」

「尊きという語も、きっと『ドン・キホーテ』には出てきたはずだぞ。だれかを尊ぶというのは、その人を敬い、讃えるということだ。しかしながら、ドミトリーはこの語を皮肉っぽく使っている。ちょっとした冗談というか。〝尊き〟なんていう語はふつう年配の人に使うもので、セニョーラ・アローヨの年恰好の人には使わない。たとえば、わたしがきみを〝尊きダビード坊や〟などと言ったら、笑えるだろう」

「〝尊きシモンじいさん〟。これもへんだよ」

「きみがそう思うならね」

店に行ってみると、バレエシューズには二色しかないと判明する。金色と銀色。少年はどちらの色もいやだと言う。

「セニョール・アローヨのアカデミーで使うんですよね？」店員が訊いてくる。

「そう」

「あのアカデミーの子たちはみんな、うちのシューズを履いてます」店員は言う。「みんな金色か銀色のシューズで、他の色はなし。黒とか白のシューズを履いてあらわれたら、ぜったいすごく浮いてしまうよ、坊や」

店員は背が高く猫背で、口髭をはやしていたが、ひどく細いのでなんだか木炭で鼻の下に描いたように見える。

「店員さんの言うことを聞いてるか、ダビード？」シモンが話しかける。「金色か銀色、さもなければ靴下で踊ることになる。さあ、どれにする？」

「金色」と、少年は答える。

「金色にします」シモンが店員に伝える。「いくらですか？」

「四十九レアルになります」店員は答える。「こちらを試着してみてください」

シモンはイネスをちらっと見る。イネスは首を振る。「子どものシューズに四十九レアルって！よくそんな高い値段をつけられるわね？」

「キッド革ですから。そのへんのシューズとは違いますよ。バレエのための特別仕様です。アーチサポート（土踏まずを支える補助材）が入っています」

「四十レアルにして」と、イネス。

店員は首を振って断る。「いいだろう、なら、四十九レアルで」シモンが言う。

店員は少年を椅子に座らせ、靴を脱がせると、その足にバレエシューズをするりと履かせる。ぴったりのようだ。シモンは四十九レアルを支払う。店員はシューズを箱に入れ、その箱をイネスにわたす。三人は黙りこくって店を出る。

「その箱、ぼく持とうか？」少年がイネスに言う。「とっても高かった？」

「シューズ一足にしては大金ね」と、イネス。

「でも、それって大金なの？」

シモンはイネスが答えるのを待つが、彼女は黙っている。「その金額だけで大金かどうかは決められない」シモンは根気よく教えてやる。「四十九レアルはシューズ一足の代金としては大金だ。一方、車や家を買うのであれば、四十九レアルは大金とは言えない。ここエストレージャでは、水はただ同然だが、砂漠で喉の渇きで死にそうになれば、水ひと口ぶんに持てるものをすべて差しだすだろう」

「どうして？」と、少年は訊く。

「どうしてか？　なぜなら、命にまさるものはないからさ」

「どうして命にマサルものはないの？」

シモンは正しく、根気強く、教育的な言葉で答えようとするが、そのときなにかがこみあげてくる。怒りだろうか？　いや。苛立ちか？　そうではない。もっと大きななにか。絶望？　そうかもしれない。ささやかな形の絶望。なぜか？　自分としては、延々続く「どうして？」という質問にきちんと根気強く答えるからには、入り組んだ回路を縫ってこの子を倫理的な生き方へと導いていると思いたい。とはいえ、この子が自分の指導を吸収しているという根拠、それどころか、こちらの言うことを聞いている根拠すらないではないか？

シモンはその場で――人々の行き交う歩道で――立ち止まる。イネスと少年も立ち止まり、きょとんとしてシモンを見る。「こんなふうに考えてみるといい。きみとイネスとわたしの三人が砂漠をとぼとぼ歩いているとする。喉が渇いたときみが言うので、わたしはコップ一杯の水を差しだす。ところが、きみはその水を飲まずに、砂にこぼしてしまう。きみは水を欲するように、答えを求める。つねに『どうしてこうなの？』『どうしてそうなの？』と尋ね、わたしは辛抱強い人間だし、きみを愛しているから、そのつど答えを出すのだが、それをきみは砂にこぼしてしまうわけだ。今日という今日は、もうきみに水を差しだすことにうんざりした。『どうして命にまさるものはないの？』だと？　きみにとって命が大切に思えないなら、それでいい」

イネスがおろおろして口に手をあてる。少年はといえば、しかめ面のまま、「ぼくを愛してるとかいうけど、愛してないじゃないか。ふりをしてるだけだ」と言う。

「わたしは自分で考えうる最善の答えを差しだしているのに、きみは子どもみたいにそれを放りだす。そのうちわたしが癇癪を起こしても驚くなよ」

「シモンって、いつもそう言うよね。ぼくが子どもだって」

「実際、子どもじゃないか。しかも、ときには愚かな子どもになる」

買い物かごを提げた中年女性が立ち止まって、やりとりに耳を傾ける。イネスになにごとか囁くが、シモンには聞こえない。イネスはあわてて首を振る。

「さ、もう行くわよ」イネスが言う。「警察が来て、連れていかれないうちにね」

「どうして、ぼくたち警察に連れていかれるの？」少年が問う。

「わたしたちがこうして馬鹿な話を聴いてあげるのをいいことに、シモンが異常な態度をとるからよ。公的不法妨害ってやつよ」

第六章

月曜日が来る。少年を新しい学校へ運ぶのはシモンの役割となる。ふたりは八時よりだいぶ余裕をもって到着する。スタジオのドアは開いているが、中はひとけがない。シモンはひとまずピアノのスツールに座り、少年と一緒に待つ。

奥のスウィングドアがひらき、セニョーラ・アローヨが今日も黒ずくめの恰好で入ってくる。シモンには目もくれず、軽やかに歩いていって少年の前で立ち止まり、両の手で彼の両手を包みこむ。

「ようこそ、ダビード。なにかご本を持ってきたのね。見せてもらえますか？」

少年は大切な『ドン・キホーテ』を彼女に差しだす。セニョーラは眉をひそめてページを繰り、じっくり検分すると、少年に返す。

「バレエシューズは持ってきましたか？」

少年は木綿のバッグからシューズをとりだす。

「よろしい。金と銀のことをなんと呼ぶか知っていますか？　〝貴金属《ノーブルメタルズ》〟です。一方、鉄と銅と鉛は、〝隷金属《スレイヴメタルズ》〟と言います（一般には卑金属と言う）。高貴な貴金属が格上で、奴隷の隷金属が格下です。貴金属と隷金属があるように、高貴な数《ノーブルナンバーズ》（連分数をもつ無理数として定義される数）と奴隷の数《スレイヴナンバーズ》があるのですよ。あなたはノーブルなナンバー（曲、演目という意味もある）を踊る稽古をします」

「でも、これ本物の金じゃないです」少年は言う。「ただの色です」

「いいえ、ただの色ではありません。色には意味があるのです」

「わたしはこれで失礼します」シモンが声をかける。「午後に迎えにくるからね」と、少年の頭のてっぺんにキスをする。「それじゃ、ダビード。それでは、セニョーラ」

　時間をつぶすため、シモンはぶらりと美術館に入ってみる。壁はすかすかで、〈サフィロ・ゴルジュの落陽〉〈作品Ⅰ〉〈作品Ⅱ〉〈飲む人〉といった絵が掛かっている。聞いたことのない画家名ばかりだ。

「おはようございます、セニョール」聞き覚えのある声がする。「いかがです、当館のご印象は？」

　ドミトリーだ。ただし制帽は被っておらず、起き抜けのようなだらしなさだった。

「興味深い」シモンは答える。「わたしは門外漢ですが。エストレージャ派のようなものがあるのですか？　エストレージャの画風というか」

　ドミトリーは聞かれたことには答えず、「坊やを送ってくるところを見ておりましたよ」と言う。「坊やにとっては記念すべき日ですな。アローヨ夫妻に教わる初日だ」

「ええ」

「あなたもセニョーラ・アローヨ、つまりアナ・マグダレーナと話す機会があったでしょう。なんたる踊りの才！　なんと優美な！　しかし、残念ながらお子さんがいない。実の子をほしがっているが、かなわないのです。あのかたには、それが悲しみの種、苦しみの種だ。しかし見たところ、そんな苦しみは感じさせないでしょう、どうです？　まさに甘露の恵みで生きる安らかな天使のように見えるじゃありませんか。たまにちょっぴり甘露を啜るだけでけっこうですってね。とはいえ、セニョール・アローヨの前妻のお子さんがたがいて、アナが母親代わりになっているんです。それに、寄宿舎もありますからね。愛を与うる相手には事欠かない。セニョール・アローヨにはもう会われましたか？　いいえ？　まだですか？　りっぱなかたですよ、ご自身の音楽のためのみに生きる本物の観念主義者だ。会えばわかる。しかしあいにく、つねに地に足がついているとは言い難い。どういうことかおわかりですか。頭は雲の上だ。そんなわけで、重労働をこなすのはアナ・マグダレーナです。こわっぱたちになんとかダンスを仕込み、寄宿生の食事の世話をし、家事を切り盛りし、アカデミーの実務も見ている。これだけの仕事をあのかた独りで！　みごとに！　文句ひとつ言わず！　まさしくキュウリのごとく平然と！　千人に一人の女性です。だれもがあのかたを崇めてますよ」

「つまり、それらは全部ひとつの建物内にあるということですか？——ダンスアカデミーと、寄宿舎と、アローヨ夫妻の自宅が」

「まあ、広い建物ですからな。二階がまるごとアカデミーに充てられています。セニョールとご家族はどこからお越しに？」

「ノビージャです。最近までノビージャに住んでいました。北に移ってくるまでは」

「ノビージャですか。行ったことがない。わたしはまっすぐエストレージャに来て、以来ずっとここですよ」

「最初から美術館勤務ですか？」

「いやいや、違います——覚えきれないぐらいいろんな仕事をしてきた。そういう質《たち》なんでしょう。落ち着きのない性格なんです。最初は青物市場で荷運びをやりました。次は道路工事の仕事をしばらくやりましたが、好きになれなかった。それから長いこと、病院でも働きました。ひどかったですよ、長時間労働で。とはいえ、感動もした——あそこで目にする光景といったらね！　そのうち、人生が一変する日が訪れた。誇張なんかじゃない。良いほうに変わったんです。考え事をしながらそこの広場をぶらついていると、あの人がそばを通りすぎた。目を疑いましたよ。幻かと思った。あまりに美しい。この世のものとは思えない。わたしは跳びあがって後を追いました——犬のようについていったんです。何週間もアカデミーのまわりをうろつき、ひと目だけでもあの人の姿を見ようとした。もちろん、あの人はわたしになんぞ目もくれなかった。そりゃ、当然でしょう？　こんな見苦しいやつ。そのうち、美術館の求人広告を見たんです。清掃人ですよ、このあたりでは最底辺の仕事だ。まあ、長い話をはしょると、わたしはここに雇われ、それからずっとここで働いている。まずは美術館員に昇格し、去年、主任美術館員に。勤勉だし、時間をきちっと守るからね」

「話がよく見えないんだが。セニョーラ・アローヨのことを言っているんですか？」

「アナ・マグダレーナ。わたしが崇拝するおかたです。臆面もなく白状しますよ。あなただって、崇拝する女性がいたら、同じことをするんじゃないですか？——地の果てまでついていくでしょう？」

「この美術館は地の果てとは言い難いがね。セニョール・アローヨは妻に崇拝者がいることをどう思っているんだろう？」

「セニョール・アローヨは申しあげたとおり、観念主義者なんですよ。心ここに在《あ》らず、きっと数がくるくる回る天空にあるんでしょう」

こんな会話にはうんざりしてきた。この男に内緒の告白など求めた覚えはない。「失礼するよ。ちょっと用があるものだから」シモンは言う。

「おや、エストレージャ派の絵を見たいのかとばかり」

「それは、またにしよう」

とはいえ、学校の終業時間まではまだだいぶある。新聞を買って、広場のカフェに腰をおろしコーヒーを注文する。第一面には、庭でとれた巨大なカボチャかなにかを見せる老夫婦の写真が載っている。それは十四キロもあり、それまでの最高記録を一キロ近くも上回っていると、その記事は報じている。第二面には、（施錠していない）物置小屋から芝刈り機が一台盗まれた事件、公衆便所の器物破損（洗面台が叩き壊された）という犯罪を掲載している。それから、市議会と種々の分科会の議事報告が大げさにとりあげられている。住環境向上分科会、道路および橋梁分科会、財政分科会、来たる舞台芸術祭の運営分科会。つぎにはスポーツ面がつづき、今季のサッカーの見どころ——アラゴンサ対ノース・バレーの激突——を予想。

求人広告をざっと見てみる。レンガ職人、石工、電気工、簿記係……。自分はどんな仕事を探しているんだ？　まあ、労務系で軽めのものだな。造園とか。港湾の荷役なんて、いまの自分にはとんでもない。

コーヒーの代金を払う。「街中に〈移転センター〉はありますか？」と、ウエイトレスに訊いてみる。「もちろん、ありますよ」と、彼女は答えて、道順を教えてくれる。

エストレージャの〈移転センター〉は、ノビージャの大きな規模にはとても及ばない——実際、脇道に建つ狭苦しい出張所という体だ。デスクのむこうには、血色のわるい、見るからに不遇そうな、まばらに顎鬚をはやした若者が座っている。

「すみません」と、シモンは声をかける。「エストレージャに越してきたばかりの者ですが。ひと月ほど、谷のほうで、臨時雇いで働いていました。主にくだものの収穫です。そろそろもう少し常勤に近い職を探そうかと。できれば街中のほうがいいのですが」

職員はカード・トレイをとってきて、デスクの上に据える。「たくさんあるように見えますが、ほとんどはペケなんですよ」彼は正直に言う。「問題は、働き口がふさがっても連絡がないってことです。これなんかどうですか。ドライクリーニング店、熟練技術者求む。ドライクリーニングの知識は？」

「まったくありませんが、住所を控えさせてください。もっと肉体労働的な仕事はないかな？——戸外でやるような」

職員はその質問を無視する。「金物屋、在庫係求む。ご興味は？　数字に強ければ、経験不問とある。数字には強いですか？」

「数学者並みとはいかないが、数えるぐらいのことは」

「さっき言ったように、この働き口がまだ空いている保証はないんですよ。このインクのかすれ具合、わかります？」と、職員はカードを明かりにかざす。「だいたい古さがわかるでしょう。こっちのはどうかな？　法律事務所、タイピスト求む。タイプはできますか？　できない？　だったら、これは。美術館、清掃人求む」

「その職はもうふさがっていると思う。応募した男と会った」

「〝再訓練〟はお考えでないですか？　それがいちばんかもしれませんよ。新たな職業技術を身につけるコースに登録するんです。訓練を受けているかぎり、失業手当も出ますし」

「考えてみるよ」シモンは答える。失業届けを出していないことには触れずにおく。

　午後三時が近づき、アカデミーのほうにもどる。入口にはドミトリーがいる。「坊っちゃんのお迎えですか？　お子さんたちが出てくる時間には、必ずここにいるようにしてるんです。やっと解放されたぞ！って、みんな大喜びでわくわくして！　一瞬でいいから、あんな喜びをわたしももう一度味わってみたいですよ。子ども時代のことはなにひとつ、覚えていないんです。からっきし。まったくの空白です。忘却を嘆きますよ。だって、それはあなた自身の、あなたの子ども時代の礎《いしずえ》となるものでしょう。記憶があるから、この世に根を張れるんです。わたしは人生の嵐に根こそぎにされた木みたいもんだ。どういう意味かわかりますか？　坊っちゃんは子ども時代を過ごせるから幸運ですよ。あなたはどうです？　子ども時代がありますか？」

　シモンは首を横に振る。「いいや。いい大人になってからこっちに来たものでね。キャンプの職員はわたしをひと目見るなり、中年と断定した。子ども時代も、青春時代も、まるで記憶にない。きれいに洗い流された」

「まあ、恋しがっても仕方ないです。少なくとも、わたしたちは子どもたちと触れあう特権があります。彼らの天使の粉が少しは付くかもしれない。そら、お聞きなさい！　一日のレッスンの終わりだ。もうすぐ、子どもらが感謝の言葉を言いますよ。必ず授業の終わりは、感謝の祈りで締めくくられるんです」

ふたりはともに耳を傾ける。棒読みのような声が微かに聞こえ、消えていく。アカデミーのドアが勢いよくひらき、子どもたちがドタバタと階段を降りてくる。女の子も男の子も、色の白いのも黒いのも。「ドミトリー！　ドミトリー！」子どもたちは声をあげ、一瞬にしてドミトリーをとり囲む。彼はポケットに手を入れ、お菓子をひと掴みとりだすと、宙に放り投げる。子どもたちはそれに群がる。「ドミトリー！」

最後に、セニョーラ・アローヨと手をつなぎ、目を伏せ、いつになく沈んだようすであらわれたのは、ダビードだ。金色のシューズを履いたまま。

「それでは、ダビード、また明日ね」セニョーラ・アローヨが言う。

少年はそれに応えない。車に向かうと、ダビードは後部座席に乗りこむ。あっというまに眠りこみ、農園に着くまで起きない。

イネスがサンドウィッチとココアを作って待っている。少年はそれを食べて飲む。「今日はどうだった？」イネスがとうとう尋ねる。答えはない。「踊ったの？」ダビードはぼんやりした顔でうなずく。「どんなダンスか後で見せてくれる？」

少年はこれに答えず、自分の寝棚にあがると、球のように丸くなる。

「どうしちゃったのよ？」イネスがシモンに小声で訊く。「なにかあったの？」

シモンは安心させようとする。「ちょっとぼうっとしているだけだろう。初対面の人たちのなかで一日過ごしたから」

夕食が済むころには、少年の口も少しなめらかになってくる。「アナ・マグダレーナに数を教わったよ。2と3を見せてくれた。シモンは間違ってるし、セニョール・ロブレスも間違ってる。ふたりともね。数はね、空にあるんだよ。空に住んでいるんだ、星たちと一緒に。だから呼ばないと、降りてこないんだ」

「セニョーラ・アローヨがそう言ったの？」

「うん。2と3をどうやって呼ぶか、やって見せてくれた。1は呼べないんだって。自分で降りてくるものだから」

「2と3をどうやって呼ぶのか、やって見せてくれる？」イネスが言う。

少年は首を横に振る。「踊らないとだめなんだ。音楽をかけて」

「ラジオをつけたらどうだろう？」シモンが提案する。「踊れるような曲が流れるかもしれない」

「だめ。特別な音楽じゃないと」

「ほかはどんなことがあった？」

「アナ・マグダレーナにビスケットとミルクをもらったよ。あと、干しぶどうも」

「ドミトリーによると、授業の終わりにお祈りを唱えるそうだね。だれにむかって祈るんだ？」

「お祈りじゃないよ。アナ・マグダレーナがアークの音を流して、ぼくらはそれと調和しないといけない」

「なんだい、そのアークって？」

「さあ。アナ・マグダレーナはぜったい見せてくれないんだ。秘密なんだって」

「えらく謎めいているな。こんどお会いしたら訊いてみよう。ともあれ、楽しい一日だったようじゃないか。セニョーラ・アルマもセニョーラ・コンスエロもセニョーラ・バレンティーナも、ひとえに親切心からきみを気にかけてくれているんだ。しかも、ダンスアカデミーでは、星々から数を呼び寄せる方法を教えてくれるとは！　そのうえ、きれいな女性が手ずからビスケットやミルクまでくれるとは！　このエストレージャに流れ着いて運が良かったよ、まったく！　きみもそう思わないか？　自分は幸運だと？　恵まれていると思わないか？」

少年はうなずく。

「わたしは間違いなくそう思うね。きっと世界一、幸運な家族だ。さあ、歯を磨いておやすみ。ぐっすり寝て、また朝にはしっかり踊る準備ができるように」

新しい暮らしのパターンができる。シモンは六時半に少年を起こし、朝食をとらせる。七時までには車に乗りこむ。行き交う車はまだほとんどない。八時よりだいぶ前に、アカデミーで少年をおろす。車を広場に駐め、それから七時間、漫然と職探しをしたり、アパートの下見をしたりすることもあるが、ただカフェで新聞を読んでいることのほうが多い。時間になったら、少年を迎えにいき、家に連れて帰る。

シモンとイネスが、学校はどうだったと訊くと、少年は気乗りのしない顔で簡潔な答えをよこす。うん、セニョール・アローヨは好きだよ。うん、歌も習ってるよ。読み方の授業はまだやってない。足し算もやらない。一日の終わりにアナ・マグダレーナが奏でる謎のアークについては、なにも答えようとしない。

「ふたりともどうして毎日、今日はなにをしたのって訊くの？」ダビードは言う。「ぼくはそんなこと訊かないでしょ。どっちみち、言ったってふたりにはわかんないもん」

「どうしてわたしたちにはわからないの？」イネスが尋ねる。

「いっつもそうだから」

そう言われたふたりはしつこく訊くのをやめる。話す気になれば話せばいい。ふたりは自分にそう言い聞かせる。

ある夕べ、シモンは女性用の宿舎のほうにうっかり入ってしまう。床に膝をついていたイネスがむっとして顔をあげる。少年はパンツ一枚に金色のバレエシューズを履いた姿で、動きの途中で静止する。

「あっちに行ってよ、シモン！」少年が怒鳴る。「シモンは見ていいって言ってないぞ！」

「なぜだ？　わたしが見てはいけないものがあるのか？」

「いま、むずかしいことを練習しているのよ」イネスが言う。「集中力が必要なの。あっちに行って、ドアを閉めて」

驚き、戸惑って、シモンは退散し、ドアロに留まって聞き耳を立てる。なにも聞こえてこない。

後で少年が寝入ってから、イネスに訊いてみる。「わたしに見せられないような内緒ごとというのは、なんだったんだ？」

「あの子、新しいステップを練習していたの」

「けど、それのなにが秘密なんだ？」

「あなたには理解されないと思っているみたいよ。きっとからかわれるって」

「ダンスアカデミーに行かせておいて、なぜわたしがあの子の踊る姿をからかうんだ？」

「あなたは数を理解できないって。敵意があるんだって。数に敵意が」

イネスは少年が持ち帰った図を見せてくれる。三角を組みあわせた星形がいくつも描かれ、頂点に数がふられている。なにがなんだかさっぱりわからない。

「こうやって数の勉強をしているそうよ」イネスは言う。「ダンスを通してね」

翌朝、シモンはアカデミーにむかう車中で、この話題をもちだしてみる。「イネスがダンスに使う図を見せてくれたよ。あの番号はなにを表しているんだい？　足のポジションかな？」

「あれは星だよ」少年は答える。「天文学。踊りながら目を閉じると、目の前に星が見える」

「拍を数えるのはどうするんだ？　セニョール・アローヨが拍子をとって生徒たちを踊らせるんじゃないのか？」

「ちがうよ。みんな、ふつうに踊るだけ。踊ることは数えることと同じだから」

「つまり、セニョール・アローヨはただピアノを弾き、きみたちはただ踊る、と。わたしの知っているダンスの稽古とは別物のようだな。レッスンを見学していいか、セニョール・アローヨに訊いてみよう」

「それはむりだよ。シモンは入れない。授業中はだれも入れないって、セニョール・アローヨが言ってた」

「だったら、きみが踊る姿はいつ見られるんだろう？」

「いま見ればいいよ」

シモンはちらっと少年のほうを見る。ダビードは目を閉じ、唇に微かな笑みを浮かべて、じっとしている。

「それはダンスじゃないだろう。車に座ったままじゃ踊れない」

「ぼくは踊れるの。見て。いまもまた踊ってる」

シモンは面食らって首を振る。じきにアカデミーに到着する。ドアロの暗がりから、ドミトリーがあらわれる。きれいに梳かされた少年の髪を撫でてくしゃくしゃにする。「今日も一日始まるぞ」

第七章

イネスは早起きが不得手だ。とはいえ、ロベルタとおしゃべりをし、子どもの帰りを待つぐらいしかすることのない農園での生活が三週間もつづくと、ある月曜日の朝、珍しく早く起きてきて、ふたりと一緒に車に乗りこみ、街に出る。真っ先に行きたいのは美容院だ。それでひと心地ついたら、婦人用品店で新しいワンピースを一着買う。レジ係とむだ話をしているうちに、女性の店員を募集していることを知る。その場の思いつきでオーナーに申しでると、すぐに採用される。

農園から市街地への引っ越しはいきおい差し迫った問題となる。イネスがシモンに代わって部屋探しをうけもつと、何日もしないうちにアパートを見つけてくる。部屋そのものは可もなく不可もなく、界隈はさびれているが、街の中心地まで歩ける距離にあり、ボリバルが運動できる緑地も近くにある。

三人は荷物をまとめる。シモンは見納めに、ぶらりと畑に出てみる。暮れ方の、神秘的な刻だ。寝支度にかかる鳥たちが、木々でやかましく鳴いている。遠くから、羊たちの着けたベルの音がリンリンと聞こえてくる。三人にとって過ごしやすいこの果樹園を出ていくのは、正しい選択なんだろうか？

　三人そろってロベルタに暇を告げにいく。「収穫時にはまたもどっておいでよ」ロベルタは言う。「約束します」と、シモン。セニョーラ・コンスエロにはこう言う（セニョーラ・バレンティーナは忙しく、セニョーラ・アルマは例の悪魔と戦っているとか）。「あなたがたご姉妹にたいへん良くしていただき、感謝の言葉もありません」これに対して、セニョーラ・コンスエロはこう答える。「お気遣いなく。立場が変われば、あなたも同じことをわたしたちにしてくれるでしょう。お元気で、ダビード坊や。その名に光があたる日を楽しみにしていますよ」

　新しい部屋に越した最初の夜は、まだ注文した家具が届いておらず、三人とも床で寝ることになる。一夜明け、最低限必要なキッチン用品を買いにいく。お金が心細くなってくる。

　シモンはチラシを個人宅に投函してまわるという時間給の仕事につく。職務用の自転車をあたえられたが、重くてガタピシいう代物で、大きな籠が前輪の上にねじで固定されている。配布要員はぜんぶで四人（他の配布員と出くわすことは滅多にない）、シモンは街の四分の一にあたる北東エリアを担当することになる。アカデミーの授業が終わるまで、受け持ち地区をくねくねと自転車でまわり、パンフレット類を各戸の郵便ポストに押しこむ。ピアノレッスン、禿頭治療、垣根の剪定、電化製品の修理（格安）。それなりにはおもしろい仕事であり、健康にも良く、不愉快なこともない（もっとも、急坂は自転車を押して上がらなくてはならないが）。こうして自然と街のようすを知り、人々と出会い、新しいつきあいの契機にもなる。あるとき、雄鶏の鳴き声にひかれて裏庭にまわってみると、家禽を飼っており、毎週若い雌鶏を一羽、五レアルで分けてもらえることになる。もう一レアル出すと、鶏をしめてさばいてもくれる。

しかしもう冬が近づくころで、シモンは雨の日が憂鬱だ。たっぷりした防水のマントと船員用の防水帽を支給されているが、それでも雨は入りこんでくる。びしょ濡れになって寒く、ときにはチラシ類をそのへんに投げ捨て、自転車を車庫に返してしまいたくなる。そんな誘惑に駆られても、屈しない。なぜだろう？　自分でもよくわからない。もしかしたら、新生活を差しだしてくれたこの街にある種の義理を感じているのかもしれない。もっとも、そこの住民に「おしゃれなギフトボックス入り、二十四本セットのカトラリーを激安価格で」なんてビラ広告を投函したからといって、感覚も感情もない街になんの得があるのかよくわからないが。

アローヨ夫妻のことを思う。自分は雨のなか自転車で走りまわることで、彼らの生活維持にも微力ながら貢献しているわけだ。まだアカデミーのビラ広告を投函する機会はないが、かけ算表の暗記の代わりに星々へのダンスを教えている夫妻のオファーも、毛包を蘇らせる奇跡の育毛剤とか、体の脂肪を（分子レベルまで）分解する奇跡のマッサージベルト等々がオファーするものと本質的にはなんら変わりはない。イネスや自分と同じように、アローヨ夫妻もこのエストレージャに、着の身着のままでたどりついたに違いない。そうして、新聞紙かそんな物を敷いて一夜を明かしたに違いない。アカデミーが軌道に乗るまでは、夫婦でかつかつの生活をしてきたことだろう。セニョール・アローヨも自分と同じく、しばらくはチラシを個人宅に投函していたんじゃないか。アラバスターのごとき色白のアナ・マグダレーナも、跪いて床掃除をするほど落ちぶれた経験があるに違いない。移民の歩む道が縦横無尽にまじわる街。みなが希望をもって生きなければ、そう、各人がわずかながらも望みをもち、それを寄せ合って大きな希望にしていかなければ、エストレージャはどうなってしまうだろう？

ダビードが学校から、「両親へのお知らせ」を持ち帰ってくる。来たる夕べ、アカデミーの公開授業と懇談会があるらしい。アローヨ夫妻が同校の教育理念を保護者たちに語り、生徒たちが発表会をやり、その後に軽食が出る。ご関心のあるお友だちがいたらどうぞお誘いください。開始時間は七時になります、とのこと。

当夜の観衆はがっくりくるほどまばらで、わずか二十人ほど。用意された椅子の多くは空席のままだ。最前列に陣取ったシモンとイネスの耳には、スタジオの突き当たりに引かれた幕のむこうから、幼いダンサーたちのヒソヒソ声やくすくす笑いまでが聞こえてくる。

黒いイブニングドレスをまとい、むき出しの肩にショールを掛けたセニョーラ・アローヨが登場する。聴衆を前に、いつまでも無言で佇んでいる。シモンはまたもや彼女の泰然とした物腰と穏やかな美しさに打たれる。

ようやく彼女が口をひらく。「ようこそ、みなさま。今宵は寒い雨のなか、お越しいただきありがとうございます。今日は当アカデミーについて、わたくしどもが生徒たちにどのような達成を望んでいるか、少しお話しいたします。アカデミーの教育理念のガイドラインをざっとお伝えしておく必要があるからです。すでによくご存じのみなさまは、少しのあいだご辛抱願えればと思います。みなさんも知ってのとおり、わたしたちはここでの暮らしを始めるにあたり、以前の自分というものを過去に置いてきます。忘れるのです。とはいえ、完全にではありません。以前の自分のある部分はいくらか消えずに残ります。通俗的な意味での記憶ではなく、記憶の影とでも呼ぶべきものです。しかし新たな生活に慣れるにつれ、これらの影さえも薄れ、ついにはみずからの出自をすっかり忘れて、いま目に見えているものしか自分の人生はないのだと受け入れるようになります。

しかしながら、お子さんには、幼いお子さんには、いまもかつての暮らしの記憶が深く刻まれています。彼らはその追憶の影を表現する言葉は持ちあわせていませんが。なぜ持ちあわせていないかと言えば、わたしたちはかつての世界を失うと同時に、それを喚起しうる言語も失ったからです。その始源的言語のうち覚えているのは、わずかな単語だけでしょう。わたくしはそれを〝超越語〟と呼んでおりますが、なかでも真っ先に出てくるのは、ウノ・ドス・トレスといった数の名前です。

ウノ・ドス・トレス。これは学校で習う呪文にすぎないのでしょうか？　この心のこもらない呪文を、わたしたちは〝数を数える〟と呼んでいますが。それとも、この呪文を通して、そのむこうを見通すすべがあるのでしょうか？　その奥か先かにあるもの、すなわち純然たる数字――高貴な数とその補助量の領域までを見通すすべが？　高貴な数と数の和合から生まれた数は、まさしく星の数ほどあり、はてしなく多くて数えきれません。わたくしも夫も、アシスタントたちも、そういうすべはあると信じております。当アカデミーは生徒たちの魂をその地平に導き、宇宙の根源をなす大いなるムーブメント、わたくしどもの流儀で言えば、〝宇宙のダンス〟と調和させることに献身いたします。

数をそれらが住む空から呼び寄せ、人間の世界に出現させ、具現化するために、わたくしどもはダンスを踊ります。そう、当アカデミーでは、優美さを欠き、無秩序で、即物的な方法では踊りません。数に命を吹きこむよう、肉体と魂をひとつにして踊るのです。音楽がわたしたちの中に入ってきて、踊るわたしたちを動かすと、数はただの概念、ただの幻影であることをやめ、現実のものとなります。音楽がダンスを喚起し、ダンスが音楽を喚起する。このふたつに序列はありません。ですから、当校はダンスアカデミーだけでなく、音楽アカデミーでもあると自負しております。

ご両親、ご友人がたが今宵のわたくしの話を意味不明とお感じになるとすれば、それは言葉がいかに虚弱であるかを示すものに他なりません。言葉とは弱々しいものです――だからこそ、わたしたちは踊るのです。そうして踊ることで、超然たる星々のなかに住む数を呼び寄せる。踊ることでわたくしたちは数に身をゆだね、踊るうちに、数はやさしくもわたしたちのなかに住まうのです。みなさんの顔を拝見するに、いまだ胡乱《うろん》に感じているかたがたもおられましょう。『星々のなかに住むだとかこの人が言う数とはなんなのだ？』そう囁きあっているでしょう。『日々、商いをしたり雑貨屋で買い物したりする際に、わたしは数を使っているではないか？　数というのは人間に仕える慎ましい召使ではないのか？』

それにはこう答えましょう。みなさんが考えている数、つまり売り買いなどに使われる数というのは、真の数ではなく、数の似姿にすぎません。わたくしはそれを〝蟻数《ぎすう》〟と呼んでおります。ご存じのように、蟻は記憶をもちません。ちりから生まれ、死んでちりに還る。今夜、発表会の第二部で、低学年の生徒たちが蟻の役を演じるのをごらんになるでしょう。彼らはわたくしどもが下等算術と呼んでいる蟻の働き方を模倣します。家計簿などに使っている算術ですね」

蟻。下等算術。シモンはイネスのほうを向き、「この話、意味わかるか？」と、小声で訊く。しかし、イネスは口を引き結び、目を細めてアナ・マグダレーナを見つめるばかりで、答えようとしない。

シモンの目の端に、入口の影になかば隠れているドミトリーの姿がたまたま映る。数のダンスなどというものに、この熊男ドミトリーはなんの興味をもっているのか？　とはいえ、むろん興味があるのは話している彼女自身なのだろうが。

「蟻というのは生来、法を守る生き物です」アナ・マグダレーナは話しつづけている。「蟻たちが従う法とは、加法と減法です。彼らは来る日も来る日も、起きている間は、それしかしない。つまり、機械的に二つの法を実行しています。

当アカデミーでは、こういった蟻の法則は教えておりません。このことに、つまり数と数を足したりする〝数遊び〟を教えないことに、不安を覚える親御さんもいることでしょう。今日のご説明で理由を理解いただければいいのですが。わたくしどもはお子さまがたを蟻にしたくないのです。説明はもう充分でしょう。ご清聴ありがとうございました。当校のダンサーたちを温かくお迎えください」

彼女は合図をして脇にさがる。すると、美術館の制服を、今日ばかりはきちんとボタンを留めて着たドミトリーが、悠然と進みでて幕をさっと開ける。最初は左側の幕、次に右側。それと同時に、上方からパイプオルガンの抑えた音が響いてくる。

舞台上に、ひとりの男の子の姿があらわれる。年はおそらく十一か十二、金色のバレエシューズを履き、古代ギリシャ風の白いトーガを着て、片方の肩を丸出しにしている。両腕を頭上に差しあげ、遠くを凝視している。オルガニスト（セニョール・アローヨ以外にいないだろう）が一連の華麗な即興部を弾く間も、そのポーズで微動だにしない。おもむろに曲にあわせて踊りだす。舞台のある点からある点へと横にすべるように動き、ときにゆっくりと、ときに俊敏に、ひとつの地点に着くたびに動きが止まりそうになるが、決して完全には静止しない。ダンスのパターンや各点と点の関係はあるようなないような。少年の動きは優美ではあるが、バラエティに欠ける。シモンはすぐさま関心を失い、目を閉じて音楽に集中する。

オルガンは高音がキンキン鳴り、低音部は深く響かない。それでも、その演奏自体はシモンをとらえる。穏やかに下降していく。自分の中のなにか——魂だろうか？——が曲のリズムにのり、それに合わせて動きだすのを感じる。軽い陶酔に陥る。

曲はだんだん複雑みを増し、やがてまたシンプルに。シモンは目を開ける。もうひとりのダンサーが舞台に登場していた。最初に出てきた子と顔がそっくりなので、きっと弟だろう。この子もひたぶるに見えない点から点へと横に滑るように動いていく。ときおり二人のたどるコースは交差するが、ぶつかる危険はまったくなさそうだ。きっとみっちり稽古を重ね、たがいの動きがすっかり頭に入っているのだろう。しかし、ふたりの踊りにはそれ以上のなにかが感じられる。彼らの流れるような動きを規定しているロジック、シモンにはつかめそうな気がしてつかめないロジック。

曲が終わる。ふたりのダンサーは最後の地点に着くと、静止して冒頭と同じポーズをとる。ドミトリーが左側の幕を閉じ、つぎに右側も閉じる。客席からぱらぱらと拍手が起き、シモンもそれに加わる。イネスも手を叩いている。

アナ・マグダレーナがまた舞台に出てくる。その顔には先ほどはなかった輝きがある。少年たちのダンス、あるいは演奏、もしくはその両方が引きだしたものだろうと、いまのシモンは容易に信じられる。自身もまた胸のうちにある種の光輝を感じていた。

「ただいまごらんいただいたのは、ナンバー3とナンバー2という踊りです。高学年の生徒が演じてくれました。それでは、今宵の発表会のしめくくりに、わたくしが先ほどお話しした蟻のダンスを、低学年の生徒たちがご披露します」

ドミトリーが幕を開ける。観客たちの前に、縦一列に並んだ八人の子どもたちがあらわれる。女子も男子もタンクトップにショートパンツを穿き、緑色のキャップ帽には、蟻を表象する触角がゆらゆらしている。ダビードが列の先頭だった。

セニョール・アローヨがオルガンで行進曲を弾きだし、その機械的なリズムを強調する。子どもたちは右へ左へ、後ろへ前へと、大きなステップで動き、八人の一列縦隊から、四人ずつの二列縦隊に列《マトリックス》を組み替える。そのポジションを保って、四小節、その場で足踏みをし、つぎに新たに隊列を組み替えて二人ずつの四列縦隊になる。そのポジションのまま足踏み、つぎにまたフォーメーションを替えて八人が横一列に並ぶ。その場でまた足踏みをしていたかと思うと、突然、隊列をくずし、するとオルガン演奏は規則正しいスタッカートのリズムをやめ、ただ重厚な不協和音を次々と繰りだすなか、子どもたちは両手を羽のように広げて舞台をちょこまかと動きまわり、たがいにぶつかりそうになる（一度などは実際にぶつかり、ふたりは床に倒れこんで笑いで体を震わせた）。やがて行進曲のゆるぎないリズムがもどってくると、蟻たちは元の八人一列縦隊の形にすばやく整列する。

ドミトリーは幕を引いても退がらず、満面の笑顔で佇んでいる。観客たちは大きな拍手をする。演奏はやまない。ドミトリーが幕をさっと開けると、まだ一列縦隊で行進している虫たちがあらわれる。拍手がさらに大きくなる。

「どう思う？」シモンはイネスに話しかける。

「どう思うかって？　こう思うわよ。あの子が幸せなら、それがいちばんって」

「同感だな。しかしあの先生のスピーチはどう思った？　やはりあれは――」

そこで話は中断する。ダビードが興奮さめやらぬ上気した顔で、まだ触角をゆらしながら駆け寄ってくる。「ねえ、ぼくの踊り見た？」と訊いてくる。

「見ましたとも」イネスが答える。「とっても誇らしかった。蟻の隊長さんだったね」

「うん、隊長だけど、蟻は良い役じゃない。行進するだけだから。次はちゃんとしたダンスを踊らせてくれるって、アナ・マグダレーナが言ってたよ。でも、いっぱい練習しないとだめだって」

「良かったじゃない。次というのはいつ？」

「次の発表会だよ。ケーキ、食べてもいい？」

「好きなだけどうぞ。訊かなくていいのよ。ここにあるケーキはみんなのものなんだから」

シモンはセニョール・アローヨを探して、スタジオを見まわす。早くあの人物と会って、確かめたいのだ。彼もまた数が住まう高き領域とやらを信じているのか、それとも、彼はオルガン演奏をするだけで、そうした高邁な理論は妻にまかせているのか。ところが、セニョール・アローヨの姿はどこにも見当たらない。まばらにいる男性たちは明らかにシモンと同じく父親のようだ。

イネスが母親のひとりと会話している。その途中でシモンに手招きをする。「シモン、こちらはセニョーラ・エルナンデス。息子さんも蟻をやったんですって。セニョーラ、こちらは友人のシモンです」

アミーゴ、すなわち友人。これまでイネスが使ったことのない言葉だ。つまり、自分はそういう存在なのか。友人になったということか？

「イザベラです」セニョーラ・エルナンデスが言う。「イザベラと呼んでください」

「イネスです」と、イネス。

「イネスに、おたくの息子さんのことを褒めていたんですよ。自信たっぷりの演技じゃありませんか？」

「ええ、自信たっぷりの子でして」と、シモン。「いつもあんなふうなんです。想像に難くないと思いますが、ああいう子を教えるのは楽ではありません」

イザベラは解せないという顔で見てくる。

「自信があるのはいいのですが、あの子の自信はつねに根拠があるわけではなくて……」シモンはしどろもどろにつづける。「実際にはない力が自分にはあると思いこんでいるんです。まだ非常に幼いんですな」

「ダビードは独学で字を読めるようになったんです」と、イネスが言う。「『ドン・キホーテ』だって読めるんですよ」

「子ども向けの短縮版ですが」シモンが付け足す。「それでも、たしかに独学で字を読めるようになりました。だれの助けも借りず」

「このアカデミーは読み方には熱心じゃないんですよ」イザベラが言う。「読み方は後からやればいいんだそうです。幼いうちはダンス、ダンスと音楽だけでいいと。それにしても、アナ・マグダレーナが言うと説得力がありません？　弁術を心得ているんですね。そう思いませんでした？」

「高き領域から数が人間のもとに降りてくるとか、尊き数の2と3だとか、どういうことか少しでもおわかりになりますか？」シモンは尋ねる。

イザベラの子とおぼしき小さな男の子がすり寄ってくる。口のまわりにチョコレートをつけて。イザベラはティッシュをとりだして、口を拭いてやる。男の子は辛抱して拭かれている。「そのおかしなお耳は脱いで、アナ・マグダレーナに返しましょうね。虫の格好でおうちに帰れないでしよ」

会は終わりを告げる。アナ・マグダレーナがドアロに立ち、両親たちにあいさつをする。シモンは彼女の冷たい手と握手をする。「セニョール・アローヨにもお礼をお伝えください。お会いする機会がなくて残念でした。すばらしい音楽家でいらっしゃる」

アナ・マグダレーナはうなずく。一瞬、その蒼い目がシモンを注視する。**もろに見抜かれている、**とシモンは感じ、ぎくりとする。**見抜かれたうえで、嫌われている。**

心が傷つく。これまで嫌われた経験はあまりない。しかも、なんの理由もなく嫌われるとは。とはいえ、個人的な好き嫌いではないのかもしれない。この女性にとって、自分の権威を脅かしかねない生徒の父親は全員疎ましいのかもしれない。あるいは、姿なきアローヨ氏はべつとして、たんなる男嫌いかもしれない。

よし、むこうが嫌うなら、こっちも嫌ってやる。そう思って、自分で驚く。女性を、とくに美人を嫌うことなどそうそうない自分が。しかもこの女性が美しいのは、論をまたない。間近からの凝視に耐えるような美しさだ。完璧な造作に完璧な肌、完璧なたたずまいに完璧な物腰。こんなに美しいのに、自分は拒まれている。人妻だというのに、月とその冷たい光を思わせ、酷薄で威圧的な純潔を感じさせる。うちの子を――いや、どこの息子であれ娘であれ――この人物の手に託すのは賢明なことなのか？　学年末には、彼女自身に劣らず冷たく威圧的なその手に育てられた男の子が出現するのではないか。そうなったらどうする？　そう、星々への信仰やらダンスの幾何学的美学やら、この人物へのシモンの評価はそういうものだ。血も生気も通わず、無性的で……。

少年はケーキとレモネードで満腹し、車の後部座席で寝入っている。それでも、イネスに意見を伝える際には言葉に気をつける。この子はどんなに深く眠っていても、周りの音は聞こえているようなのだ。だから、ダビードがベッドに寝かしつけられて初めて、思っていることを口にする。

「イネス、われわれの判断は正しかったと思うか？　もう少し……その、極端でない学校を探すべきだったんじゃないか？」

　イネスはなにも答えない。

「セニョーラのあの講話はちんぷんかんぷんだったよ」シモンは言い募る。「せめて理解できた部分でいえば、ちょっとばかりいかれているんじゃないか。あの人は教師というより、伝道師だな。だんなとふたりで宗教をでっちあげ、ああやって入信者をとりこもうとしているんだ。ダビードはまだ幼くて感化されやすいから、あの手のものに触れさせるのは危険だ」

　イネスがやっと口をひらく。「わたしが先生をしていたときなんか、セニョール・Cは口笛を吹く郵便配達だったし、エル・Gはニャアニャア鳴く猫、エル・Tはシュッポシュッポ走る列車だった。それぞれの文字にはそれぞれの人格があり、音があった。文字をいろいろと組み合わせて新しい言葉を作ったものよ。小さな子どもたちには、そうやって読み書きを教えるものでしょ」

「きみが先生だったって？」

「そう、ラ・レジデンシア（ノビージャでイネスと兄たちが住んでいた集合住宅）で、住人の子たち相手にクラスをもっていたのよ」

「そんな話、聞いたことがない」

「アルファベットの文字にはそれぞれ人格がある。アナ・マグダレーナの場合、数に人格を与えているわけでしょう。ウノ・ドス・トレス。数を生きたものとして扱う。幼い子たちに教えるときはそうするものよ。宗教なんかじゃない。じゃ、もう寝るから。おやすみなさい」

アカデミーの生徒で寄宿しているのは五人のみで、残りは通学生である。エストレージャでも市街から遠い地区に自宅があって通学できない子が、アローヨ宅に寄宿している。この五人と、年若いアシスタントと、セニョール・アローヨの連れ子である息子二人だけは、昼食時もきちんと着席して、アナ・マグダレーナの支度した食事をとる。通学生たちは各自弁当を持参する。毎晩、イネスが翌日の弁当をつめ、冷蔵庫に入れておく。サンドウィッチと、リンゴかバナナ、それからチョコやクッキーなどのちょっとしたおやつ。

ある晩、イネスが弁当を用意している傍らで、ダビードがこう言いだす。「学校には肉を食べない女子もいるんだよ。かわいそうだからって。かわいそうなことなの、イネス？」

「お肉を食べないと丈夫になれないわよ。大きくなれない」

「でも、かわいそうなんでしょ？」

「かわいそうというのは違うでしょう。動物は殺されてもなにも感じない。人間のような感情をもたないから」

「セニョール・アローヨに訊いてみたら、動物は〝サンダンロンポウ〟で考えないから、べつにかわいそうじゃないって言ってた。サンダンロンポウってなに？」

イネスは呆気にとられている。シモンが割って入る。「セニョールはつまり、動物は人間のように論理的には考えないと言いたいんだろう。論理的な推測ができない。どう見てもこれから精肉屋に送られるという状況でも、それが理解できないから怖くないんだ」

「でも、痛いんでしょ？」

「殺されるときに？　いいや、精肉屋の手際がよければ痛みはない。医者に診てもらうときも、医者が上手なら痛くないだろう？」

「だったら、かわいそうじゃないんだ」

「特段、そうとは思えないな。大きくて強い雄牛はほとんどなにも感じない。雄牛にしてみたら、針でちくっと刺されたようなものだ。その先はまるで感覚がなくなる」

「でも、どうして牛は死ななくちゃならないの？」

「どうしてって？　牛も人間と同じだからさ。われわれ人間は不死身ではない、それは牛も同じなんだ。不死身でないということは、いつか死ぬということだ。セニョール・アローヨはそんなことを念頭において、三段論法の冗談を言ったんだろう」

少年は焦れて首を振る。「だから、どうして牛は人間に肉をあげるために死ななくちゃいけないの？」

「だって、動物を切り刻んだらそうなるだろう。死ぬだろう。トカゲのしっぽなら、切ったら新しいしっぽがはえてくる。しかし牛はトカゲとは違うんだ。牛のしっぽを切っても、新しいしっぽははえてこない。もし脚を切り落とせば、たくさん血が出て死ぬだろう。ダビード、こういうことは考えすぎないほうがいい。雄牛は善き生き物だ。人間の幸せを願っている。彼らの気持ちを言葉で表すなら、**ダビード坊やが丈夫で健康になるために、ぼくの新鮮な肉を食べる必要があるなら、喜んであげますよ**、ということだよ。なあ、イネス？」

イネスはうなずく。

「じゃあ、どうして人間は人間を食べないの？」

「気持ち悪いじゃない」イネスが即答する。「だからよ」

第八章

過去にイネスがファッションに関心を示したことはなかったので、例のブティック〈モダス・モデルナス〉の仕事が長続きするとは思っていない。ところが、そうでもなかった。彼女は販売員として頭角をあらわし、とくに年配の顧客にじっくりつきあってやるため、受けが良い。ノビージャから持ってきた衣類一式は捨ててしまい、自分も割引で買ったり借りたりした店の新しめの服を着るようになる。

店のオーナー、クラウディアとは年恰好も同じで、たちまち意気投合。一緒に街角のカフェでランチをしたり、サンドウィッチを買って在庫置き場で食べたりしている。そんな場ではクラウディアも、不良グループとつきあい学校をドロップアウトしかけている息子の愚痴をこぼしたり、言葉を濁しながらではあるが、遊び人の夫への文句をたれたりする。イネスのほうも同様に愚痴をこぼしているのか、それは少なくともシモンには言わない。

新シーズンに備えて、クラウディアはノビージャに服の買い付けに行くことになり、イネスに店をまかせて出かけていく。イネスの急な昇進に、生え抜きの店員であるレジ係のイノセンシアは憤懣やるかたない。クラウディアが帰ってきた日には、店中がほっとする。

シモンは夜ごと、ファッションの流行りすたり、好みのうるさいお客やクレーマー、イノセンシアとの望みもしないライバル関係などについて、イネスが語るのを傾聴する。しかし、チラシ配りのシモンに降りかかるしけた冒険談には、イネスはいっかな興味を示さない。

つぎの買い付けでクラウディアがノビージャに出張する際は、イネスも同行するよう誘われる。イネスはシモンにどう思うか尋ねる。行くべきだと思う？　だれかに気づかれて警察に連れていかれたらどうしよう？　シモンはそんな不安を鼻で笑う。就学児童に対する無断欠席の教唆および幇助なんて、極悪さのレベルからしたら、どう見たって最低ランクに位置する罪だろう。ダビードの調査書はいまごろ、他に山ほどある事件簿の下に埋もれてしまっているよ。まだ捜査が打ち切られていなくても、義務不履行の両親を探して街をしらみつぶしに当たるぐらいなら、もっとやるべきことが警察にはあるはずだ。

かくして、イネスはクラウディアの誘いに応える。ふたりは夜行列車でノビージャに乗りこみ、朝から、問屋街にある卸商の倉庫で新シーズンの服をセレクトする。休憩時間にイネスはラ・レジデンシアに電話をして、兄のディエゴと話す。ディエゴは挨拶抜きで、車を返せと言ってくる（「おれの車を」と表現）。イネスは拒否するが、車を譲ってくれるなら車体価格の半分を支払うと申してる。ディエゴは三分の二だと欲をかくが、イネスがつっぱねると、降参する。

もうひとりの兄ステファノに電話を代わってもらおうとすると、ステファノはもうラ・レジデンシアにはいないと告げられる。街に出て恋人と同棲している、恋人は子どもができたんだ、と。

イネスが留守中や、〈モダス・モデルナス〉のごたごたで頭がいっぱいのときは、シモンがダビードの世話を一手に引き受ける。朝と夕のアカデミーへの送り迎えのみならず、食事もつくってやる。料理の腕前は初歩の域だが、さいわい最近のダビードは猛烈にお腹をすかせているので、なにを出しても食べてくれる。グリーンピース入りのマッシュポテトも、何度もおかわりしてどんどん食べる。週末に焼くローストチキンも心待ちにしているようだ。

そんなダビードは急速に大きくなる。長身とまではいかないが、体軀はよく引き締まって、無尽蔵の活力にあふれているようだ。放課後は、飛びだしていって同じアパートの男の子たちのサッカー試合に加わる。いちばん年下なのに、その強い意志とタフさをもって、年上の大きな子たちからも一目置かれるようになる。ダビードは背を丸め、頭を低くして、両肘を脇にぴたりと付けて走り、スタイルこそ変わっているかもしれないが、足は速く、ちょっとやそっとでは倒されない。

最初のうち、シモンは試合中はボリバルをリードにつないでいた。幼いご主人さまを脅かす相手がいようものなら、フィールドに飛びだしていって嚙みつくのではないかと恐れたのだ。しかし、球を追って走りまわるのはたんなるお遊び、人間独自のお遊びなのだと、この犬はすぐさま理解した。いまではサイドラインのあたりに満ちたりておとなしく座り、サッカーには目もくれず、穏やかな日射しを浴びながら、さまざまな匂いが鼻先を豊かにくすぐるのを楽しんでいる。

イネスによれば、ボリバルは七歳だというが、もう少し上ではないかとシモンは思う。犬の一生の晩年、老境に入っているのは明らかだ。太りはじめている。雄として欠くところはないのに、雌に興味を失ってしまったようだ。寄ってこられても以前より素っ気ない。ほかの犬たちには警戒されている。ボリバルが顔をあげて低くうなるだけで、犬たちはこそこそと退散する。

放課後のぽんこつチームのサッカー試合を観戦しているのは、シモンひとりだけだ。試合は選手たちの口論でしょっちゅう中断する。ある日、年長の少年たちの代表がシモンのもとに来て、レフリーをやってくれないかと頼む。シモンは「わたしはもう年だし、向いていないよ」と言って、丁重に断る。事実と違う部分もあるが、後から考えると、やはり断って良かったと思う。ダビードも同感ではないか。

アパートの子どもたちは自分のことをだれだと思っているのだろう。ダビードの父親？ お祖父ちゃん？ 叔父さん？ ダビードは自分のことをどんなふうに話してあるのだろう？ 試合を観にきてるあの男の人はぼくとお母さんと一緒に住んでいるんだけど、独りで寝ているんだよ、とか？ ダビードはこの男を自慢に思っているだろうか、それとも恥じているだろうか、あるいは両方か？ いや、もうじき七歳とはいえ六歳児というのはまだまだ幼く、そんな相半ばする感情を抱くことはないか？

少なくとも、少年たちはボリバルには敬意を払っている。初日、犬を連れたシモンがやってくると、少年たちはそのまわりをとり囲んだ。「名前はボリバルだよ」ダビードは紹介した。「アルサティアンっていう種なんだ。嚙んだりしないから」アルサティアン種のボリバルは静かなるまなざしで遠くを見つめ、少年たちの畏敬を鷹揚に許した。

アパートでは、シモンは家族の対等な一員というより下宿人のようにふるまっている。つねに自分の部屋の整理整頓につとめる。浴室に自分の洗面用具は置きっぱなしにせず、コートは玄関脇のラックには掛けない。イネスの人生において自分がどんな立場にあり、それを彼女がクラウディアやそれ以外の人々にどう説明しているのかわからない。耳に入るかぎり、「夫」と表すのを聞いたことがないのは確かだ。もし世間には「男性の下宿人」と言っておくほうがいいなら、喜んでその役割を演じたい。

イネスはめんどうな女だ。それでも、彼女に対する称賛の念と、それだけばかりか親愛の情も育っているのに気づく。この女があのラ・レジデンシアとそこでの安楽な生活を手離し、こんなきかん坊の幸せのためにこれほど一心に尽くすとはだれが思ったろう！

「ぼくたちは家族なの？　シモンとイネスとぼくは？」少年がまた尋ねてくる。

「もちろん家族だ」シモンはしかるべく回答する。「家族にはいろいろな形がある。われわれも家族のひとつの形なんだ」

「でも、ぼくたち、家族でいなくちゃいけないの？」

シモンはダビードにしょうもない質問をされても、決して苛立つまい、まじめに受けてやろうと決意していた。

「もし望めば、もう少し家族とは違う形もとれるだろうね。たとえば、わたしが出ていって、単独で住まいを見つけ、ときおりきみたちに会いにくるとか。あるいは、イネスがだれかと好きあって結婚し、きみを新しい旦那さんの元に引きとるとか。しかしそのような道をわれわれは望んでいないだろう」

「ボリバルには家族がいないよ」

「われわれがボリバルの家族だ。われわれがボリバルの世話をし、ボリバルもわれわれの世話をしてくれる。だが、きみの言うことももっともだ。ボリバルには犬の家族はいない。子犬のころは家族がいたはずだが、成長して、もはや家族を必要としないようになった。独りで生活し、街で通りすがりに他の犬たちと出会うほうがいいと。きみも大きくなったら同じような決断をするかもしれないな。家族と離れ、独り暮らしをする。しかし小さいうちは、わたしたちの世話を必要としている。つまり、わたしたちはきみの家族だ。イネスとボリバルとわたしは」**もし望めば、もう少し家族とは違う形もとれるだろうね。**この会話から二日後、少年はだしぬけに、アカデミーの寄宿生になりたいと言い出す。

シモンは翻意させようとする。「ここでこんなに快適に暮らしているのに、どうしてアカデミーに寄宿する必要があるんだ？　イネスがひどく寂しがるぞ。わたしもだ」

「イネスは寂しがらないよ。ぼくに会ってても気づかなかったもん」

「もちろん、わかっていたさ」

「わからなかったって言ってるよ」

「イネスはきみを愛しているし、大切にしている」

「でも、ぼくに会ってもわからなかった。セニョール・アローヨはわかってくれる」

「セニョール・アローヨのところへ行ったら、自分だけの部屋なんか持てなくなる。寮の部屋ではほかの子たちと一緒に寝るんだ。夜中に心細くなっても、なぐさめてもらう相手もいない。アローヨ夫妻はまちがってもベッドに入れてくれないだろう。放課後にサッカーをやる仲間もいない。夕食には、きみの大嫌いなニンジンとカリフラワーが出るんだ、マッシュポテトにグレーヴィソースをかけたやつではなく。それに、ボリバルはどうなる？　なにが起きたのか理解できないだろう。**わたしの小さなご主人さまはどこに行った？　どうしてわたしを捨てていったんだ？**　そう言うだろう」

「ボリバルならときどき遊びにくればいいよ」少年は言う。「シモンたちが連れてきてよ」

「寄宿生になるというのは、大きな決断なんだ。来学期までようすを見て、きちんと考える時間をもとうじゃないか？」

「いやだよ、ぼくはいますぐ寄宿生になりたい」

シモンはイネスに相談する。「アナ・マグダレーナがあの子にどう約束したのか知らないが、とんでもない考えだ。あの子は家を離れるにはまだ幼すぎる」

驚いたことに、イネスはこれに反論する。「行かせてやったら。家に帰らせてと、すぐに泣きつくわよ。いい教訓になるでしょ」

これはいちばん予想外の反応だった。まさかイネスがアローヨ夫妻の元に大事な息子を預けるとは。

「費用もそうとうかかるだろう」シモンは言う。「少なくとも三姉妹に相談して、考えを聞いてみよう。なにしろ、出資者はあちらなんだから」

エストレージャの三姉妹の自宅には招かれたことがなかったが、農園のロベルタとは連絡を絶やさず、三姉妹が来園している折々に、挨拶にいくように心掛けてきた。三人の恩を忘れていないという印に。こうした訪問時には、ダビードはいつになくアカデミーのことを進んで話す。三姉妹は高貴な数と補助量について少年がこまごまと話すのを傾聴し、〝2と3のダンス〟のような、うまくいけば星空から尊き高貴な数を呼び寄せることができるという、シンプルな踊りの動きをやってみせるのを眺める。彼女たちはダビードの優美な身体の動きに魅せられ、アカデミーのけったいな教義を説く際のおごそかな口ぶりに恐れ入ったものだ。しかし今回の訪問では、ダビードは新たな困難に直面する。なぜ家を出てアローヨ夫妻の元に寄宿したいのか、説明しなくてはならないのだ。

「本当にあなたが寄宿する余裕はあるんでしょうね？」コンスエロが尋ねる。「わたしが理解したところでは――間違っていたら正してちょうだい、イネス――寮はご夫婦だけでまかなっていて、ご自分の子どもたちに加え、寄宿生がずらりといるわけですね。ダビード、おうちでご両親と暮らすことになんの不満があるの？」

「ぼくのこと、理解してくれないから」少年はそう答える。

コンスエロとバレンティーナは顔を見あわせる。「両親がぼくのことを理解してくれないんです、だって」コンスエロは考え考え言う。「そんな不満、これまでどこで聞いたろう？　お願いだから、答えてちょうだい、坊や。両親が子どもを理解するのは、そんなに重要なこと？　善き父母であれば充分ではないのですか？」

「シモンは数のことも理解できないんです」少年はさらに言う。

「数なんて、わたしもわかりませんよ。その手のことはロベルタに任せていますから」

少年は黙りこむ。

「よくよく考えてみたんだろうね、ダビード？」ここでバレンティーナが問いかける。「もう気持ちは固まっているの？　アローヨ夫妻のところで一週間すごしただけで、気が変わって帰りたいなんて言わないだろうね？」

「言いません」

「いいでしょう」コンスエロは言って、ちらりとバレンティーナの顔を、つぎにアルマの顔を見る。

「だったら、希望どおりアカデミーの寄宿生になりなさい。寮費のことはわたしたちがセニョーラ・アローヨと話しあっておきます。けど、ご両親に対するあなたの不満ですけど、自分のことを理解してくれないというね、それは心が痛みます。善き両親であるだけでは不足で、自分を理解すべきだというのは、求めすぎのように思えます。わたしだってあなたのことはさっぱり理解できませんよ」

「それはわたしも同じだね」と、バレンティーナが言う。アルマは無言のままだ。

「ほら、セニョーラ・コンスエロとセニョーラ・バレンティーナとセニョーラ・アルマにお礼を言わないの？」イネスがせっつく。

「ありがとうございます」少年は言う。

翌朝、イネスは〈モダス・モデルナス〉に出勤せず、ダビードとシモンに同行してアカデミーに赴く。「ダビードはここの寄宿生になりたいそうです」と、アナ・マグダレーナに切りだす。「だれに吹きこまれた考えなのか知りませんけど、あえて訊きません。ひとつだけお尋ねします。この子を引き受ける余裕はあるんですか？」

「本当なの、ダビード？　ここに寄宿したいの？」

「はい」と、少年は答える。

「それで、お母さまは反対なのですか、セニョーラ？」アナ・マグダレーナは尋ねる。「反対なさっているなら、たんにそう言えばよろしいのでは？」

それはイネスに向けた質問だったが、シモンが答える。「この子はまた新たにこういう希望を出してきました。われわれが反対しないのは、ひとえに反対するだけの力がないからです。うちではダビードが結局いつも我を通すのです。そういう一家なんです。ひとりのご主人さまに、ふたりの召使が仕えるという」

イネスはこの冗談がおもしろくないようだ。アナ・マグダレーナも。だが、ダビードはおっとりと微笑む。

「女の子は安全面を優先しますが」アナ・マグダレーナが言う。「男の子はまたべつです。ときには、家を離れることも大いなる冒険になるでしょう。とはいえ、ダビード、ひとつ言っておきますよ。ここに寄宿したら、もうご主人さまではいられません。ここでは、セニョール・アローヨがご主人さまで、少年少女たちはセニョールの言うことを聴くのです。あなたにそれが守れますか？」

「はい」と、ダビードは答える。

「でも、寄宿は平日だけで」と、イネスが割りこむ。「週末は家に帰りますから」

「持ち物のリストを書いておきましょう」アナ・マグダレーナが言う。「ご心配なく。もしホームシックで寂しがるようなら、ご連絡します。アリョーシャも目を光らせていますし。アリョーシャはそうしたことには敏感ですので」

「アリョーシャ。アリョーシャというのはどなたです？」シモンは尋ねる。

「寄宿生の世話をしている男性だってば」イネスが答える。「前に話したでしょ。聞いてなかったの？」

「アリョーシャというのは、アシスタントの若い男性です」アナ・マグダレーナが言う。「彼もこのアカデミーの出身ですので、ここのやり方をよく知っています。とくに寄宿生の世話を担当してもらっています。食事も寄宿生と一緒にとりますし、寮区画の隣に自分の部屋をもっています。とても繊細で、とても気立てが良く、とても思いやりがあります。あとで紹介しましょう」

通学生から寄宿生への切り替え手順は、じつにあっけないものだった。イネスが小さなスーツケースを買って、そのなかに幾ばくかの洗面用具や着替えの衣服を詰める。ダビードはそこに『ドン・キホーテ』を加える。あくる朝、ダビードは事務的な態度でイネスにお別れのキスをし、シモンに付き添われ、スーツケースを引きながら通りを颯爽と歩きだす。

いつものようにアカデミーの玄関口でドミトリーが待っている。「なるほど、坊っちゃんは寄宿生におなりですか」と、スーツケースを引きとりながら言う。「たしかに絶好の日よりですな。歌い、踊り、待ちかねた客人を歓待するに絶好のお日よりだ（新約聖書ルカ伝より。帰還や来訪を待っていた相手を歓待する比喩として「肥やした子牛を殺す」と言う）」

「行っといで、坊や」シモンは言う。「いい子にするんだよ。金曜日には迎えにくるから」

「ぼくはいい子だよ」ダビードは返す。「いつもいい子だ」

シモンが見守るなか、少年はドミトリーと一緒に階段をあがり、姿を消す。そのとたん、シモンはとっさに後を追ってしまう。スタジオに着くと、ちょうど〝坊や〟がアナ・マグダレーナに手をとられ、レッスン室の奥の部屋へはずむ足取りで入っていくのがちらりと見える。胸のうちに喪失感が霧のように渦巻く。涙がこみあげ、こらえようとするものの溢れてしまう。

ドミトリーが腕を肩にまわしてきてなぐさめ、「落ち着いて」と言う。

落ち着くどころか、堰を切ったように泣きだしてしまう。そんな彼をドミトリーが胸に抱き寄せる。シモンは抵抗しない。はばかりなく二度、三度と盛大にしゃくりあげ、声を震わせながら深く息を吸うたびに、煙草くさい上着の臭いを吸いこむ。**どうとでもなれ。かまうものか。これぐらい、父親なら許容されるだろう。**そう思いながら。

やがて涙も枯れる。シモンは身を引き離し、咳払いをすると、小さく感謝の言葉を述べたつもりが、意味のないがらがら声にしかならず、そのまま階段を駆けおりる。

その晩、家でこのエピソードをイネスに話す。振り返ってみると、ますます奇妙に思えてくる。奇妙というより、気味が悪い。

「まったくどうかしていたよ」シモンは言う。「なにせ、子どもをとりあげられて牢屋に入れられるんじゃあるまいし。あの子が寂しくなったり、そのアリョーシャとかいう男とうまくいかなかったりすれば、アナ・マグダレーナの言うように、三十分ぽっちで家に帰ってこられる。そんなに傷心するわけがどこにある？　しかもよりによって、ドミトリーの前でだぞ！　ドミトリーの！」

ところが、イネスの心配はそこにはなかった。「もっと厚手のパジャマも持たせればよかったかな」と言う。「渡しておくから、あした持っていってくれない？」

翌朝、ダビードの名を書いて褐色クラフト紙に包んだパジャマを、ドミトリーに託す。「イネスが暖かい衣類を用意した。直接、ダビードには渡さないでくれ。あの子は忘れっぽいから。アナ・マグダレーナに渡してほしい。あるいは、寄宿生の世話をしている若者に渡したほうがいいかもしれない」

「アリョーシャでしょう。間違いなく彼に渡しますよ」

「ダビードが夜、寒がるんじゃないかとイネスが気をもんでいてね。そういう質なんだよ――気をもみやすい。ところで、昨日は醜態をさらして申し訳なかった。どうかしていたよ」

「愛ですな。坊やを愛しておられる。その子があんなふうに背を向けるのを見れば、心も折れようというものだ」

「背を向けるだって？　それは誤解だ。ダビードはわれわれに背を向けているわけではない。とんでもない。アカデミーに寄宿するのはいっときのことで、ほんの気まぐれというか、試みにすぎないさ。飽きたり不満が出たりすれば、すぐ家に帰ってくる」

「子どもの巣立ちのとき、親御さんは決まって心を痛めるものです。自然なことですよ。あなたは柔な心をお持ちだ。見ればわかる。わたしもこのいかつい見かけのわりには、心は柔なんです。恥じることではありません。あなたも、わたしも、そういう質なんですから。生まれつき柔なんだ」ドミトリーはにやりとする。「そこへいくと、おたくのイネスさんは違う。ウン・コラソン・デ・クエロってやつです」

「口からでまかせを言うもんじゃない」シモンは堅い口調で返す。「イネスほど献身的な母親はいないぐらいだ」

「ウン・コラソン・デ・クエロ」と、ドミトリーは繰り返す。「〝革の心〟ですよ。信じられなくても、いまにわかります」

その日、シモンはわざとゆっくりとペダルを踏み、街角で油を売って、チラシ配りの作業をなるたけ長引かせる。それでも、この先、夜の時間が砂漠のように口をあけている。バーを見つけて、ヴィーノ・デ・パハを注文する。農園で味を覚えた田舎ワインだ（藁の上で干したぶどうの実で造る甘口ワイン。藁ワインとも言う）。バーを出るころには、べろんべろんになってご機嫌だが、ほどなくして重苦しい憂鬱がもどってくる。**なにかすることを見つけるんだ！**　彼は自分に言い聞かせる。**人はこんなふうに暇つぶしばかりで生きていられない！**

ウン・コラソン・デ・クエロ。固い心の持ち主がいるとしたら、それはイネスではなくダビードだ。イネスと自分のあの子への愛情、これには疑問の余地がない。しかし愛情からとはいえ、求められるがままにやすやすと願いを聞き入れるのは、あの子にとって良いことなのか？　ひょっとして、世の中の教育機関には、〝盲目的な智恵〟というのがあるのではないか。あの子を小さな王子さまのようにちやほやせず、公立学校にもどして、学校の教師たちに手なずけさせ、社会的な生き物として調教すべきなのではないか。

ずきずき痛む頭を抱えてアパートに帰ると、自室に閉じこもり、眠りに落ちる。目覚めてみるともう夜で、イネスも帰宅している。

「すまない」と、シモンは謝る。「くたくたで、まだ夕食の用意ができていないんだ」

「食べてきたから」と、イネスは言う。

第九章

その後の数週間で、ふたりの家庭的な絆のもろさがどんどん露呈してくる。端的に言って、子どもが家を出てしまったら、イネスと彼が同居している理由はない。ふたりではとくに話すこともない。なにしろ、共通するものがほとんどなに一つないのだ。沈黙をうめるのに、イネスは〈モダス・モデルナス〉に関する無駄話をし、シモンはろくに聴いていない。自転車でのチラシ配りがない日は、自室に閉じこもって新聞を読んだり昼寝をしたりして過ごす。買い物にもいかず、料理もしない。イネスは夜遅くまで出歩くようになり、きっとクラウディアとつるんでいるのだろうと思うが、本人からはなにも報告がない。週末に坊やが帰宅すると、かろうじて家庭生活らしいものがもどってくる。

そんなある金曜日、シモンがアカデミーに少年を迎えにいくと、建物のドアに鍵がかかっている。長いこと探しまわった挙句、美術館内にいるドミトリーをつかまえる。

「ダビードはどこだ？」シモンは詰め寄る。「子どもたちはどこへ行った？ アローヨ夫妻は？」

「みんな、泳ぎにいきましたよ」ドミトリーは答える。「聞いてませんか？ カルデロン湖に泊まりがけで出かけたんです。寄宿生へのごほうびですよ。暖かくなってきましたからね。わたしも同行したいところでしたが、やれやれ、館の仕事があって」

「いつもどってくるんだ？」

「お天気が良ければ、日曜日の午後になりましょう」

「日曜だと！」

「日曜です。心配いりませんよ。坊ちゃん、きっとお楽しみですよ」

「けど、あの子は泳げないんだぞ！」

「世界広しといえども、カルデロン湖ほど穏やかな湖水は無し。あそこで溺れた人はこれまでいません」

シモンはこの悲報をもって、帰宅したイネスを迎える。ダビードは泊まりがけでカルデロン湖に出かけてしまった。今週末はあの子に会えない、と。

「で、そのカルデロン湖ってどこ？」イネスが言下に尋ねる。

「車で北へ二時間ほど行ったところだ。ドミトリーによれば、カルデロン湖への旅行は教育上欠かせない体験だそうだ。子どもたちは船底がガラスで出来たボートに乗せられて、水中生物の観察をするらしい」

「なにが、ドミトリーよ。あの男、いまや教育専門家気取りね」

「なんなら明日の朝いちばんで、カルデロン湖へ車で行くという手もある。万事、滞りないか確かめるだけでもいい。ダビードに声をかけて、もし不満そうなら連れて帰ろう」

ふたりはこれを実行する。後部座席で居眠りをするボリバルを連れ、カルデロン湖へ車で向かう。

空は雲ひとつなく、間違いなく暑くなりそうだ。ふたりは幹道からの脇道を見すごし、午過《ひる》ぎによ
うやく湖畔の小さな保養地を見つける。民宿が一軒、それから、アイスクリームとゴム草履と釣り
道具と餌を売るショップが一軒あるだけだ。
「学校の団体の行く先というと、どこだろう」シモンはショップの売り娘に訊く。
「エル・セントロ・レクレアティーボ。湖畔の道路をずっと行ってください。一キロぐらい先です」
エル・セントロ・レクレアティーボ、すなわち〈リクリエーション・センター〉とは砂浜を望む、
まとまりのない低層の建物だった。浜辺には、水遊びに興じるたくさんの人々がおり、男性も女性
も、大人も子どもも、そろって全裸だ。離れたところからでも、アナ・マグダレーナは難なく見分
けられた。
「ドミトリーからこんなことはなにも聞いてないぞ――こんなヌーディストビーチのことは」シモ
ンはイネスに言う。「われわれ、どうしたらいいんだ？」
「言っとくけど、わたしは間違っても脱ぎませんからね」イネスはそう返す。
イネスはスタイルが良い。身体を見られて恥ずかしいことはないはずだし、要はこう言いたいの
だろう。「あなたの前では、間違っても脱がない」と。
「だったら、わたしに任せてくれ」シモンは言う。リードを解かれたボリバルが早くも浜辺へ悠々
と駆けていくのをよそに、彼は車の後部座席にもどり、衣服を脱ぐ。
石を避けて慎重に歩き、砂浜に着いたところに、子どもたちを満載したボートが着岸する。大鴉《からす》
の濡れ羽色というべき黒髪をなびかせた若者がボートをしっかり押さえてやると、子どもたちがこ

ろがりでてきて、浅瀬で水しぶきをたてながら歓声をあげ、大きな笑い声をたてる。そのなかに裸のダビードもいる。少年は彼に気づくと、ぎょっとし、「シモン！」と声をあげて駆け寄ってくる。

「ねえ、なにが見えたと思う、シモン！ ウナギだよ、ウナギが赤ちゃんウナギを食べてたんだ。赤ちゃんウナギの頭が大きなウナギの口から飛びだしてて、すごくおもしろかったよ、シモンにも見せたかったたな！ ほかにもいろんな魚を見たんだ、たっくさん。あとね、カニも見たよ。それぐらいかな。あれ、イネスはどこ？」

「イネスは車で待っているんだ。ちょっと体調がすぐれなくて。頭痛がするらしい。わたしたちはきみの意向を確認しにきたんだ。一緒に帰るか、このまま泊まっていくか？」

「ぼくは泊まるよ。ボリバルもお泊まりできる？」

「それは無理だろうな。ボリバルは知らない場所にはなじめない。ふらふら出ていって、迷子になってしまう」

「迷子になんかならないよ。ぼくが面倒みるから」

「それは、どうだろう。ボリバルと相談して、どうしたいか考えてみよう」

「わかった」少年はそれ以上なにも言わず、背を向けて、あたふたと友だちの後を追っていく。

シモンがこの浜にすっ裸で立っていることに、少年は違和感ないようだ。シモン自身も、老いも若きも全裸の集団にいるうちに、急速に自意識が蒸発していく。とはいえ、アナ・マグダレーナに対してだけは、正視を避けている自分に気づく。なぜだろう？ なぜ彼女の前でだけは、自分が裸だと意識させられるのか？ 彼女には性的感情は抱いていない。とてもではないが釣り合わないだろう。性的にせよ、そうでないにせよ。なのに、その全裸を直視せよと言われたら、目からギラギラしたものが出るんじゃあるまいか。金属のように固くて見紛いようのない何かが、目から矢印みたいにピカーッと飛びだそうものなら、いたたまれない。

とてもではないが釣り合わない。それだけは確かだ。もしアナが目隠しをされて、ドミトリーの美術館の彫刻のように展示されていたら、あるいは、動物園の檻に動物みたいに入れられていたら、自分は何時間だって飽かずに眺め、被創造物として彼女が見せるフォームの完成度にうっとりと見惚れるだろう。いや、彼女との差はそんなものではない。全然ない。彼女が若くて、活力にあふれ、自分が年寄りで、よぼよぼしているとか、それだけの話ではないのだ。彼女がいわば大理石の彫り物のようで、自分がいわば土くれの寄せ集めだとか、それだけでは済まされない。どうして〝釣り合わない〟などという語が即座に浮かんだのだろう？　じつは気づいていながら指摘できない、二者のもっと根源的な差異とはなんなのか？

背後で声がする。彼女の声だ。「セニョール・シモン」シモンは振り返り、渋々ながら目をあげる。

アナの両肩は砂にまみれている。胸は陽に灼けて、ほんのりと赤らんでいる。股間には毛の生えた一帯があるが、ごく淡い褐色で、あまりに繊細なので見えないぐらいだ。

「独りでいらしたんですか？」彼女が尋ねてくる。

いかり肩で、ウエストの位置が低く、脚は長くてしっかり引き締まっている。ダンサーの脚だ。

「いいえ、イネスが車で待っています。ダビードのことが心配で来たんです。こうした旅行のことは、聞いていなかったもので」

アナは顔をしかめる。「でも、お知らせを全員のご両親にお送りしましたよ。受けとっていませんか?」

「〝お知らせ〟は、さっぱり覚えがありません。ともあれ、結果オーライです。子どもたちは愉しんでいるようだし。寄宿舎にはいつ帰るんですか?」

「まだ決めておりません。このままお天気が良ければ、週末じゅう留まるつもりです。うちの主人とは初対面でしたか? ファン、こちらがセニョール・シモン、ダビードのお父さまです」

セニョール・アローヨ、音楽の匠《たくみ》でありダンスアカデミーの学長。こんな形で——すっ裸で——初対面をはたすことになろうとは。大柄な男性で、中年太りというのは中《あた》らないが、もはや若くはない。顎の下、胸、腹のあたりの肉がたるんできている。顔色、というより全身の肌は、その禿げ頭にいたるまでもれなく真っ赤だ。まるで、太陽のもとに生まれついたような。きっと今回の湖水浴は彼が言いだしたことだろう。

シモンはセニョールと握手をする。「おたくの犬ですか?」セニョール・アローヨがボリバルを指す。

「そうです」

「精悍な獣だ」低音の、くつろいだ声。ふたりはそろって精悍な獣を打ち眺める。ボリバルはふたりの視線など一顧だにせず、湖面を凝視している。スパニエル犬が二匹、そばに寄っていって、代わる代わるボリバルの股の臭いを嗅ぐ。嗅がれたほうは嗅ぎ返す気はないようだ。

「いま奥さまに説明していたのですが」シモンはセニョールに言う。「なんらかの連絡ミスがあったようで、わたしたちはこの旅行を前もって知らされていなかったんです。ダビードは、通常どおり週末は帰宅するものと思っていました。だからようすを見にきました。ちょっと心配になったもので。しかし問題ないようですので、そろそろおいとましようかと」

シモンを見るセニョール・アローヨは、なにが可笑しいのか口元が微かにひくひくしている。

「連絡ミスですと？　ご説明ください」とも言わないし、「無駄足を踏ませてすみませんでした」とも言わず、「昼食をごいっしょにいかがです？」とも言わない。無言のままだ。雑談はいっさいなし。

瞼までがうっすら陽灼けしている。そこに青い瞳。妻より淡い色合いの。

シモンは気をとりなおして、「ところで、お伺いしたいのですが、ダビードの勉強は捗っておりますか？」

重たそうな頭が、一度、二度、三度とうなずく。口元にはっきり笑みととれるものが浮かぶ。

「息子さんには──なんというか──こんなに幼い子には珍しい自信がみなぎっている。冒険を恐れない。知の冒険を」

「ええ、そのとおりです。それだけでなく、歌も上手でして。わたしは音楽の専門家ではありませんが、聞けばわかります」

セニョール・アローヨは手をあげ、シモンの言葉を物憂く払う。「あなたの力だ。ダビードの養育の責任者はあなたなのでしょう。本人からはそう聞いています」

思わず、胸がふくらむ。あの子はまわりにそう説明しているのか。自分を育ててきたのは、このシモンだと！　「こう言ってはなんですが、ダビードは通常とは違う教育を受けてきておりまして」シモンは言う。「いま、自信がみなぎっているとおっしゃいました。確かにそうです。自信の範囲に収まらないことも間々ありますが。こうと決めたら、てこでも譲りません。その点、先生によっては評価されませんでした。しかしあなたとセニョーラ・アローヨには、あの子も最大限の敬意を抱いています」

「うむ、だったら、その敬意に値するよう、せいいっぱい努めねばならん」

いつのまにか、アナ・マグダレーナはその場からいなくなっていた。湖畔を遠ざかっていく背の高い優美な彼女の姿が、ふたたび視界に入る。そのまわりを、裸んぼうの子どもたちの一群が飛び跳ねている。

「そろそろ引きあげ時だ。失礼します」と言ってから、こう付け足す。「あの数のことですが、二とか三とか――あの体系を必死で理解しようとしてきました。セニョーラ・アローヨのご講話もしっかり拝聴し、ダビードにも質問していますが、正直なところ、いまもって理解困難です」

セニョール・アローヨは片眉をぴくりとあげ、話の先を待つ。

「わたしの人生において、数勘定というのは大きな役割を演じておりません」シモンはここぞとばかりにしゃべりだす。「もちろん、人並みにリンゴやオレンジを数えたりします。お金も数えます。足し算、引き算。奥さまの言う〝蟻の算術〟ですね。しかしながら、2のダンス、3のダンス、高貴な数と補助量、星々を呼び寄せるなど――そうなってくると理解できません。ご教授のなかで、2と3の先に進まれたことはおありですか？　アカデミーの子たちはいずれ、本式の数学にたどりつけるんでしょうか？　xやyやzの出てくるような。それとも、それはもっと後のことでしょうか？」

セニョール・アローヨは口をひらかない。真昼の太陽がふたりに照りつける。

「理解のヒントを、わずかな手がかりなりとも、いただけないでしょうか？」シモンはたたみかける。「理解したいのです。心から。心から理解を望んでいます」

やっとセニョール・アローヨが口をひらく。「理解を望んでいる、と。まるで、わたしがエストレージャの賢者のようなおっしゃりようだ。あらゆる問いへの答えを有する人間のような。それは違う。わたしはあなたの問いに答えられない。しかし一般的な答えというものに関して、ひと言いわせていただこう。わたしに言わせれば、問いと答えというのは、天と地、男と女のように共にあるものだ。男が出かけていき、ただ一つの彼の問い『わたしに欠けているものはなにか?』への答えを求めて世界を歩きまわる。そんなある日、もし運に恵まれれば、女性という答えを見つけるだろう。男と女は共にある——例の表現を使わせてもらえば——一つなのだ。そして男と女が一つであること、その結合から、子どもが生まれてくる。子どもは成長し、ある日、同じ問いに行き会う。『わたしに欠けているものはなにか?』そうして同じ循環が始まる。ぐるぐる循環するのは、その問いにはすでに答えがあるからなのだ。未だ生まれ落ちぬ子どものように」

「それゆえ、どうなります?」

「それゆえ、この循環から逃れたければ、おそらく、われわれは真の答えではなく、むしろ真の問いを探して世界を歩きまわるべきなのだろう。それこそが、われわれに欠けているものなのだ」

「いまのお話はどのような理解の一助になるのでしょうか、セニョール? わたしはあなたが息子に教えているダンスを——ダンスと、ダンスが呼び寄せるという星々のことを、そして息子の教育におけるダンスの位置を理解したいのです」

「さよう、星々というものに……われわれ人間はいつまでも星々のことがわからない。あなたやわたしのような年老いた人間でも。**星とはなんなのだろう? われわれになにを語りかけているの**

か？　星々はどんな法則に則って生きているのか？　子どものほうが、たやすく答えを出すだろう。子どもは考える必要がない。なぜなら、踊れるからだ。大人が自分と星たちの間に横たわる虚空を凝視し、『なんたる深淵！』『どうすれば越すことができる？』と、頭を真っ白にして立ちすくむ傍ら、子どもは踊ることで、深淵をあっさり越えてしまう」

「ダビードはそんなふうにはいきません。あの子は空隙への不安でいっぱいなんです。ときには、頭が真っ白になるぐらい。そういう姿を見てきています。子どもには珍しくない現象だそうです。症候群というか」

セニョール・アローヨはシモンの言葉にとりあわない。「ダンスというのは、美の問題ではないのだ。たんに動きの美しい像を創ろうという気なら、子どもではなくマリオネットを使うだろう。マリオネットが宙に浮かび、滑るように動くさまは、人間には決して真似ができない。おそろしく複雑な振付けも空中でやすやすとこなす。しかしマリオネットは踊れない。魂がないからだ。ダンスに優美さをもたらすのは、魂なのだ。リズムにのり、つぎのステップへ、つぎのステップへと駆り立てるのは魂なのだ。

つぎに星々について言えば、星は星で自分たちのダンスをもっているが、その論理は人間の理解を越えている。そのリズムも。そこがわれわれにとっての悲劇なのだ。しかも、さまよえる星々、ダンスの動きに従わない星たちもいる。算術を知らない子どものようなものだ。『ラス・エストレージャス・エランテス・ソン・ニーニョス・ケ・イグノラン・ラ・アリトメティカ』と、かの詩人が言ったごとし。星々は思考し得ぬもの、あなたやわたしの理解を越えたことを考えるのが定めだ。永遠が始まる以前、終わって以降の思考、無から一へ、一から無へ移る思考、等々。命にかぎりのあるわれわれ人間には、無から一へのダンスはできない。さて、神秘的なxについてのあなたのご質問、そのxへの答えをわがアカデミーの生徒たちがいつか知り得るかというご質問に立ち返ると、嘆かわしいことに、わたしにはわからないのだ」

シモンは話の先を待つが、もう言葉は出てこない。セニョール・アローヨは言うべきことを言い終わったらしい。つぎはこちらの番。とはいえ、まるでお手上げだ。持ちかける話も尽きてしまった。

「ご安心召されよ」セニョール・アローヨが言う。「あなたはxについて知るために来たのではなく、子どもさんのようすを見にきたのだろう。ならば、心配ない。息子さんは元気でやっている。ほかの子たちと同様、ダビードもxには興味がない。この世にいて、こうして生きているという、刺激的で未知の実感を体験したいのだ。さて、そろそろ失礼して、妻の手伝いをせねばならん。それでは、これにて、セニョール・シモン」

シモンはまごまごと車にたどりつく。イネスはそこにいない。手早く衣服を着て、口笛でボリバルを呼ぶ。「イネスは！」と、犬に話しかける。「イネスはどこだ？　イネスを探してこい！」犬が先導して、彼をイネスのところへ連れていく。さして離れていない木陰で、湖を見晴らす小塚に座っている。

「ダビードはどこ？」イネスは言う。「一緒に帰るのかと思ってた」

「ダビードはお楽しみだよ。友だちと過ごしたいそうだ」

「じゃあ、つぎはいつ会えるの？」

「天気次第だろうな。好天がつづけば、週末じゅうこっちに滞在するそうだ。そうカリカリするな、イネス。任せておけば安心だ。本人も楽しんでいる。とにかく重要なのはそこだろう？」

「じゃあ、このままエストレージャに帰るのね？」イネスは立ちあがって服の土埃を払う。「あなたにはあきれる。このところの経緯を思って悲しくならない？　あの子、家を出たいと言いだしたかと思ったら、もう週末すら一緒に過ごしたくないだなんて」

「遅かれ早かれ、起きることじゃないか。独立心の強い子なんだろう」

「あなたは独立心と言うけど、わたしには完全にアローヨ夫妻の言うなりとしか思えない。あなたがセニョールさまと話している姿が見えたけど、なんの話をしたの？」

「自身の哲学をご解説くださったんだよ。アカデミーの教育理念。数と星々。空から星を呼び寄せるとかなんとかいう」

「あれをそう呼ぶわけ？　哲学って」

「いや、あんなものは哲学とは呼べない。内心では、はったりだと思っている。内心では、謎めかしたインチキ論法だと」

「だったら、いいかげん目を覚まして、ダビードを退学させるべきでしょ？」

「退学させて、どこに送りこむんだ？　歌唱アカデミーも独自のインチキ哲学を喧伝してくれそうだが？　**さあ、息を吸って、心をからっぽにするのです。宇宙と一つになりましょう。**とか言ってな。それとも、町の学校に入れるか？　**お行儀よくして、わたしの言うことを繰り返しなさい。一足す一は二、二足す一は三。**アローヨ夫妻の教えはくだらんごたくばかりだが、少なくとも害の無いごたくなんだ。それに、ダビード本人があそこを気に入っている。アローヨ夫妻のことも好いている。アナ・マグダレーナのことが好きなんだよ」

「そう、アナ・マグダレーナね……あなたも彼女に夢中みたいね。白状したら。笑わないから」

「夢中？　いや、そんな気持ちはみじんもない」

「でも、魅力は感じている」

「美しい人だとは思うよ。女神が美しいというのと同じような意味で。しかし魅力は感じない。あの人に惹かれるというのは――なんと言えばいいか？――不敬な気がするね。もっと言えば、危険な気が。男なんかイチコロにできそうじゃないか」

「イチコロって！　だったら、用心したほうがいい。鎧で武装して、楯を持ち歩いて。たしか、あの美術館の男ドミトリーは彼女にぞっこんだと言ってたわね。おじさんもイチコロにされかねないって注意してあげた？」

「いいや。ドミトリーとは友人づきあいをしていないんでね。そんな信頼関係にない」

「なら、あの若い子は――あれはだれなの？」

「子どもたちと一緒にボートに乗っていた若者か？　あれがアリョーシャだ、寄宿生の面倒をみているという雇われ人の。彼は気立てが良さそうだ」

「赤の他人の前で服を脱いで平気でいられるのね、あなたって」

「自分でも驚くほど平気だったよ、イネス。驚くほど。人間はたやすく動物にもどれるもんだな。動物は裸ではない。ありのままの姿でいるだけだ」

「あなたと、あなたの危険な女神さまも、ありのままの姿でお話ししてたわね。さぞ刺激的だったでしょう」

「からかうのはよせ」

「からかってないし。でも、どうしてわたしには正直に言えないの？　ドミトリーみたいにあなたが彼女にべた惚れなのは、だれが見たってわかる。こんな堂々巡りをしていないで、認めればいいじゃないの？」

「事実ではないからね。ドミトリーとわたしは違う人間なんだ」

「ドミトリーもあなたも男でしょう。わたしにはそれで充分だけど」

第十章

湖行きを境に、イネスとの仲はさらに冷えていく。イネスはそれからまもなく、ノビージャの兄たちと過ごしたいから、一週間ほど休暇をとることにしたと言ってくる。兄たちに会いたいし、エストレージャに呼び寄せることも考えている、と。

「きみのお兄さんとわたしは、どうしてもウマが合わない」シモンは言う。「とくにディエゴのほうとは。ふたりが同居するというなら、わたしは出ていくしかなさそうだな」

イネスは引き留めようとしない。

「独りで住むところを探すから、少し時間をくれ」シモンは言う。「この件については、できればダビードには言わないでほしい。いまのところは。同意してもらえるか？」

「夫婦は日々別れているし、子どもたちはそれを乗り越えるものよ」イネスは言う。「これからもダビードにはわたしがいて、あなたがいる。ただ一緒に暮らさないだけで」

シモンはいまや町の北東部に関しては、自分の手のひらのごとく熟知している。ある年配夫婦の家での、間借りが難なく決まる。設備は最低限しかなく、電気がいきなり切れたりするが、家賃は安く、独立した玄関もあり、市街地にも歩いていける距離だ。イネスが仕事に出ている間に、所持品をアパートから運びだし、自分で新居に設置する。

イネスとはダビードの前では夫婦のように仲睦まじくふるまうが、一瞬で見破られる。「持ち物はどうしたの、シモン？」ダビードは訊いてくる。そう問われると、ディエゴとおそらくステファノもこっちに来るので、部屋を譲るため、当面、よそに越すことにしたのだと認めざるを得ない。

「ディエゴはぼくの伯父さんになるの、お父さんになるの？」少年は訊く。

「きみにとっては伯父さんだよ。いままでと同様に」

「じゃあ、シモンは？」

「わたしもいままでと同様だ。なにも変わらない。周囲の状況が変わっても、わたしは変わらない。見てなさい」

イネスとシモンの破局に気落ちしたとしても、ダビードはそれをおくびにも出さない。それどころか、はち切れんばかりの元気さで、アカデミーでの生活についてあれこれと話をしてみせる。アナ・マグダレーナはワッフル・マシーンを持っていて、毎朝、寄宿生みんなにワッフルを焼いてくれる。「うちもワッフル・マシーンを買ってよ、イネス。最高なんだから」寝る前のお話の読み聞かせはアリョーシャが任を受けたそうで、目下、三兄弟が〝マドラギル〟の剣を探し求める物語を読んでくれている。これも最高。それから美術館の裏手にアナ・マグダレーナは庭を持っていて、そこの柵のなかでウサギとニワトリと子ヒツジを飼っている。ウサギの一匹はいたずらっ子で、穴を掘って脱走してばかりいる。一度なんか、美術館の地下室に隠れているのを見つけた。動物のなかでいちばんお気に入りは子ヒツジで、名前はヘレミアス。ヘレミアスにはお母さんがいないから、哺乳瓶からミルクを飲むしかない。そのときは、ドミトリーがダビードに哺乳瓶を持たせてくれるという。

「ドミトリーが？」

聞いてみると、ドミトリーはアカデミーの動物たちの世話を任されているらしく、さらには、大きなオーヴンに使う薪をセラーから運びいれ、子どもがシャワーを浴びた後、浴室の拭き掃除をする係でもあるらしい。

「ドミトリーは美術館の職員じゃないのかい。ドミトリーがアカデミーでも雇われていること、美術館の人たちは知っているのか？」

「ドミトリーはお金はいらないんだって。アナ・マグダレーナのためにやっているんだよ。ドミトリーはアナを愛してるし、崇拝しているから、アナのためならなんでもするんだ」

「愛しているし、崇拝している、か。その言葉は彼が言ったのか？」

「うん」

「なるほど、だったらいい。りっぱな行為だ。ただ、気がかりなのは、愛と崇拝ゆえにそういった奉仕を、美術館が給金を払っている就業時間におこなっているんじゃないかということだ。しかし、ドミトリーの話はもういい。ほかに話してくれることは？　寄宿生活は気に入っているかい？　われわれは正しい決断をしたのだろうか？」

「うん。怖い夢を見たときは、アリョーシャを起こすと、彼のベッドで寝かせてくれるんだ」

「アリョーシャのベッドで寝るのはあなただけなの？」イネスが尋ねる。

「ううん、怖い夢を見た子はだれでもアリョーシャと一緒に寝ていいんだ。アリョーシャがそう言ってる」

「だったら、アリョーシャはどうするの？　彼自身が怖い夢を見たら、だれのベッドで寝るの？」

と冗談を言うが、ダビードにはうけなかった。

「ダンスのほうはどうかな？」シモンが訊く。「ダンスは上達しているかい？」

「アナ・マグダレーナは、ダンスはぼくが一番だって」

「それはすごい。いつになったら、ダンスを見せてくれるのかな？」

「見せないよ。シモンは信じてないから見せない」

シモンは信じていない。なにを信じれば、この子にダンスを見せてもらえるのだろう？　あの星々に関するインチキ理論か？

三人で食卓を囲み――イネスが夕食を用意してあった――それが済むと、シモンは暇を告げる時間だ。「おやすみ、坊や。また明日の朝、来るよ。ボリバルを散歩に連れていこう。緑地でサッカーの試合があるかもしれない」

「アナ・マグダレーナに、ダンサーはサッカーをしてはいけないって言われてるんだ。筋を違えるといけないから」

「アナ・マグダレーナは大変な物知りだが、サッカーのことは知らないだろう。きみの体は強いから、サッカーをやっても怪我なんかしないさ」

「アナ・マグダレーナがだめって言ってるの」

「わかったわかった、無理強いはしない。でも、ひとつ説明してくれないか。きみはわたしの言うことは聞いた例《ため》しがないし、イネスにも似たような態度だが、アナ・マグダレーナに言われたことはきっちり守るんだね。なぜなんだ？」

答えは返ってこない。

「まあ、いいさ。おやすみ。明日の朝また会おう」

シモンはふてくされて、とぼとぼと部屋に帰る。あの子がイネスの思うままになっていたことも――少なくとも、〝流亡《るぼう》の王子さま〟というイネスの思い描く像を演じていたことも、かつてはあった。しかしそんな日々は過ぎ去ったようだ。セニョーラ・アローヨに地位を簒奪されたのを実感し、イネスはさぞ気落ちしているだろう。シモン自身にしたって、あの子の人生にどんな場所が残されていることか？　おそらく、ボリバルをお手本にすべきなのだろう。ボリバルはすでに犬人生の黄昏に歩を進めたも同然だ。腹がぽっこりと出て、眠りにつく際には、ときおり悲し気なため息を小さく吐く。とはいえ、イネスが子犬を新たに飼うなどという無神経なことをすれば――子犬はそのうち大きくなって、現職の番犬の座を奪うことになる――この老犬は小さきライバルの首に嚙みつき、首の骨が折れるまで揺さぶるぐらいはするだろう。自分もそんな父親になるべきではないか。怠惰で、自分本位で、危険な。そうなれば、あの子の敬意を得られるのではないか。


イネスは予定どおりノビージャに帰省する。そのため、当面、ダビードはふたたびシモンの責任下におかれる。金曜日の午後には、アカデミーの外で少年を待つ。終業のベルが鳴ると、生徒たちがどっと吐きだされてくるが、ダビードの姿はない。

シモンは階段をあがっていく。スタジオはがらんとしている。その奥には、明かりの消えた廊下があり、暗色の化粧板を使った、調度類のない部屋がならんでいる。さらに進んでいって、薄暗い空間――たぶん食堂だろう。だいぶくたびれた感じの長テーブルや、食器類が積まれたサイドボードがある――を通り抜けると、目の前に新たな階段があらわれる。上階からは、なにか話している男性の声が小さく聞こえてくる。階段を昇り、閉ざされたドアをノックする。声がやむ。その後に、「お入りなさい」という声がする。

そこは、天窓から光の入る広々とした部屋だ。寄宿生が寝起きする寮の部屋に違いない。ベッドのひとつにアナ・マグダレーナとアリョーシャが並んで腰かけ、そのまわりを十人あまりの子どもたちがとり囲んでいる。先だっての発表会で踊っていたアローヨ夫妻の息子たちの顔も見られたが、ダビードの姿はない。

「突然お邪魔して申し訳ありません」シモンは言う。「うちの息子を探しているのですが」

「ダビードならいま、音楽のレッスン中です」アナ・マグダレーナが答える。「四時には終わりますよ。お待ちになりますか？　よかったらわたしたちとご一緒に。アリョーシャにお話を読んでもらっているんです。アリョーシャ、みんな、こちらはセニョール・シモン、ダビードのお父さんですよ」

「お邪魔ではないのですか？」シモンは訊く。

「ええ、かまいません」アナ・マグダレーナは答える。「お座りください。ホアキン、ここまでのお話の筋をセニョール・シモンに話してあげて」

ええ、かまいません。お座りください。アナ・マグダレーナの声にも、その物腰にも、意外な気さくさが感じられた。態度が変わったのは、先日裸のつきあいをしたからか？　必要なのはそんなことだったのか？

アローヨ夫妻の長男であるホアキンが語りだす。「漁師がいます。貧しい漁師です。ある日、彼は魚を一匹獲り、腹を裂いてみると、中から金の指輪が出てきます。指輪をこすってみると――」

「ぴかぴかにしたいから」口を挟んだのは弟だ。「こすってぴかぴかにしようとしたんだ」

「漁師は指輪をぴかぴかにしようとこすっていると、精霊《ジニー》が現れて、こう言います。『その魔法の指輪をこすると、わたしが現れて願いをかなえてやる。願いは三つまでだ。おまえの最初の願いはなんだ?』ここまでです」

「ジニーは全能なんでしょう」アナ・マグダレーナは付け足す。「ほら、忘れないで。わたしは全能だから、どんな願いもかなえてやるって、ジニーは言ったのよね。アリョーシャ、朗読をつづけて」

アリョーシャのことをちゃんと見たことがなかった。こうして見ると、この若者は細くてじつに美しい黒髪をもっており、それを後ろにぴったりと梳かしつけていた。少女のように肌のきめも細かい。髭剃りの跡はうかがえない。長い睫毛に縁どられた黒い目を伏せると、びっくりするほどよく響く声で読みはじめる。

「その言葉を信じられず、漁師はジニーをためしてみることにしました。『魚市場に持っていく百匹の魚をください』と漁師は言いました。

すると、たちまち岸辺に大きな波が打ち寄せ、漁師の足元に百匹の魚があらわれ、息も絶え絶えに飛び跳ねています。

『では、二番目の望みはなんだ?』ジニーは聞きました。

漁師は思い切ってこう答えました。『わたしの妻になってくれる美しい娘をください』

するると、たちまち漁師の目の前に、息をのむほど美しい娘があらわれて、ひざまずきました。『あなたにお仕えします、だんなさま』そう娘は言いました。

『さあ、最後の望みはなんだ?』ジニーが聞きました。

『わたしをこの世の王にしてください』漁師は答えました。

すると、たちまち漁師は金糸銀糸を織りこんだローブをまとい、頭に黄金の冠をかぶっているではありませんか。一頭の象が現れ、長い鼻で漁師を持ちあげ、背中の王座に座らせてくれました。

『これで最後の望みもかなった。おまえはこの世の王だ』ジニーは言いました。『では、さらば』そう言うとジニーは煙をたてて消えてしまいました。

もう夕刻になっていました。浜辺には、漁師と、これから花嫁になる美しい娘と、一頭の象と、死にゆく百匹の魚のほかには、人影がありません。『さあ、わが村へゆかん』漁師はせいいっぱい王さまらしい声音で言いました。『進め!』ところが、象はちっとも動こうとしません。『進め!』漁師はいっそう声を大きくしました。それでも象は命令にしたがおうとしません。『おい、むすめ!』王さまは怒鳴りました。『棒きれを拾ってきてこの象を打ち、前に進ませよ!』娘は言われたとおり棒きれを拾ってきて、それで象をいくども打ちすえると、とうとう象は歩きだしました。

日が沈むころ、ふたりは漁師の村に着きました。近所の人たちが集まってきて、驚きのまなこで見つめます。象と、美しい娘、そして王冠をかぶって王座につく漁師の姿を。『見よ、わがはいはこの世の王。これがわがはいの妃だ!』漁師は言いました。『わがはいは気前が良いから、明日の朝、みなの者に百匹の魚をふるまってやろう!』村人たちは歓声をあげて、象から降りる王さまに手をかしました。王さまはみすぼらしい住まいに帰り、美しい娘の腕に抱かれて一夜をすごしました。

夜が明けるやいなや、村人たちは百匹の魚をちょうだいしようと浜辺に殺到しました。しかし行ってみると、そこには魚の骨があるばかり。夜のうちに、オオカミとクマたちが来て、魚をむさぼり食べてしまったのです。村人たちはこう嘆きながら帰ってきました。『ああ、王さま、オオカミとクマが魚を食らってしまいました。もっと魚を獲ってきてください。おいらたちは腹ぺこです』

漁師はローブのひだの間から金の指輪をとりだしました。こすっても、こすっても、ジニーは現れません。

怒りだした村人たちはこう言いました。『村人に食物を与えることもできないなんて、あんた、どういう王さまだ？』

『わがはいは全世界の王だ』王さまになった漁師は答えました。『皆の者がわがはいを王と認めないなら、出ていくまでだ』と言って、一夜の花嫁のほうを向き、『象を連れてこい』と、命じました。『こんな恩知らずの村は出ていってやる』

ところが、夜中のうちに象は王座やなにかを付けたまま出ていってしまい、どこに行ったのかだれにもわからないと言うのです。

『来い！　だったら、歩いていくぞ』漁師は花嫁に言いました。

しかし花嫁は首を横にふりました。『王妃は歩きません』と、口をとがらせます。『王妃なら王妃らしく、パラフレン・ブランコ（婦人用の白い乗馬用の馬）に乗って、タンバリンを叩きながら露払いをする乙女のお付きたちに連れられてゆきたい』

そのとき部屋のドアがひらき、ドミトリーがダビードを連れてそっと入ってくる。アリョーシャがいったん朗読を止める。「こっちにいらっしゃい、ダビード」アナ・マグダレーナが声をかける。「アリョーシャが、王さまになろうとする漁師のお話を読んでくれているのよ」

ダビードがアナの隣に座る傍ら、ドミトリーはドア口から動かず、帽子を手にその場にしゃがみこむ。アナ・マグダレーナは眉をひそめ、唐突に彼を追い払うような仕草をするが、ドミトリーは意に介さない。

「つづけてちょうだい、アリョーシャ」アナ・マグダレーナは言う。「子どもたちはようく聴くんですよ。アリョーシャが読み終わったら、漁師のお話からなにがわかるか訊きますからね」

「ぼく、その答えわかるよ」ダビードが言う。「前に自分で読んだから」

「あなたは読んだかもしれないけれど、ダビード、他の子たちはまだなのよ」アナ・マグダレーナは言う。「アリョーシャ、先をお願い」

「『わしの嫁なら、わしに従え』漁師は言いました。

娘はつんと頭をそらして言いました。『わたくしは王妃です。歩きません。パラフレンに乗るのです』娘はゆずりません」

「パラフレンってなあに、アリョーシャ？」子どものひとりが尋ねます。

「パラフレンって馬のことだよ」ダビードが言います。「だよね、アリョーシャ？」

アリョーシャはうなずきました。「『パラフレンに乗るのです』

王さまは一言もなく王妃に背をむけると、ずんずん歩きだしました。何マイルも何マイルも歩いたすえ、やっとべつの村に着きました。村人たちは王さまをとりかこみ、その王冠やきんらんどんすの長衣に目を丸くしています。

『見よ、われこそはこの世の王』漁師は言いました。『食べ物を持て。腹が減っておるのだ』

『では、食べ物をお持ちしましょう』村人たちは答えました。『しかし王さまだとおっしゃるなら、お付きの者どもはどうしたのです？』

『わがはいが王たるのにお付きの者どもなど要らぬ』漁師は答えました。『このかしらの王冠が目に入らぬか？　言われたとおり、ごちそうを持て』

　すると、村人たちは王さまのことをげらげら笑いました。ごちそうを持ってくるどころか、王の頭から冠をたたき落とし、りっぱな長衣を引きはいでしまうと、そこにいるのは、みすぼらしいなりの漁師です。『この成りすましめ！』村人たちから声があがりました。『ただの漁師じゃないか！　おいらたちと変わらん！　分をわきまえろ！』そう言って板きれで叩きのめし、とうとう漁師は逃げだしました。これで、王さまになろうとした漁師の話はおしまいです」

「これで、王さまになろうとした漁師の話はおしまいです」アナ・マグダレーナが繰り返す。「みんな、どう、面白いお話だったわね？　このお話からどんな教訓が得られますか？」

「ぼく、わかる」ダビードが言って、シモンに横目でちらっと笑みを投げる。**ぼくがアカデミーでどんなに良く出来るかわかる？**　と言いたげに。

「ダビード、あなたはわかるかもしれないわね、前に読んだことがあるから」アナ・マグダレーナが言う。「ほかの子たちに答える機会をあげて」

「象はどうなったの？」と訊いたのは、アローヨ兄弟の弟のほうだ。

「アリョーシャ、象はどうなったの？」アナ・マグダレーナが訊きなおす。

「象は巨大な竜巻がおきて空に吸いこまれたあと、ふるさとの森に帰され、そこでいつまでも幸せに暮らしましたとさ」アリョーシャが棒読みの口調で答える。

彼がさっとアナに目配せをする。そこで初めて、このふたりの間にはなにかあるのではという疑問がシモンの頭に浮かぶ。この学長のアラバスターのごとく清い妻と、ハンサムな若き雇われ人との間に。

「この漁師のお話からどんなことがわかりますか？」アナ・マグダレーナはいま一度問いかける。

「漁師は善い人でしょうか、悪い人でしょうか？」

「漁師は悪いやつだってこと」アローヨ兄弟の弟が答える。「象をぶったでしょ」

「漁師はぶってない。ぶったのは花嫁だ」兄のホアキンが言う。

「でも、ぶたせたのは漁師だよ」

「漁師が悪いとすれば、自分勝手なところだ」ホアキンが言う。「三つの願いをかなえてやると言われて、自分のことしか考えなかった。ほかの人たちのことも考えるべきだった」

「では、この漁師のお話からどんなことがわかりますか？」アナ・マグダレーナはみたび訊く。

「自分勝手はいけないということです」

「みんなもそう思う？」アナ・マグダレーナは尋ねる。「この物語は人間の身勝手を戒め、身勝手なことばかりしていると、隣人によって荒野に逐《お》われることになると警告している。このホアキンの考えにみんなも賛成？　ダビード、なにか意見は？」

「村人たちのほうが間違ってると思う」ダビードは言い、どうだと言わんばかりに顎をあげて一同を見まわす。

「どういうことかしら」アナ・マグダレーナは言う。「理由を説明してちょうだい。どうして村人たちが間違っているの？」

「だって、その人は王さまなんだから、みんな王さまには従うべきだ」

ドアロにしゃがみこんでいたドミトリーのほうから、ゆっくりとした拍手の音が聞こえてくる。

「ブラボー、ダビード」ドミトリーは言う。「よっ、名調子！」

アナ・マグダレーナはドミトリーを見て顔をしかめ、「あなた、就業時間じゃないの？」と言う。

「彫刻に対する就労業務ですか？　彫刻は死んでいるんですよ。一体残らず。あいつらに世話は必要ない」

「だからさ、そいつは本物の王さまじゃなかったんだ」ホアキンはますます自信が湧いたらしく、反論する。「王さまのふりをした漁師だった。これはそういうお話なんだよ」

「違うよ、王さまだよ」ダビードが言い返す。「ジニーが王さまに変えたんだ。ジニーは万能なんだろ」

ふたりの少年は睨みあう。アリョーシャが割って入る。「われわれはどうしたら王になれるのか？　真の問題はそこじゃないかな？　われわれのだれでもいい、どうしたら王になれる？　魔法を使うジニーに出会わないと、なれないのか？　魚の腹を裂いて魔法の指輪を見つけないと、なれないのか？」

「まず、王子になる必要があるな」ホアキンは言う。「まず、王子にならないと王さまにはなれない」

「なれるよ」ダビードが言う。「願い事を三つかなえるって言われて、三つめの願いが王さまになることだったんだ。ジニーがこの世の王に変えてくれたんだ」

ふたたびドミトリーの方から、よく響くゆっくりとした拍手の音が聞こえてくる。アナ・マグダレーナはそれを無視して尋ねる。「だったら、このお話からどんな教訓が得られますか、ダビード？」

少年はひとつ深く息をつき、しゃべりだしそうに見えるが、ふっと口をつぐんで首を振る。

「どんな教訓ですか？」アナがたたみかける。

「なんだろう。どこが教訓かわからないや」

「そろそろ帰る時間だ、ダビード」シモンは言って立ちあがる。「朗読をありがとう、アリョーシャ。これで失礼します、セニョーラ」


シモンの狭苦しい部屋を少年が訪れるのは、この日が初めてだ。部屋については特にコメントはなく、出されたオレンジジュースを飲み、ビスケットを食べる。そののち、ボリバルに影のように付き添われながら、ふたりは散歩に出かけ、近所を散策する。行けども行けども、間口の狭い住宅が並んでいるだけで、面白みのある界隈ではない。とはいえ、金曜日の夜なので、一週間の労働を終えて家に帰る人々が、幼い少年と、冷たい黄色の目をした大きな犬が連れ立って歩くさまを、好奇のまなこで瞥見してくる。

「このへんがわたしの持ち場なんだよ」シモンは言う。「この辺り一帯の家にメッセージを届けてまわっている。ご大層な仕事ではないが、それを言ったら、荷役だって似たようなものだ。人というのは、それぞれ自分に最適のレベルを見つけるものだ。これがわたしに合ったレベルだよ」

ある交差点で、ふたりは立ち止まる。ボリバルがふたりの横をすり抜けて道路に出る。それを避けようとして、屈強そうな男が急に自転車のハンドルを切り、怒り顔で見返ってくる。「ボリバル！」ダビードが大声を出す。ボリバルは億劫《おっくう》そうにふたりの傍にもどってくる。

「王のごときふるまいだな」シモンが言う。「ジニーにでも出会ったのかね。自分にはだれもかれも道を譲るものだと思っている。考え直すべきだ。三つの願いはもう使いきってしまったんじゃないか。それとも、ボリバルの出会ったジニーは土煙にすぎなかったか」

「ボリバルは犬の王さまだよ」少年は言う。

「いくら犬の王さまでも、車に轢かれるときは轢かれるんだ。犬の王さまといえども、結局はただの犬だからな」

なぜだか、ダビードはいつもの元気がない。食卓につき、グレーヴィソースをかけたグリーンピース入りのマッシュポテトを前にしたところで、瞼がさがってくる。促すと、ソファにこしらえた寝床におとなしく入る。

「ぐっすりお寝《やす》み」シモンは囁きかけ、ひたいにキスをする。

「ぼくは、ちいさく、ちいさく、ちいさくなるよ」少年はしゃがれた寝ぼけ声で言う。「ちいさく、ちいさく、ちいさくなって、落っこちる」

「落っこちればいいさ」シモンは小声で言う。「ここで見守っていてあげるから」

「ねえ、シモン、ぼく幽霊になってる？」

「いいや、幽霊なんかじゃない。きみはちゃんと存在する。きみはリアルだし、わたしもリアルだ。さあ、お寝み」

朝になると、ダビードは少し元気になっている。「今日はなにする？　湖に行かない？　またあのボートに乗りたいよ」という。

「またこんど。遠足は、ディエゴとステファノがこっちにいるときにしよう。観光がてら。今日は、サッカーの試合はどうだ？　新聞を買って、どことどこの試合があるか見てみよう」

「サッカーは観たくない。退屈だもん。美術館に行こうよ？」

「いいだろう。ただし、本当の目的は美術館か、それともドミトリーか？　あの男のどこがそんなに好きなんだ？　お菓子をくれるから？」

「話をしてくれるから。いろんなこと」

「お話を聞かせてくれるということか？」

「そう」

「ドミトリーは孤独な男なんだ。そうやって話を聞かせる相手をいつも探している。いささか哀れだな。恋人でも見つければいいのに」

「アナ・マグダレーナのことが好きなんだよ」

「ああ、本人から聞いたよ。話を聞いてくれそうな相手に、そう言いまわっているんだろう。アナ・マグダレーナにしてみれば、いい迷惑だろうに」

「服を着てない女の人たちの写真を持ってるんだよ」

「そうか、意外ではないが。寂しい男がとりがちな行動だ。みんなではないが。きれいな女性たちの写真を集めて、こういう女性とつきあったら、と夢みるんだ。ドミトリーは寂しくて、その寂しさをもてあましている。だから、犬みたいにアナ・マグダレーナにくっついてまわれないときには、写真を眺めているんだろう。責められはしないが、きみにそんな写真を見せるのは困る。良くないことだ。イネスが耳に入れたら、かんかんになるだろう。ドミトリーにはよく言っておくよ。ほかの子たちにも写真を見せているのか?」

少年はうなずく。

「ほかに話しておくことはないか? きみとドミトリーはどんな話をしてる?」

「もうひとつの人生のこと。そこでは、ドミトリーはアナ・マグダレーナと一緒になるんだって」

「それだけか?」

「きみも一緒においでって」

「きみと、ほかには?」

「一緒にいくのは、ぼくだけだよ」

「断じて、やつと話をつけてやるぞ。アナ・マグダレーナにも話しておこう。ドミトリーのことは、どうも気に入らない。きみはあの男と、あまり会わないほうがいいと思う。さて、朝ごはんを食べてしまいなさい」

「ドミトリーはヨクジョウするんだって。ヨクジョウってなに?」

「欲情とは、大人がわずらう病気だよ、坊や。多くの場合、大人の男が。ドミトリーのように長いこと奥さんも恋人もなく、独りぼっちでいるとよけいにね。頭痛とか腹痛のような、一種の疼きだな。そのせいで、妄想するんだ。現実にはないようなことを想像する」

「アナ・マグダレーナのせいで、ドミトリーはヨクジョウをわずらってるの?」

「ダビード、アナ・マグダレーナは結婚しているだろう。愛すべき自分のだんなさんがいるんだ。

だから、ドミトリーの友だちにはなれても、愛することはできない。ドミトリーには、彼だけを愛してくれる相手が必要なんだよ。そういう女性が見つかれば、いまの苦悩もあっというまに癒えるだろう。そういう写真を眺める必要もなくなるし、二階に住むレディへの崇敬心を、道行く人に片端から語る必要もなくなる。ともあれ、自分の話に耳を傾け、仲良くしてくれるきみには、きっと感謝しているだろう。それだけで救われているはずだ」

「べつな子には、自殺するつもりだと言ったんだって。頭に弾をうちこむんだって」

「どの子にそう言ったんだ？」

「べつな子だよ」

「信じられんな。きっとその子の勘違いだろう。ドミトリーは自殺したりしない。そもそも、銃を持っていないからな。週明け、学校にきみを送っていくついでに、ドミトリーと話そう。彼がどういう問題を抱えているのか、わたしたちに出来ることはないか、訊いてみるよ。こんど湖に行くときは、ドミトリーも誘ってみようか。どうだ？」

「いいよ」

「だったら、それまではあの男とふたりきりで会わないでほしい。わかったね？　わたしの言うことがわかるね？」

少年は口をつぐんだまま、シモンと目を合わせようとしない。

「ダビード、わたしの言うことがわかるね？　これは由々しき問題なんだ。きみはドミトリーという人間を知らない。あの男がどうしてきみに打ち明け話をするのか、わからないだろう。やつがなにを企んでいるのか」

「ドミトリー、泣いてたよ。ぼく、見たんだ。物置に入って、泣いてた」

「どこの物置だ？」

「ほうきとか入っている物置だよ」

「どうして泣いているか、きみに話したか？」

「ううん」

「そうか、人間というのは、気がふさぐと泣いて憂さを晴らすことがよくある。ドミトリーも気落ちすることがあったんだろう。そうして泣いて憂さを晴らしたら、少しはすっきりしたはずだ。週明けに話してみよう。なにが問題なのかわかれば、原因の探りようもある」

第十一章

シモンはその言葉を実行に移す。月曜の朝、ダビードを学校に送り届けると、ドミトリーを探しにいく。美術館の展示室のひとつに見つけた彼は、椅子の上に立ち、羽根のついた長いダスターで、壁の高い位置に飾られた額入りの絵画の埃をはらっていた。その絵には、草地に座る、やけに堅苦しい黒の装いをした男女が描かれている。まわりは森のようで、ふたりの前にはピクニックシートが広げられ、背景では、牧牛の群れがのんびり草を食んでいる。

「ちょっといいかな、ドミトリー？」シモンは声をかける。

ドミトリーは椅子から降りて、シモンと向かいあう。

「ダビードから聞いたのだが、自室にアカデミーの子どもたちをあげているらしいね。裸の女性の写真を見せているとも聞いた。それが本当なら、いますぐやめてもらいたい。さもないと、大変なことになる。どんなことかは、説明する必要もないと思うが。わかるかね？」

ドミトリーは被っていたキャップの鍔をはねあげる。「このわたしがここの子どもらの愛らしく幼い身体を辱めていると思っているのですな？　それで責めておられる？」

「いいや、なにも責めちゃいない。あなたと子どもたちとの交流は、清廉潔白なものだろう。とはいえ、子どもというのは勝手な想像をするし、ものごとを誇張して仲間内で話したり、親に言いつけたりするものだ。その結果、いやらしい噂が立つ。あなたにもわかるだろう」

若いカップルが展示室にぶらりと入ってくる。この日、最初のお客だ。ドミトリーは椅子を所定の隅にもどし、羽根つきのダスターをすっくと槍のように立てながら、椅子に腰かける。「清廉潔白、か」彼は声を低めて言う。「わたしに面と向かっても、そう言えますか？　ご冗談でしょう、シモンさん。たしか、そういうお名前だったかと？」

若いカップルがこちらにちらりと視線を投げ、ひそひそと囁きかわすと、展示室を出ていく。

「シモン、わたしは来年、この世における四十五歳の誕生日を祝うことになります。昨日まだ青二才だったと思えば、瞬く間に今日は四十四だ。頬髯が生えて、お腹がつきだし、膝は痛み、ほかのあちこちも四十四歳並だ。人はそんなに年がいってなぉ〝清廉潔白〟でいられると、あなたは心からそう思っておられる？　ご自身に関しても、そう言えますか？　清廉潔白だと」

「頼むよ、ドミトリー、演説はいいから。今日は申し入れをしにきたんだ。丁重な申し入れだ。アカデミーの生徒たちを自室に招くのはやめてほしい。彼らに卑猥な写真を見せるのもだ。それから、あのバレエの先生、セニョーラ・アローヨのことや、あの人に対するあなたの気持ちを、子どもたちに話すのもやめてくれ。子どもたちには理解できない」

「もし、わたしがやめなければ？」

「もし、やめなければ、わたしは美術館の管理当局に通報し、あなたは職を失うことになる。そういう単純な話だ」

「そういう単純な話、ですか……この世に単純なことなどありませんよ、シモン――あなたも知っておくべきだ。わたしの現職についてお話ししましょう。この美術館に来る前は、病院に勤めていましてね。取り急ぎ申しますが、医者としてではない。昔から出来がわるくて、試験に通ったためしがない、学校の勉強というのが大の苦手で。落第坊主のドミトリーですよ。だから医者ではなく雑務係、だれもやりたがらない業務を片付ける係になった。やめたり復職したりしながら、七年間、そうして病院で働いた。この話はもうしましたな、ご記憶であれば。この年月に悔いはありません。いろいろな人生を見た。いろいろな生と死を。あまりに多くの死を目の当たりにしたんで、しまいには職を離れることになった。死と向きあうことに耐えられなくなった。それでこの仕事を選んだわけです。日がな一日、座っているだけですることもなく、あくびをしながら閉館のベルが鳴るのをひたすら待つ。建物の二階にアカデミーがなかったら、アナ・マグダレーナがいなかったら、とっくの昔に退屈で息絶えていたでしょう。

なぜわたしがおたくの坊ややほかの子たちとおしゃべりをすると思います、シモン？　なぜ子どもたちとゲームをしたり、お菓子を買ってあげたりすると？　彼らを堕落させたいから？　彼らを辱めようと？　いやいや、信じてもらえるかわからないが、子どもたちと触れあうことで、あの香気と無垢さが自分にもうつらないかと、そんな気持ちからです。そうなれば、このわたしもだれの役にも立たず、疎まれた、手余し者のクモみたいに、むっつりと部屋の隅に座ってる侘しいおっさんでいなくて済む。なぜなら、われわれのような草臥《くたび》れて消耗しきったおっさんたちは、自分独りでなんの役に立ちます？　わたしだって、いやいや、あなただって――そう、シモン、あなたのことですよ！　トイレに閉じこもって、頭を撃ち抜いたほうがましってものでしょう。違いますか？」
「四十四歳は年寄りではないよ、ドミトリー。人生の壮《さか》りじゃないか。アローヨ夫妻のダンス学校の廊下をうろついていなくてもいいだろう。結婚して、自分の子どもをもったっていい」
「そうですとも。そうしたくないと思いますか？　しかし、わたしには理想の人がいる。いるのですよ、シモン。その人とは、セニョーラ・アローヨだ。わたしは彼女にエンカプリチャドしている。この単語、よくご存じですか？　知らない？　本で調べてください。〝逆上《のぼ》せ上《あが》る〟という意味です。わたしを見ればわかるでしょう。セニョーラもわかっているし、だれの目にも明白だ。秘密でもなんでもない。だんなさんだって知っていますよ。雲のなかに頭をつっこんだような夢想家ですがね。そう、わたしはセニョーラ・アローヨに逆上せている。ぞっこんだ。狂おしいぐらい。徹頭徹尾に。なに、『あの人のことはあきらめろ。よそを見ろ』と言うんでしょう。それは無理だ。こういうトンマ野郎には無理な相談です。どこまでもトンマで、思い込みが激しく、時代後れで、一途なやつには。忠犬みたいなものですよ。恥とも思いません。こう申しましょう。わたしはアナ・マグダレーナの犬だ。あの人の足が踏んだ地面は舐めもしましょう。四つん這いになって。なのに、あなたはあの人をあきらめろと、言ってるようなものでしょ、あきらめて代わりを見つけろと。『当方、信頼のおける紳士。定職あり。年齢高め。結婚をお考えの然るべき寡婦を探しています。お便り箱《ライトボックス》１２３番。写真を添付されたし』
　だめ、だめ。シモン、わたしが愛するのはお便り箱１２３にいるような女性じゃないんだ、アナ・マグダレーナ・アローヨなんだ。アナ・マグダレーナの面影を胸に抱いているかぎり、お便り箱１２３の女性と結婚してもどんな夫になれる？　どんな父親になれる？　なのに、あなたはわたしにそういう父の子を持てというんでしょう。実の子を。持ったところで、子どもたちに愛されると思いますか。愛なき股間から生みだされた子らですよ？　愛されるわけがない。子らはわたしを憎み、蔑むだろう。ええ、当然の報いですとも。心ここにあらずの父親なんて要るもんか。

そんなわけで、あなたの思慮深く思いやり深いアドバイスには感謝しますが、あいにく従うわけにはいきません。人生の大きな決断に関しては、おのれの心の声に従うことにしてます。なぜかって？　なぜなら、心の言うことはいつも正しく、頭の言うことはいつも間違っているからです。おわかりですか？」

ダビードがなぜこの男に魅せられるのかわかってきた。とほうもない無償の愛を語るこの話術には、ある種、天邪鬼的な自慢と同時に、衒気《げんき》めいたところが間違いなくある。あざけりもある（この男に出会ったときから、シモンは打ち明け話の相手に選ばれてしまったのを感じていた。きっと、すでにこの世の色恋とは縁遠く、性生活の現役を退いた異世界の人間として見られたのだろう）。とはいえ、その話術は強烈なものには違いない。ダビードの年頃の子たちには、この男がどれほどひたむきで、雄々しく、真実の人に見えていることか。シモンのような干からびた老人と見比べてみれば！

「なるほど、わかったよ、ドミトリー。あなたの主張は明らかすぎるほど伝わった。だから、わたしもはっきりさせておきたい。セニョーラ・アローヨとの関係については、あなたの問題で、わたしが口を出すことではない。セニョーラも大人なのだし、自分のことは自分で考えられる。しかし子どもたちとなると、話はべつだ。アローヨ夫妻が経営しているのは学校であって、孤児院ではない。そこの生徒をもらい受けて、養子にしたりはできないんだ。ドミトリー、**あの子たちはあなた**

のものじゃない。セニョーラ・アローヨがあなたの妻ではないように。ダビードはうちの子だ、あの子の幸福をわたしは守る責任がある。あの子を部屋に招いて、卑猥な写真を見せるのはやめてもらいたいんだ。うちの子だけでなく、ほかの子たちもだ。もしやめなければ、解雇されるよう手を打つ。以上だ」

「脅しですか、シモン？　脅迫しているんですか？」ドミトリーは羽根つきダスターを構えたまま、椅子から立ちあがる。「どこからともなくあらわれたよそ者のあなたが、このわたしを脅す気ですか？　わたしがこの辺りで力を持っていないとでも？」にやっと笑うと、唇の間から黄ばんだ歯がのぞいた。シモンの顔を羽根つきダスターで軽くはたく。「要人の友だちのひとりもいないと思うんですか？」

シモンは後じさり、「わたしがなにを思おうと、きみの関知することではない」と、冷たく言う。「言うべきことを言ったまでだ。これで失礼する」

夜になって、雨が降りだす。翌日はいっときもやむことなく、やみそうな気配すらなく、一日中、降りつづく。自転車乗りのメッセンジャーは仕事に出られない。部屋に閉じこもり、ラジオで音楽を聴いたり、うとうとしたりして、暇をつぶしている間も、雨漏りする屋根から水滴がぽたぽたとバケツに落ちる。

雨が降りだして三日目、突然、玄関ドアが勢いよくひらき、見れば、ダビードが立っている。ずぶ濡れになり、髪が頭皮にはりついている。

「逃げてきたんだ」ダビードはそう告げる。「アカデミーから逃げてきた」

「アカデミーから逃げてきただって！　まずドアを閉めて、その濡れた服を脱ぎなさい。体が冷えきっているだろう。アカデミーの生活が気に入っているものだとばかり。いったいなにがあったんだ？」シモンはそう言いながら、かいがいしく少年の世話を焼き、服を脱がし、タオルでくるんでやる。

「アナ・マグダレーナがいなくなっちゃった。ドミトリーもだよ。ふたりして消えちゃったんだ」

「なにか事情があるのだろう。きみがここにいることは、学校は知っているのか？　セニョール・アローヨは？　アリョーシャは知っているのか？」

少年は首を横に振る。

「心配するぞ。なにか温かい飲み物を用意したら、電話をしにいくよ。きみが無事だと伝えておかないと」

黄色いレインコートをはおり、黄色いマリン・キャップを被って、シモンは土砂降りの雨のなかへ出ていく。角の電話ボックスから、アカデミーに電話をする。応答がない。

シモンは部屋にもどると、「だれも出なかった」と報告する。「直接言いにいくしかないな。ここで待っていなさい。決して、決して、逃げださないこと」

こんどは自転車に乗っていく。土砂降りのなか、十五分もかかる。着いたときには、全身ずぶ濡れの状態。ダンススタジオはひとけがないが、ほら穴のような食堂にダビードの寮友たちがいるのを見つける。長テーブルのひとつに集まり、アリョーシャが読み聞かせをしている。アリョーシャは朗読を中断し、不審げにシモンを見つめてくる。

「おじゃまして申し訳ない。電話したんだが、だれも出なかったものだから。ダビードが無事だということを知らせにきた。わたしのところにいる」

アリョーシャは顔を赤らめる。「すみません。寮生はなるべく散らばらないようにしているんですが、気づかないことがたまにあります。ダビードは二階にいるものと思っていました」

「いや、いまはうちにいる。アナ・マグダレーナがいなくなったとか言っていたが」

「ええ、アナ・マグダレーナはお留守です。帰られるまで、授業はお休みです」

「いつもどるんだ？」

アリョーシャは肩をすくめるしかない。

シモンはまた自転車を漕いで自分の部屋に帰る。「アリョーシャによると、授業はしばらくお休みだそうだ」と、ダビードに伝える。「アナ・マグダレーナはすぐ戻る、と。逃げだしたわけではないそうだ」

「でまかせなんかじゃないよ。アナ・マグダレーナはドミトリーと逃げだしたんだ。ふたりしてジプシーになるんだよ」

「そんなこと、だれが言った？」

「ドミトリー」

「ドミトリーは夢見がちな人なんだ。アナ・マグダレーナと駆け落ちする夢ばかり見てきた。アナ・マグダレーナのほうは、彼になんの興味もないのに」

「シモンはいっつも、ぼくの言うことなんか聴かないんだ！　ふたりは一緒に逃げだしたんだよ。新しい生活を送るんだ。ぼく、アカデミーにはもどりたくない。アナ・マグダレーナとドミトリーと一緒に行きたい」

「イネスを捨てて、アナ・マグダレーナと暮らしたいのか？」

「アナ・マグダレーナはぼくのこと愛してくれる。ドミトリーもだ。イネスは愛してくれない」

「イネスだって愛しているに決まっているだろう！　ノビージャから帰ってきみと一緒に暮らす日を心待ちにしている。ドミトリーに関して言えば、あの男はだれも愛していない。愛情をもてない人間だ」

「アナ・マグダレーナを愛してる」

「それは、愛ではなく熱情《パッション》だ。ふたつは違うものなんだ。熱情とは身勝手なものであり、愛とは無欲なもの。イネスはきみに無私無欲の愛をそそいでいる。わたしも同じだ」

「イネスといても退屈だよ。シモンといるのも退屈だし。ねえ、雨はいつやむの？　ぼく、雨って大きらいだよ」

「退屈させてすまないな。雨に関して言えば、わたしは天空を司る者ではないから、雨を止める手立てはない」

エストレージャにはラジオ局が二つある。シモンが二つめの局に切り替えると、〝季節はずれの〝悪天候のため、農業フェアを中止すると伝えているところだ。このニュースの後、運行規制をしているバス路線と、休校を決めた学校名を長々と読みあげる。〝エストレージャ市内の二校のアカデミー、歌唱アカデミーとダンスアカデミーも休校中です〝

「ほら、言ったろ」と、ダビードが言う。「ぼくはもうアカデミーにはもどらない。あんなところは、大きらいだ」

「ほんのひと月前には、アカデミーが大好きだったじゃないか。それが、いまは大きらいか。ダビード、きみもそろそろ感情にはその二つ、愛と憎しみ以外にもあるとわかってもいいころだ。その他にもいろいろな感情がある。きみがアカデミーを嫌って、背を向けるなら、たちまち公立の学校に入れられるぞ。先生たちはジニーと象のお話なんか読んでくれず、一日中、算数をやらせる。六十三割る九は、七十二割る六は……。きみは恵まれた子で、大いに甘やかされているんだ、ダビード。そういう現実に目覚めるべきだと思うね」

それだけ言ってしまうと、シモンはまた雨のなか外に出て、アカデミーに電話をする。今回はアリョーシャが応答した。「アリョーシャ！　何度もすまないが、シモンだ。雨があがるまでアカデミーを閉鎖するとラジオで聞いたところだ。さっきどうして教えてくれなかった？　セニョール・アローヨと代わってもらえないか」

長い沈黙の後、「セニョール・アローヨはお忙しいので、電話には出られません」という答えがある。

「ほう、アカデミーの学長たるセニョール・アローヨは、保護者と話す暇もないほど忙しい。妻のセニョーラ・アローヨは教師の務めを放りだして失踪中。いったいどうなっているんだ？」

また沈黙がある。電話ボックスの外から、若い女性が苛立ちの視線を送ってよこし、なにか口をぱくぱくさせ、腕時計を叩いてみせる。傘はさしているが、頼りない代物で、吹きつけてくる豪雨にはなんの役にも立たない。

「アリョーシャ、聞いてくれ。いまから、ダビードを連れてもう一度そちらに行く。すぐに行くから、ドアの鍵は開けておいてくれ。頼んだぞ」

濡れまいとする努力はもはやしない。ダビードを旧式の重たい自転車のフレームに座らせ、二人乗りでアカデミーに向かう。自転車は篠つく雨をかきわけるように進み、少年は黄色いレインコートの下から目を覗かせて大声ではしゃぎ、足を蹴りあげる。信号機は作動しておらず、通りはほとんどひとけがない。町の広場で商いをしていた露天商たちもとっくに店じまいをして、引きあげた後のようだ。

アカデミーのエントランスの外に、車が一台駐まっている。後部座席で車の窓に顔を押しつけている子は、たしかダビードのクラスメイトだ。その傍ら、子どもの母親はスーツケースを持ちあげてトランクに入れようと四苦八苦している。シモンが手を貸しにいく。

「ありがとうございます」母親は礼を言う。「ダビードのお父さまですよね？　発表会にいらしていたでしょう。ちょっと雨をよけません？」

シモンと母親はエントランスの中に移動し、ダビードは級友のいる車内にもぐりこむ。

「ひどいじゃありませんか？」母親が雨に濡れた髪を振るいながら言う。この顔には見覚えがあり、名前も思いだせる。イザベラだ。レインコートにハイヒールというちぐはぐな出で立ちでも、じつにエレガントであり魅力的だ。いかにも不安そうな目つき。

「天気のことですか？　そうですね、こんな豪雨は経験がありません。この世の終わりみたいだ」

「いえ、セニョーラ・アローヨの件ですよ。子どもたちをひどく動揺させています。このアカデミーは評判がとても高かったのに。こんなことになると考えてしまいますね。ダビードをどうするおつもりですか？　今後もここに？」

「まだわかりません。この子の母親とも話しあってみませんと。セニョーラ・アローヨの件というと、具体的にどんな？」

「お聞きになっていませんか？　別れたらしいんですよ、アローヨ夫妻。そして、セニョーラは出奔。さもありなんというところですね。あんなに若い奥さんと年配のだんなさんですし。とはいえ、学期の途中で、保護者になんの事前連絡もないとは。あの人なしでは、アカデミーは立ち行かないでしょう。そこが、こういう家族経営の学校の弱みですね――個々の人員の責務が大きすぎるんです。さて、もう行かないと。あのふたりをどうやって引き離しましょう？　おたくはダビードがご自慢でしょうね？　とっても頭のいいお子さんだとか」

イザベラはレインコートの襟を立て、雨をものともせず歩いていくと、車の窓を叩く。「カルロス！　カルリート！　もう行きますよ！　またね、ダビード。よかったら、近いうちに遊びにいらっしゃい。ご両親に電話するわね」ちょっと手を振って、すぐに車を出す。

ダンススタジオにつづくドアは開いていた。シモンとダビードが階段を昇っていくと、オルガンの調べが聞こえてくる。華麗にして速いパッセージが繰り返し弾かれる。上ではアリョーシャが緊張した面持ちで、ふたりを待っている。「外はまだ雨ですか？　おいで、ダビード。さあ、ハグをして」

「悲しまないで、アリョーシャ」少年は言う。「ふたりは新しい生活を始めにいったんだから」

アリョーシャは困惑の眼《まなこ》でシモンをちらっと見る。

「ドミトリーとアナ・マグダレーナのことだよ」少年は辛抱強く説明する。「新しい生活を始めるために出ていったんだ。ジプシーになるんだよ」

「さっぱりわからんな、アリョーシャ」シモンが言う。「聞く相手によって話が違うんだ。どれを信じたものやら。やはり、至急、セニョール・アローヨと話す必要がある。いま、どこにおられる？」

「演奏中ですので」アリョーシャは答える。

「そのようだな。とはいえ、話せないのか？」

先ほどの輝かしい高速のパッセージに、関係性のあいまいな低音部の重々しいパッセージが織りこまれてくる。その調べには、悲しみも、沈痛な思いも、感じられない。この演奏者が美しく若い妻に捨てられたことを思わせるものは、なにもない。

「今朝の六時からずっと鍵盤に向かっておられます」アリョーシャは言う。「邪魔が入るのはお嫌かと」

「いいだろう。時間ならある。待たせていただく。ダビードが乾いた服を着られるよう計らってもらえるか？ それから、わたしは電話を使いたいのだが？」

シモンは〈モダス・モデルナス〉に電話をする。「イネスの友人のシモンと申します。どなたか、ノビージャのイネスに伝言を届けてもらえませんか？ アカデミーが危機に瀕しているので、即刻、もどってきてほしい、と……いや、かけ返してもらう番号はないんです。アカデミーの危機とだけ伝えてほしい。そう言えば、わかりますから」

シモンは腰を据えてアローヨを待つ。こんなに憤りが強くなければ、聞こえてくる音楽を、あの男がさまざまなモチーフを組みあわせ、意外な不協和音を展開し、独自の理論で和音へと解決していく、天才的な演奏を楽しめたかもしれない。この人は学院の教師などやらされているが、正真正銘の音楽家なのだ、間違いなく。怒鳴りこんでくる親たちの対応などしたがらなくて当然だ。

アリョーシャが少年の濡れた衣類をビニール袋に入れてもどってきて、「ダビードはちょっと動物たちと遊んでいます」と、報告する。

そこへ少年が駆けこんできて、「アリョーシャ！　シモン！」と、大声で呼ぶ。「どこにいるのか、わかったよ！　ドミトリーの居場所！　来て！」

ふたりは少年について裏手の階段をおり、美術館のだだっ広く照明の薄暗い地下室に降り立つと、足場材を収納した棚や、壁際に乱雑に積み重ねられたカンバスや、大理石の裸像がロープでひとまとめになっている一画などを通りすぎ、片隅にある狭い個室にたどりつく。ベニヤ板に釘をうちつけて急ごしらえした代物で、屋根はついていない。「ドミトリー！」ダビードは大声で呼び、ドアをどんどん叩く。「アリョーシャが来たよ。シモンも！」

返答はない。シモンがふと見ると、個室のドアに南京錠がかけられている。「中にはだれもいないだろう。外から鍵がかかっている」

「ドミトリーがいるってば！」ダビードが言う。「声が聞こえたもん！　ねえ、ドミトリー！」

アリョーシャが梯子状になった足場を引きずってきて、個室の壁に立てかける。足場を登り、中を覗きこむと、すばやく降りてくる。

入れ替わりに、止める間もなくダビードが足場を登っていく。てっぺんで、凍りつくのがわかる。アリョーシャがまたよじ登り、少年を抱えおろす。

「なにがあった？」シモンが尋ねる。

「アナ・マグダレーナが。行ってください。ダビードを連れて、救急車を呼びにいって。事故があったと。至急来てほしいと」アリョーシャはそう言うなりくずおれ、床に両膝をつく。顔は蒼白だ。

「早く、早く、行って！」

そこからは、息つく暇もない展開になる。救急車が到着、つぎに警察、美術館は来館者を締めだし、入口には警備員が配置される。地下室におりる階段は封鎖。アローヨ夫妻の息子ふたりと残っていた寮生を引き連れて、アリョーシャは建物の最上階に退避する。セニョール・アローヨといえば、どこにも姿が見えない。オルガンの置かれた中二階はからっぽだ。

シモンは警察官のひとりに近づき、「われわれは帰ってもいいでしょうか?」と訊く。

「どなたです?」

「発見者です、その……遺体の。息子のダビードはここの生徒でして。ひどく動揺しています。家に連れて帰りたいのですが」

「ぼく、帰りたくない」少年は言う。てこでも動かないという顔つきだ。口もきけないほどのショックは少しやわらいだらしい。「アナ・マグダレーナに会いたい」

「それだけは無理だ」

ホイッスルの音がする。警官はひと言もなく、ふたりを放りだしていく。そのとたん、ダビードが飛びだし、小さな雄牛よろしく頭を低くしてダンス室のむこうへと駆けていく。シモンがようやく追いついたときには、階段の入口に着いており、人だかりができたそこでは、二名の救急隊員が白いシーツを被せた担架をなんとか通そうとしていた。シーツがどこかに引っかかり、一瞬、アナ・マグダレーナの遺体が、むきだしの胸のあたりまで覗く。顔面の左側に、黒ずんだ青痣が広がっている。目を大きく見開き、犬が唸るように上唇がめくれあがっている。救急隊員が手早くシーツを元にもどす。

ひとりの制服警官がダビードの腕をとって制する。「離せよ!」少年は叫びながら、手を振りほどこうともがく。「その人を助けたいんだ！」

警官に楽々と抱えあげられると、少年はばたばたと宙を蹴る。シモンはあえて介入せず、担架が救急車の中に納められ、ドアがバタンと閉まるまで待つ。

「もう離してやってください」と、警官に言う。「わたしが代わります。うちの息子なんです。動揺しているんですよ。あの人の教え子でしたから」

シモンは自転車に乗る体力も気力もない。少年と並んで自転車を押し、蕭条《しょうじょう》と降る雨のなか、とぼとぼと帰路につく。「また濡れちゃう」少年は文句を言う。シモンはレインコートを頭からかけてやる。

玄関で出迎えたのは、いつもながら威厳のあるボリバルだ。「ボリバルにくっついていろ」シモンは少年に言いつける。「あっためてもらえ。ボリバルの体温で少しは温まるだろう」

「アナ・マグダレーナはどうなっちゃうの？」

「いまごろは病院に着いているだろう。この件については、もう話すつもりはない。一日でこれだけあればたくさんだ」

「ドミトリーが殺したの？」

「わからん。どんな経緯で亡くなったのか。ただ、ひとつだけ聞いておきたいことがある。あの個室だが――わたしたちがあの人を見つけたあの部屋が、つまり、ドミトリーがきみたちに女の写真を見せていた部屋なのか？」

「うん」

第十二章

翌日、大雨があがって久しぶりの晴天が広がったその日、ドミトリーが自首をしてきた。警察署の受付デスクに姿をあらわしたのだ。「わたしです」ドミトリーは受付係の若い女性にいきなりそう言い、女性が意味を計りかねていると、その日の朝刊をとりだし、アナ・マグダレーナのいつもの酷薄な美貌を写しだす顔写真入りで、〝バレリーナの死〟の文字が踊る大見出しをつついて、「この人を殺したのはわたしだ。わたしが犯人だ」と言った。

その後、ドミトリーは警察の要請に応え、何時間もかけて事件の全容を詳しく綴る。口実をつくってアナ・マグダレーナを説きつけ、美術館の地下室に連れこんだこと。彼女を犯したのち、首を絞めたこと。遺体をあの個室に押しこみ、雨と寒さをものともせず、今朝まで二日二晩、街をさまよっていたこと。頭がおかしくなっていたが（罪の意識によって？　悲しみのあまり？　それについては書かれていない）、新聞スタンドでこの写真入りの新聞を見かけると、写真の目に（本人いわく）魂まで射貫かれ、正気に返って観念し、「罪滅ぼしをする」決意をしたこと。

これだけのことが、市民の強い関心を集めた最初の審問でいっぺんに話される。人々の記憶にあるかぎり、こんなとんでもない事件など起きたことのないエストレージャで、である。審問にセニョール・アローヨの姿はない。アカデミーの扉を閉ざしてしまい、だれとも話そうとしないのだ。シモンは審問を傍聴しようとするが、狭い法廷のおもてにはぎっしりと黒山の人だかりが出来ており、断念する。ラジオによれば、ドミトリーはすでに罪を認め、弁護士をつけることを拒否しているという。罪状認否をする時間と場所はべつにあるからと、判事が説明したにも拘わらず。「わたしはこのうえない悪事を働きました。愛する人を殺したのです」そう述べたとのこと。「鞭打ちの刑なり、吊るし首なり、骨を叩き折るなりしてください」法廷から拘置所の独房にもどされるドミトリーはその途上、見物人らの嘲《あざけ》りと面罵の十字砲火にじっと耐える。

シモンの伝言を受けたイネスが上の兄ディエゴを伴って、ノビージャから帰ってくる。ダビードはふたりの住むアパートにもどることになる。なにせ授業もないのだから、一日中、ディエゴとサッカー三昧。ダビードによれば、ディエゴはサッカーの「達人」だとか。

シモンはイネスと待ち合わせてランチをとる。ふたりでダビードの身の振り方について話しあう。「ふだんどおりにふるまい、ショックを克服したように見えるが」シモンは言う。「わたしはどうかと思う。子どもがあんな光景を見せられて、なんの精神的後遺症もなしで済むわけがない」

「あんなアカデミーに行かせたのが間違いよ」イネスは言う。「わたしが言ったとおり、家庭教師を雇えばよかった。あのアローヨ夫妻ときたら、やっぱりとんだ災難だった！」

シモンは異を唱える。「殺されたのはセニョーラ・アローヨのせいでも、あのだんなのせいでもないだろう。ドミトリーのような化け物と出くわしてしまう可能性はどこのだれにでもあるんだ。良いほうに考えれば、少なくともダビードは大人というものについて教訓を得たろう。大人が欲望《パッション》に流されるとどうなるか」

イネスは鼻を鳴らす。「欲望？　あなたはレイプと殺人を欲望と呼ぶわけ？」

「いいや、レイプと殺人は犯罪だ。しかしドミトリーが欲望に駆られてそれらの罪を犯したことは否めまい」

「欲望なんかがあるから、えらく面倒になるのよ。巷の欲望が減れば、この世は平安の地になるのに」

ふたりがいるのは、〈モダス・モデルナス〉の通りを挟んだむかいにあるカフェだ。席間が狭い。隣席には身なりの良い、イネスの顧客になりそうな女性がふたり座っており、横で口論とおぼしき言い合いが始まったので、おしゃべりをやめて聞き耳を立てている。そんなわけでシモンは言おうと思っていた言葉を引っこめ（こう言いかけていたのだ。「きみに欲望のなにがわかると言うんだ、イネス？」）、こう言って話題を換えた。「あまり深く掘りさげるのはよそう。ディエゴはどうだい？　エストレージャは気に入ったかな？　こっちにはどれぐらい滞在するんだろう？　ステファノもそのうち来るのか？」

いいえ、ステファノはエストレージャには来ない（とのこと）。目下、すっかり恋人の尻に敷かれていて、彼女が手放そうとしない。ディエゴはというと、エストレージャにあまり良い印象は抱いていない。後れてる《アトラサーダ》って。イネスがこんなところでなにやっているんだか。一緒にノビージャに帰ったらどうだ、と。

「で、そうなりそうなのか？」シモンは尋ねる。「ノビージャに帰るかもしれない？　わたしも聞いておく必要がある。ダビードの行く先にわたしも行くことになるんだから」

イネスはそれに答えず、ティースプーンを弄ぶ。

「店のほうはどうなる？　きみに突然、放りだされたら、クラウディアもどう思うだろう？」シモンはテーブル越しに身を乗りだす。「正直なところどうなんだ、イネス？　ダビードに尽くす気持ちにいまも変わりはないのか？」

「どういう意味なの、『尽くす気持ちにいまも変わりはない』というのは？」

「つまり、きみはいまもあの子の母親なのか？　いまもあの子を愛しているのか、それとも、だんだん疎遠になっていくのか？　言っておくが、わたしは父親と母親の両方になるのは無理だ」

イネスは立ちあがる。「もう店にもどる時間だから」


歌唱アカデミーはダンスアカデミーとはかなり趣を異《こと》にする場所だ。ガラス張りの建物からしてエレガントだが、この街きっての高級住宅地の緑豊かな広場に建っていた。シモンとダビードはセニョーラ・モントーヤという副学長の部屋に通され、副学長の冷淡な挨拶を受ける。ダンスアカデミーの閉鎖に伴い、歌唱アカデミーにはそちらの元生徒からの入学願書がいささか集中している、と告げられた。ダビードの名前をリストに追加することはできるが、入学の見込みは高くないだろう、と。音楽の正式な教育を受けてきた生徒が優先されますので。さらにシモンは釘をさされる。当歌唱アカデミーはダンスアカデミーよりそうとう学費がお高いですよ。

「音楽に関して言えば、ダビードはセニョール・アローヨから直接指導を受けていました」シモンは言う。「良い声をもっています。聴いてやっていただけませんか？　ダンスに秀でていますので、歌のほうもかなりいけると思います」

「この先、志すつもりがあるということですか？　歌い手を？」

「ダビード、先生の質問が聞こえたろう。歌い手になりたいかい？」

少年はそれに答えず、まじろぎもせず窓の外を眺めている。

「将来はなにになるつもりですか？」セニョーラ・モントーヤが尋ねる。

「わかんない。その時によるっていうか」ダビードは答える。

「ダビードはまだ六歳です」シモンが口をはさむ。「六歳の子に人生設計を問うのは無理でしょう」

「セニョール・シモン、当学の全生徒、最年少から最年長の子たちをひとつに結ぶものがあるとすれば、それは音楽への情熱です、激情《パッション》です。あなたにはそれがありますか？」

「ないです。だって、ゲキジョウは人を苦しめるよ」

「まさしく！　だれに教わったのですか？　激情が人を苦しめると？」

「イネス」

「イネスとはだれです？」

「この子の母親です」シモンが割って入る。「きみはイネスの言うことを誤解しているようだな、ダビード。イネスが言ったのは、肉体的な欲望のことだ。歌に対する情熱というのは、肉体的な欲望とは違う。セニョーラ・モントーヤに歌を聴かせてさしあげたらどうだ？　どんなに良い声かわかってもらえるよ。ほら、いつか歌ってくれた英語の歌を」

「いやだよ。ぼくは歌いたくない。歌うのなんて大きらいだ」

シモンは少年を連れて、果樹園の三姉妹のもとを訪れる。ふたりはこれまで同様、温かく迎え入れられ、アイシングをかけた小さなケーキと、ロベルタお手製のレモネードをごちそうになる。ダビードは馬屋と牛舎めぐりに乗りだし、かつての友人たちと旧交を温める。本人がいないうちに、シモンはセニョーラ・モントーヤとの面談の顚末を話す。「いきなり、音楽への情熱ですよ。想像してみてください。六歳の子どもに、音楽への情熱があるかと訊くんです。子どもが音楽に熱中したとしても、まだ情熱をもち得る年ではないでしょう」

シモンは三姉妹に好意をもちはじめていた。彼女たちになら、本心を吐露できる気がする。

「前々から思っていたんだよ。歌唱アカデミーというのは、お高くとまった学校だって」バレンティーナが言う。「けど、教育水準は高い。それは間違いがない」

「奇跡的にダビードが入学できたら、学費援助はしていただけそうでしょうか？」シモンは学校側に提示された金額を伝える。

「もちろん」バレンティーナは躊躇なく答える。コンスエロとアルマもうなずいて同意する。「わたしたちはダビードが可愛くてね。なかなかお目にかからない子だ。前途洋々だとも。オペラの世界とは限らず」

「あの子、事件のショックとはどう折り合いをつけているの、シモン？」とコンスエロが尋ねる。

「精神的ダメージが大きかったでしょうに」

「セニョーラ・アローヨに夢を抱いているんです。非常に近しい関係にありましたから。これにはわたしも驚きました。いたく冷たく、人を寄せ付けない感じの人なので。ところが、ダビードは初対面のときから彼女になついていた。わたしにはわからない美質を見出したのでしょう」

「じつにきれいな人だった。古雅な趣があって。あなたもきれいだと思わなかった？」

「ええ、きれいな人でした。しかし幼い男の子にとって、美はさして重要ではないでしょう」

「そうかもしれないわね。ところで、今回の悲劇だけど、あなた、彼女にはまったく責任がないと思う？」

「まったくないとは言い切れません。彼女とドミトリーの関係には長年のいきさつがあった。ドミトリーは彼女に恋着しており、彼女が踏んだ地面さえ崇めるほどでした。わたしにもそう語りました し、耳を傾けてくれる相手にはだれかれかまわず同じことを言っていた。それでも、セニョーラは彼を軽くいなしていた。それどころか、土くれみたいに扱っていたんです。わたしもこの目で見ました。あれでは、しまいにはぶちキレても不思議ではない。いや、あの男を弁護するつもりはもちろんありませんが……」

ダビードが畜舎めぐりから戻ってきて、「ルフォはどこ？」と詰め寄る。

「病気になったから、眠らせたんだよ」バレンティーナが答える。「おまえ、靴はどうしたの？」

「ロベルタが脱ぎなさいって。ルフォに会える？」

「坊や、〝眠らせる〟というのは遠まわしな表現でね。ルフォは死んだんだ。ロベルタがそのうち子犬を見つけてくれるだろう。大きくなったらルフォの代わりの番犬になるような」

「でも、ルフォはどこにいるの？」

「どこだろう。わたしにもわからない。そういう世話はぜんぶロベルタに任せたから」

「土くれみたいになんか扱ってなかったよ」

「なんだって――だれがだれを土くれみたいに扱ってなかったって？」

「アナ・マグダレーナだよ。ドミトリーのこと、土くれみたいに扱ってなかった」

「盗み聞きをしてたんだね？　行儀がわるいね、ダビード。盗み聞きはおよし」

「土くれみたいに扱ってなかった。そういうふりをしてただけだよ」

「なるほど、どうやらわたしより事情通のようだね。お母さんはどうしてる？」

シモンが割って入る。「すみません、イネスが来られなくて。ノビージャから兄が訪ねてきているんです。わたしらのアパートに滞在しています。ですから、わたしはしばらくよそに移ることに」

「ディエゴって名前なんだよ」少年は言う。「ディエゴはシモンが大きらいなんだ。シモンは〝ウナ・マンサーナ・ポドリーダ〟だって言ってた。イネスはシモンから逃げて、ノビージャにもどってくればいいんだって。〝ウナ・マンサーナ・ポドリーダ〟って、どういう意味？」

「〝腐ったリンゴ〟だよ」

「知ってる。でも、どういう意味で言ったの？」

「さあ、なんだろう。シモン、あなたが〝ウナ・マンサーナ・ポドリーダ〟の意味を教えてあげたらどう？　問題の〝ウナ・マンサーナ・ポドリーダ〟はあなたなんだから」

三人姉妹は笑いころげる。

「ディエゴは妹を取られたと思って、前々からわたしを恨んでいるんですよ。彼の見解によれば、ディエゴと弟とイネスの三人で幸せに暮らしていたところに、わたしがあらわれてイネスをくすねとった、と。でたらめもいいところですよ、もちろん。勘違いも甚《はなは》だしい」

「そうなの？　なら、真相は？」コンスエロが訊く。

「イネスをくすねてなどいません。イネスはわたしにどんな感情も抱いていない。ダビードの母親なんです。イネスはダビードを見守り、そのふたりをわたしが見守る。それだけの関係です」

「ずいぶん妙な話ね」コンスエロが言う。「そうとう変わってる。でも、あなたの話を信じましょう。わたしたちはあなたという人を知っているから、信じるんですよ。あなたは〝ウナ・マンサーナ・ポドリータ〟なんかじゃない」姉妹たちもうなずいて同意する。「というわけで、坊や、あなたはイネスのそのお兄さんのところに行って、あなたはシモンのことを大いに誤解していると伝えなさい。いいですね？」

「アナ・マグダレーナはドミトリーにゲキジョウを抱いていたんだ」少年は言う。

「そうは思わんな」シモンが言う。「まったく逆だろう。激情《パッション》を抱いていたのはドミトリーのほうだ。ああいう悪事を働いたのも、アナ・マグダレーナへの激情のなせる業なんだ」

「シモンはいつでもゲキジョウのことを悪く言うよね」少年は言う。「イネスもだ。ふたりともゲキジョウが大きらいなんだ」

「とんでもない。わたしが激情を嫌うもんか。まったく事実に反する。とはいえ、激情ゆえ痛ましい出来事が起きるのも無視できない。あなたがたはどう思われます、バレンティーナ、コンスエロ、アルマ、激情《パッション》とは善いものですか、悪いものですか？」

「欲望《パッション》は善きものだと、わたしは思いますよ」アルマが答える。「欲望なくして、世界は回らない。退屈でうつろな場所になってしまうでしょう。実際問題」と、姉妹たちを見やりながら、「欲望がなければ、わたしたちはここにいないでしょう。だれひとりとして。豚や牛や鶏たちもです。わたしたちはみな、欲望ゆえに、だれかのだれかへの欲望ゆえに、ここにいるのです。春になれば聞こえてくるでしょう。鳥たちが番《つが》う相手を求めて鳴き交わす声があたりに充ちる。あれが欲望でないなら、なにが欲望です？　分子だって同じです。もし酸素が水素を欲さなければ、わたしたちは水も手に入らない」

三姉妹のなかでシモンのいちばんの好みは、アルマだ。とはいえ、欲望を感じる相手ではないが。見目うるわしい姉たちとはさっぱり似ておらず、背が低く、ずんぐりしている。顔は丸くて感じが良いが、これといった特徴がない。メタルフレームのきゃしゃな眼鏡が、どうも不似合いだ。あとの二人とは両親を同じくする姉妹なのか、片親だけが同じなのか？　尋ねられるほど知った間柄でもない。

「欲望《パッション》にも二種類あると思わない、アルマ？　善いのと悪いのが」バレンティーナが尋ねる。

「いいえ、欲望は一種類だと思う。どこにあるのも同じよ。あなたの考えはどうかしら、ダビード？」

「ぼくは考えを持っちゃいけないって、シモンに言われてます」少年は答える。「まだ子どもだから。シモンぐらいの年になったら、自分の考えを持っていいって」

「シモンはおかしなことばかり言いますね」アルマは言う。「萎びた古リンゴになりかけているから」三姉妹はまた笑いころげる。「シモンの言うことなど気にしないで。あなたの考えを聞かせて」

少年は部屋の中央に進みでると、靴下をはいた足で、藪から棒に踊りだす。シモンにはすぐになんのダンスかわかる。例の発表会で、アローヨ夫妻の上の息子が披露したのと同じダンスだ。とはいえ、ダビードのほうが優美さと威厳と自信にあふれていてうわてだ。むこうはダンス・マスターの息子だというのに。三姉妹が言葉もなく、一心に見入るなか、ダビードは複雑な象形文字をなぞりつつ、客間に置かれたこだわりのテーブルやスツールをやすやすとよけていく。きみはこの姉妹のためには踊るんだな。わたしのためには踊ってくれないのに。と、シモンは思う。きみはイネスのためにも踊る。彼女たちにはあって、わたしに足りないものとはなんだ？

ダンスは終わりを迎える。ダビードはお辞儀はせず――お辞儀はアカデミーの流儀ではない――三姉妹の前にしばし直立不動で立つ。目を閉じて恍惚とした微かな笑みを口元に浮かべている。

「ブラボー！」バレンティーナが言う。「いまのがパッションの踊り？」

「3を呼び寄せるダンスです」少年は答える。

「パッションもだろう？」と、バレンティーナは訊く。「パッションはどこに入ってくるんだい？」

少年はそれに答えず、シモンが見たこともないジェスチャーをつけて、右手の三本の指を口にあてる。

「ジェスチャークイズなの？」コンスエロが言う。「当ててみなさいということ？」

少年は身じろぎもせず、いたずらっぽく目をきらめかせる。

「あ、わかった」と、アルマ。

「だったら、わたしたちにも説明して」と、コンスエロ。

「説明するようなことじゃなくてね」と、アルマは言う。

この子はアナ・マグダレーナに夢を抱いていると三姉妹に話したが、それはいささか事実に反する。ダビードと出会ってから、初めのうちはシモンが、その後はイネスがこの子を寝かしつけていたが、夜になれば四の五の言わずにあっさりと寝入り、夜中もぐっすり眠って、翌朝には明るく元気いっぱいで目を覚ましたものだ。ところが、美術館の地下室で現場を発見して以来、変化が生じていた。いまでは、イネスか、シモンが泊まっていればシモンのベッドサイドにしょっちゅう来ては、怖い夢を見たとめそめそ泣きついてきた。夢に出てくるアナ・マグダレーナは頭から足の先まで真っ青で、「ちいさな、ちいさな、ちいさな、お豆みたいにちいさな」赤ん坊を抱いている。あるいは、アナが手をひらくと、掌にのった赤ん坊があらわれ、小さな青いナメクジみたいに丸まっているのだという。

シモンは少年を必死で慰めようとする。「アナ・マグダレーナはきみのことを心から愛していた。だから、夢に出てくるんだ。お別れを言いにきているんだよ。自分は来世で安らかに暮らしているから、怖いことを考えないようにって」

「ドミトリーの夢も見たよ。服がぐしょ濡れだった。シモン、ドミトリーはぼくのことを殺しにくる?」

「まさか」シモンは打ち消した。「そんなことしたがるはずがないだろう？　それに、きみが見ているのは本物のドミトリーじゃない。霞みたいなものだ。こうして手を振ってごらん」と言って、両手をぱたぱたと振る。「消えてしまうから」

「でも、ドミトリーのペニスが人殺しをさせたんでしょ？　ペニスのせいでアナ・マグダレーナを殺したんでしょ？」

「人はペニスのせいでなにかしたりしないよ。ドミトリーにとり憑いてあいうことをさせたのはべつのなにかだ。われわれには理解できない理不尽な」

「ぼくは大きくなっても、ドミトリーみたいなペニスは持たないぞ。ペニスが大きくなってきたら、切り落とすんだ」

シモンはこの会話をイネスに報告する。「あの子はどうも、大人はセックスをすると殺しあうとか、行為の絶頂で首を絞めるとか、そんな印象をもっているようだな。ドミトリーの裸もいつか目にしたことがあるようだ。頭のなかでいろんなことがごっちゃになっている。あの子にとってドミトリーに『愛している』と言われるのは、そのうちレイプされ、絞め殺されるという意味なんだ。あんな男に出会ったのがつくづくまずかった！」

「そもそもあの子をなんちゃらアカデミーに送りこんだのが間違いよ」イネスが言い返す。「あのアナ・マグダレーナというのは信用ならない」

「少しは思いやりをもて。むこうは故人で、こっちは生きているんだ」

もっと思いやりを、とは言ったものの、たしかにアナ・マグダレーナにはおかしなところが――おかしいというのもおかしいような、人間離れしたところがありはしないか？　母狼と幼獣たちのような、あのアナ・マグダレーナと子どもたち。人をまっすぐに見抜くまなざし。劫火に包まれてなお、あの目が焼き尽くされることはないだろう。

「ぼくも死んだらアナ・マグダレーナみたいに青くなるの？」少年は尋ねる。

「なるわけがないだろう」シモンは答える。「きみはまっすぐ来世に行く。そこで、輝かしく新たな人物になるんだ。わくわくしないか。冒険だな。この現世がずっと冒険だったように、ね」

「でも、ライセに行かなかったら、青くなっちゃう？」

「いいかい、ダビード、来世は必ずある、うそじゃない。死は恐れるべきものではないんだ。一瞬でぱっと終わってつぎの生が始まる」

「でも、ぼくはライセになんか行きたくない。ぼくは星に行くんだ」

第十三章

エストレージャの裁判所は、犯罪者の更生《レクペラシオン》、復帰《レアビリタシオン》、救済《サルバシオン》の任を負っている。チラシ配りの同僚たちからその程度の話は聞いていた。さらに、法廷審理にはふたとおりあるらしい。被告人が嫌疑を否認すれば、法廷によって有罪無罪が決定され、長いプロセスを経る。一方、被告人が罪状を認めれば、法廷で矯正刑の量刑を決めるだけの短いプロセスとなる。

　ドミトリーは最初から罪は認めていた。すでに一つのみならず三通もの自白書に署名をしていて、アナ・マグダレーナ・アローヨをいかにして凌辱し絞殺したかを詳細に語っており、夥しい記述は回を重ねるごとに増えていった。罪をなるべく軽くするチャンスをことあるごとに与えられた（**事件当夜、酒を飲んでいたのではないか？　被害者は性的遊戯の最中に死んだのではないか？**）ものの、そのすべてを拒んだ。自分のおこないは言い訳無用であり、赦されざる行為である、と。そのおこないが赦されるか赦されないかを決めるのはあなたではない。尋問官らはそう言葉を返す。あなたが語らねばならないのは「なぜ」そのようなことをしたかである。ところが、三通目の自白書はこの時点で唐突に行き詰まる。「被告人はこれ以上の協力を拒んだ」と、尋問官は報告書に書く。

「被告人は急に[illegible]な語を口にして暴れた」

審理はその月末に設定さ[illegible]その日にはドミトリーが裁判官と二名の補佐官の前に姿をあらわして判決を受けることになる。

審理の二日前、二人組の制服警官がシモンの借り間のドアを[illegible]、伝言を渡してくる。ドミトリーがシモンとの面会を要請していた。

「わたしと？　どうしてまたわたしに会いたがっているんです？　知り合いとも言えない仲です」

「理由はわかりかねます。ご同行願います」二人組は言う。

シモンは車に乗せられ、警察署の拘置所の独房に連れていかれる。夕方の六時。ちょうど当直の交替時間で、収容者らに夕食が出されるところだ。シモンはかなり待たされてから、息苦しい一室に通される。片隅に掃除機があり、形の不揃いな椅子が二脚——そこに髪をこざっぱりと切り、きっちりアイロンの跡がついたカーキのズボンとカーキのシャツを着て、サンダルを履き、美術館員のころよりずいぶん身ぎれいになったドミトリーが待っている。

「どうです、シモン？」ドミトリーがあいさつをする。「麗しのイネスは？　それから、あなたの坊やは？　坊やのことはしょっちゅう考えていますよ。あの子のことを愛していたからね。アカデミーの小さなダンサーたち、みんなを愛していた。あの子たちもわたしを愛してくれた。なのに、もはや失われた。すべて失われた」

シモンは面会に呼びだされただけでも苛立っていた。そこへ、こんな感傷的なごたくを聞かされ、腸《はらわた》が煮えくり返った。「子どもたちを菓子で釣って歓心を買っていたくせに。わたしになんの用だ？」

「えらいご立腹だ。まあ、ごもっとも。わたしはひどいことをしてしまった。たくさんの人々を嘆かせた。あの悪事に言い訳はたちません、たちませんとも。あなたが背を向けるのも当然です」

「用件はなんだ、ドミトリー？　わたしをなぜ呼びだしたんだ？」

「お呼びしたのは、あなたを信頼しているからですよ、シモン。知り合いを一人ずつ頭に浮かべてみて、いちばん信頼がおけるのはあなただと思いました。どうして信頼するかって？　あなたをよく知っているからじゃない――よく知りませんよ、あなただってわたしのことはよく知らない。でも、わたしはあなたを信頼する。信頼できる人だからです。信頼に足る男。それはだれが見たってわかる。しかも謙虚だ。自分は謙虚な人間じゃないが、他人の謙虚さには敬意を抱く。生まれ変わったら、謙虚で信頼に足る人間になりたいですよ。でも、これがわたしの人生だ。わたしに割り当てられた人生なんです。やれやれ、わたしはこのわたしでしかない」

「単刀直入に頼む、ドミトリー。用件はなんだ？」

「美術館の地下倉庫への階段を降り、降りきったところで右側を見ると、灰色のファイルキャビネットが壁際に三つ並んでいます。キャビネットにはロックバーが付いている。鍵はわたしが持っていましたが、ここのやつらに取りあげられてしまった。しかしながらキャビネットは簡単にこじ開けられます。バーの上の隙間にドライバーをつっこんで、ガツンと叩いてください。抽斗を留めている金属のロックバーがひしゃげます。やってみればわかりますよ。ちょろいもんだ。

　真ん中のキャビネットのいちばん下の抽斗に――真ん中のキャビネットのいちばん下の抽斗ですよ――小学生が使うような小さい書類箱があります。中には紙の束が入っています。それを焼いてほしいんです。丸ごとぜんぶ焼いてください、中身は読まずにね。信頼してお任せしていいですね？」

「つまり、美術館に行って、ファイルキャビネットをこじ開け、書類を盗みだして焼却しろと言うのか。囚われの身の自分にはできないからって、ほかにもどんな悪事をわたしに代行させる気だ？」

「わたしを信頼してください、シモン。わたしは信頼しているんだから、あなたも信頼すべきだ。その書類は美術館とは関係ないんです。わたしのものです。私物です。数日のうちには、わたしに判決がくだされます。どんな判決になることやら？　しかしわたしがエストレージャの町並みを見ることも、あの美術館のドアを通ることも、金輪際、二度とないでしょう。わが町と呼んでいた土地で、わたしは忘れ去られ、忘却の彼方へ追いやられるのです。正しいことです。それが正であり、義であり、善です。わたしは人の記憶に残りたくない。たまたま新聞がわたしの私物を入手したからって、いつまでも盛んに思いだされるのはごめんです。わかりますか？」

「気持ちはわかるが、賛同しかねる。きみの要望には応えられんな。こういうのはどうだ。わたしが美術館長のところに行って、『以前こちらで働いていたドミトリーによると、館内に書類などの私物が置いてあるとか。それをわたしに取ってきて、拘置中の自分に渡してほしいと言っています。

ご許可いただけるでしょうか？』もし館長の許可が出たら、書類を持ってこよう。あとはきみが自分で焼くなりなんなりすればいい。それぐらいしかできないが、法には抵触しない」

「いいや、だめです、シモン、だめだめだめ！　あれをここに持ってくるなんて、危険すぎる！　だれにも見られてはならないんだ、あなたにもね！」

「きみのいわゆる手記など、なにが悲しくてわたしが見たがるんだ。どうせ、汚らわしいことを書き連ねているんだろう」

「そうですとも！　そのとおり！　汚らわしいことばかりだ！　だから破棄しなくてはならない！この世から穢れが少しでも減るように！」

「いいや、断る。ほかを当たってくれ」

「ほかなんていませんよ、シモン。信頼できる人なんか。あなたが助けてくれないなら、お手上げです。だれかに見つかって、新聞社に売られるのも、時間の問題だ。そうなれば、スキャンダル再燃で、治りかけた古傷があちこちでひらくことになる。あなたが阻止してください、シモン。わたしと友だちになり、日々を輝かせてくれた子どもたちのことを思ってください。おたくの坊やのことも」

「スキャンダルもいいところだな。実のところ、きみはエロ写真のコレクションを公にされたくないんだろう。よく思われたいからだ。熱愛《パッション》の男と思われたい。ポルノに涎をたらすような犯罪者ではなく。このへんで失礼するよ」独房のドアを内側からノックすると、ドアはただちにひらく。

「おやすみ、ドミトリー」

「おやすみなさい、シモン。気をわるくしないで」

審理の日がやってくる。チラシ配りの間に知ったところでは、エストレージャの町は美術館での〝激情殺人〟の話題でもちきりとなっているようだ。開廷のかなり前に裁判所に着くようにしたのに、入口の前にはすでに大きな人だかりができていた。人垣をかきわけてホワイエに入ると、でかでかと書かれた注意書きに出くわす。「裁判地、および時間の変更について。〈太陽劇場《テアトロ・ソーラー》〉にて、開廷時間は午前8時30分から午前9時30分に変更されました」

〈太陽劇場〉はエストレージャ最大の劇場である。会場にむかう途中、ダビードと似た年恰好の女の子をつれた男性とたまたま言葉を交わすことになる。

「裁判の傍聴ですか？」男が尋ねてくる。

シモンはうなずく。

「大にぎわいですね」男は言う。子どもがにっこりとシモンに笑いかけてくる。白ずくめの装いで、髪には赤いリボンをつけている。

「娘さんですか？」シモンは尋ねる。

「いちばん上のです」男は答える。

見まわしてみると、劇場へと殺到する人混みのなかには、ほかにも何人か子どもがいる。

「子どもさんを同伴するのはいかがなものですかね？」シモンは問いかける。「こうした裁判には、まだちょっと幼いのでは？」

「そうですか？　場合によりけりでしょう」男はそう返してくる。「法的な話をだらだらやられて飽きてしまったら、連れて帰ることになるかもしれない。とはいえ、要点に切りこんで短く済むと思っていますよ」

「うちにも同じ年頃の息子がいますが」シモンは言う。「断じて連れてこようとは思いませんね」

「まあ、見方は人それぞれでしょう。わたしとしては、こういう町の一大事を見せるのは、教育上わるくないかと——教師と関係するとろくなことにならないと、子どもたちも身に染みてわかるでしょう」

「被告人はわたしが知るかぎり、教師なんかじゃない」シモンはつっけんどんに返す。ここで劇場の入口に着き、父と娘は人混みに飲まれていく。

一階席はもう埋まっているが、舞台を見おろすバルコニーにスペースを見つける。舞台には、判事たちの席だろう、緑色のラシャで覆った長椅子が設置されている。

定刻の九時半が来て、過ぎていく。客席は暑く、息苦しくなってくる。バルコニーにまだまだ傍聴人が入ってきて、シモンは手すりに体を押しつけられる格好になる。一階席では通路にまで人が座っている。商魂たくましい若者がボトル入りの水を売りながら行き来する。

急に動きがあった。舞台上部のライトがいっせいに点く。制服警官に引かれ、足枷をつけたドミトリーが舞台に登場する。彼は光で目がくらみ、足を止めて、客席を見わたす。警護係の警官が、ロープで囲った狭い空間に彼を座らせる。

劇場内は静まりかえっている。舞台袖から赤い法服を着た三人の判事が登場する。正確には、裁判長と補佐官二人。人々がどよめいて立ちあがる。劇場の収容数はざっと見たところ、二百席程度だろう。そこに、少なくとも二倍の人間が入っている。

人々のどよめきが鎮まる。裁判長がなにか言うが、聴きとれない。ドミトリーの警護官が前に飛びだし、マイクの調整をする。

「ドミトリー被告で間違いないか?」裁判長が尋ねる。ドミトリーが警護官にうなずきかけると、彼がドミトリー専用のマイクを前に置く。

「そうであります、裁判長」

「あなたは今年の三月五日、アナ・マグダレーナ・アローヨという人物を暴行殺害した廉《かど》で訴えられている」

裁判長の言葉は質問の形ではなかったが、それでもドミトリーは返答する。「暴行殺害が起きたのは、三月の四日の夜であります、裁判長。この記録の間違いは以前にも指摘しました。アナ・マグダレーナがこの世を去ったのは、三月四日です。とんでもない日でした。わたしにとってもそうですが、彼女にとっては、もっととんでもなかった」

「あなたはどちらの嫌疑についても罪状を認めている」

「三回です。三回も自白をおこないました。わたしは有罪です、裁判長。どうぞ判決を」

「待ちなさい。判決をくだす前に、法廷で証言する権利があなたにはある。この権利を有効に活用してもらいたい。まず、無罪を証明する機会を、つぎに、情状酌量を訴える機会を与えられる。〝無罪証明〟〝情状酌量〟これらの用語の意味はわかるかね？」

「そういう用語ならよくよく理解していますが、裁判長、わたしの件にそれらの用語は無用です。容疑を晴らす必要はありません。わたしは有罪です。お裁きを。判決を。できるかぎり重い法の裁きを与えてください。ごねたりしません、約束します」

階下の客席にざわめきが広がる。「裁きを！」と、大声が飛ぶ。それに対して、「静かに！」という声があがる。小声で囁き交わす声、シッと制する声。

裁判長はもの問いたげな顔で補佐官らをひとりずつ見やる。木槌をとりあげ、一回、二回、三回と振りおろす。ざわめきが静まり、沈黙がおりる。

「本日、正義がなされるのを見届けんと、ご足労いただいたみなさんに申し上げる」裁判長は言う。「とりわけ強調しておきたいのは、正義は短兵急に為すべからずということだ。囃し立てられて為すことでも、遵法を蔑《ないがし》ろにしておこなうことでも決してない」そう言うと、ドミトリーのほうを向き、「まずは無罪証明についてだが、あなたは自分の無罪を証明することはできないし、する意思もないと言うのだね。なぜといえば、自分が有罪であるのは否みがたい、と。では、訊こう。こうした一連の訴訟手続きを先取りし、法廷に先んじて嫌疑に答えを出すとは、自分をなんだと思っている？　嫌疑というのは、ずばりあなた自身の罪に関するものだが。

さて、〝あなたの罪〟だ。この語句についてしばし検討しよう。〝わたしの罪〟や〝あなたの罪〟や〝わたしたちの罪〟について話すというのは、なんらかの行動の観点からいって、なにを意味するのか？　なにかを意味し得るのか？　問題の行為をおこなう本人がどうかしている、少なくとも完全に正気ではないとしたら、どうだろう？　その行為は自分のものと言えるだろうか？　酷いことをしでかしたとき、なぜ人々は後から決まってこんなふうに言うのか？　『どうしてこんなことをしたのか説明できません。どうかしていたんです。正気ではなかったんです』あなたは今日この法廷に立ち、自分の罪を認めるという。自分の罪は否みがたいものだと主張する。しかしながら、そう主張する瞬間、あなたが正気ではない、いまひとつまともでないとするなら、どうだろう？　まあ、ほんの一例だが、法廷というのはこうした数々の問題を提起し決着をつける務めを負っているのだ。問題を封じこめる権限はあなたにはない。あなたは被告人であり、まさに台風の目のなかにいる当事者なのだ。

あなたはあまつさえ、自分の身を救いたいとは思わないと言う。しかし救う救わないはともかく、あなたが決める問題ではない。裁判官であるわたしたちが真摯に法文に従ってあなたを助けようと最善を尽くさなければ、法を遵守したことにならないだろう。むろん、わたしたちには、強姦魔や人殺しから社会を守る責任がある。由々しくもやっかいな責任だ。しかしそれと同時に、被告人のあなたが法の観点から見て、正気を失っている、失っていた場合には、あなたを突飛な行動から守る責任もあるのだ。わかるね？」

ドミトリーは黙りこんでいる。

「無罪証明については、あなたが抗弁を拒否しているため、これぐらいにして、情状酌量の件に移ろう。こちらもあなたは不服申し立てを拒否すると言う。一人の人間として言わせていただこう、ドミトリー。堂々とふるまい、くだされた判決を従容《しょうよう》として受け入れたいとあなたが願うのは、わたしも理解できる。法の前でじたばたして、公衆の面前で恥をかきたくないというのも理解できる。しかしながら、裁判に弁護人がつくのはまさにそのためなのだ。あなたの代理人として弁護人に不服申し立てを依頼すれば、その抗弁のもたらす屈辱がどんなものであれ、弁護人がかぶることになる。この代理人があなたに代わってじたばたし、よってあなたの大切な威厳が傷つくことはない。訊かせてもらいたい。なぜ弁護人をつけるのを拒否してきたのか？」

ドミトリーは咳払いをする。「弁護人なんか、唾吐いてやる」と言って、床に唾を吐く。

補佐官の片方が割って入る。「裁判長は法律で定義された〝正気〟から鑑みて、あなたが正気ではない可能性を提起されたのだ。裁判長の言葉に付言させてもらえれば、法廷で唾を吐くのは正気の人間がすることではない」

ドミトリーは追いつめられた獣のように歯をむきながら、補佐官をじっとにらみつける。

「こちらで弁護人を指名することもできる」補佐官はつづける。「いまからでも遅くはない。裁判所の権限内でおこなえることだ。こちらで弁護人を指名し、弁護人がこの事件について熟知し、あなたにとって最善の行動指針を見極める時間を与えるため、審理を延期することが可能だ」

客席から、不満の低い囁き声があがる。

「いますぐ裁いてくれ！」ドミトリーは声をあげる。「さもないと、喉を掻き切ってやる。首を吊ってやる。頭をたたき割ってやる。止めようとしても無駄だからな」

「気をつけたまえ」補佐官は言う。「裁判長は、いい格好をしたいというあなたの見栄はすでに見抜いておられる。しかし法廷を脅したところで格好はつかない。それどころか、狂人のふるまいに映る」

ドミトリーは言い返そうとするが、裁判長が手をあげて制する。

「ドミトリー、静粛に。わたしたちもしばらく黙ろう。たがいに口をつぐみ、昂《パッション》ぶりを鎮めようではないか。そののち、落ち着いた理性的な態度で、今後の方針を慎重に検討しよう」

裁判長は手を組み、目を瞑る。あとの二人もそれに倣う。客席の人々も手を組み、目を閉じる。シモンも渋々ながらそれに従う。刻々と時間が過ぎていく。シモンの後ろのどこかで、赤ん坊がむずかりだす。**昂《パッション》ぶりを鎮めようだと？　苛立ち以外にどんな昂ぶりを感じるというんだ？**　シモンはそう思う。

裁判長が目をひらく。「さて、被害者のアナ・マグダレーナが最期を迎えたのは、被告人ドミトリーの行為の結果であることには異論がない。ドミトリーにはこの法廷において、それまでの経緯を話すことを命ずる。三月四日にその目で見たことを。裁判記録のため、ドミトリーの発話内容は無罪証明の申し立てとみなすことをお知らせしておく。では、話しなさい、ドミトリー」

「ガチョウの喉元に食らいついたキツネは」と、ドミトリーは話しだす。「こうは言わないだろう。『かわいいガチョウや、わたしの慈愛の印として機会を与えるので、自分はガチョウなんかじゃないことをわたしに証明しなさい（ガチョウgooseには「トンマ」という意味もある）』もちろん、キツネはいきなりガチョウの頭をがぶりと食いちぎって、胸を切り裂き、心臓を食らうんだ。あんたはもうわたしの喉元に食らいついているんだ。遠慮せずに、頭を食いちぎれ」

「あなたは獣とは違うのだ、ドミトリー。わたしたちも獣ではない。あなたも人間なら、わたしたちも人間だ。わたしたちは正義、少なくとも正義に近いものに達する務めを任されている。あなたもこの務めに参加しなさい。法を信じるのだ。これまで充分な試行を重ねてきた法例を。話してみなさい。亡くなったアナ・マグダレーナに始まる物語を。アナ・マグダレーナとは、あなたにとってどういう存在だったのか？」

「アナ・マグダレーナはダンス教師であり、ダンスアカデミーの学長の妻。ダンスアカデミーとは美術館の二階に入っている学校であり、わたしはその美術館で働いていた。彼女とは毎日会っていた」

「つづけて」

「わたしはアナ・マグダレーナを愛していた。出会った瞬間から愛していた。敬い、崇拝していた。彼女が踏み歩く地面には口づけた。だが、彼女には相手にされなかった。わたしを野暮天あつかいした。わたしを嗤った。だから、殺してやったんだ。辱めて、そののちに絞め殺した。話はこれでおしまいだ」

「おしまいではないだろう、ドミトリー。あなたはアナ・マグダレーナを敬い、崇めていた。それなのに、強姦し、絞め殺したのだ。これはわれわれには理解しがたい。手がかりをくれないか。自分が愛する女性につれなくされれば、傷つくだろう。しかし、相手に襲いかかり殺害してそれに報いるというのは、人間の行動としてあり得ない。ほかにも原因が重なっているはずだ。問題の日、あなたをその行動に駆り立てたなにかが。あの日、なにがあったのか、もっと十全に語りたまえ」

シモンの立っている場所からも、ドミトリーの顔が憤怒で紅潮していき、マイクを強い力で握りしめているのが見てとれる。「判決を！　こんなことはもう終《しま》いにしてくれ！」ドミトリーは怒鳴る。

「いいや、ドミトリー、われわれはあなたの命令に従うためにここにいるのではない。正当な判決をくだすためにいるのだ」

「正当な判決だと！　あんたらにわたしの罪深さを測れるものか。測れるような罪ではない！」

「ところが、われわれはまさにそのためにここにいるのだ。あなたの罪の深さを測り、それに見合った量刑を決めるために」

「頭にぴったりの帽子を作るようにな！」

「そう、あなたの頭にぴったりの帽子をだ。正義というのは、あなたに対してのみならず、被害者にも向けられるものだ」

「あんたらが被害者と呼ぶ女性は、あんたらがどうしようと気にしない。死んでいるんだからな。この世を去ったんだ。だれにも呼びもどせない」

「いいや、彼女は去っていない。今日も、ここ、この劇場内に、われわれと共にいる。われわれにとり憑いているのだ、なかでもあなたに。正義がなされたと納得するまで、去りはしないだろう。しかるに、三月四日になにがあったのか、語られよ」

ドミトリーが両手でつかんでいるマイクの外筒が割れたと思しき独特の音がする。まるで石から水が絞りだされるように、その固く瞑った目に涙がこみあげる。ゆっくりと首を左右に振る。ドミトリーは声を詰まらせながら言う。「それはできない！　するもんか！」

裁判長はグラスに水を注ぐと、警護官に合図をして、それをドミトリーのもとに運ばせる。ドミトリーは音をたてて飲む。

「審理をつづけていいかね、ドミトリー？」

「いいや」ドミトリーは言う。いまや涙は滂沱と流れている。「だめだ」

「では、しばらく休廷するから、落ち着きなさい。今日の午後二時に再開する」

見物人たちはぶうぶうと不満の声をあげる。すると、裁判長が木槌を強く打ちおろし、「静粛に！」と命ずる。「演芸場じゃあるまいし！　心に留めておくように！」そう言うと、舞台袖に悠然と姿を消し、その後にふたりの補佐官、そして警護官に追い立てられたドミトリーがつづく。

シモンは人の流れに混じって階段を降りる。ホワイエでイネスの兄ディエゴと、連れのダビードに出くわして仰天する。

「こんなところでなにをしているんだ？」シモンはディエゴを無視して語気を強くする。

「来たいから来たんだよ」少年は答える。「ドミトリーを見たくて」

「彼にとってはただでさえ屈辱的なのに、アカデミーの子たちの見世物になるとはな。イネスに許可をもらって来たのか？」

「ドミトリーはクツジョクされたいんだよ」少年は言う。

「いいや、そうじゃない。それは子どもに理解できるようなことではない。ドミトリーは狂人あつかいされたくないんだ。人としての尊厳を失いたくないんだ」

見知らぬ、鳥を思わせる痩身の、学生かばんを提げた若い男が、聞き耳を立てている。ここで話に入ってくる。「けど、あの男は正気とは思えませんよ。精神が歪んだやつでないかぎり、あんな罪は犯せないでしょう。しかも極刑をみずから望んでいる。どこの正気の人間がそんなことをします?」

「このエストレージャで極刑っていうと?」ディエゴが尋ねる。

「岩塩坑かな。岩塩坑で重労働するという終身刑」

ディエゴは笑いだした。「まだ岩塩坑なんてあんの?」

若者はぽかんとしている。「えっ、あるけど。なにがそんなにおかしいんです?」

「いや、べつに」と、ディエゴは答えるが、まだにやにやしている。

「ガンエンコウってなに?」ダビードが訊く。

「塩を掘りだすところだよ。金鉱では金を掘りだすでしょ」

「そこにドミトリーは行くの?」

「腐ったリンゴを送りこむところさ」ディエゴが横から言う。

「ぼくたち、ドミトリーに会いにいける? ガンエンコウに行ける?」

「そう先走るもんじゃない」シモンが言う。「裁判長はドミトリーを岩塩坑送りにはしないと思う。わたしの感じるところでは。きっとドミトリーは頭の病気と判断し、病院に入れて治療させるだろう。一年か二年のうちに、頭をすっかりとっ換えたすっかり新しい人間になって、出直せるはずだ」

「精神科医ってやつをあまり信奉していないみたいですね」学生かばんの若者が言う。「失礼、自己紹介がまだでした。ぼくはマリオ。法学部の学生なんです。それで、今日はここに来ています。興味深い事件ですね。きわめて基本的な問題をいくつか提起しています。たとえば、犯罪者を社会復帰させるのが裁判所の使命であるわけですが、このドミトリーという男のように、社会復帰したくないという犯罪者を社会復帰させるのに、どれだけ骨が折れることか？　おそらくドミトリーは選択肢を二つ与えられる。岩塩坑経由での社会復帰か、精神病院経由での社会復帰。一方、加害者はみずからの判決に口出しを許されるのか？という問題もあります。想像がつくと思いますが、法曹界ではそういうやり方には、かねてから反発が強いんですね」

どうやらディエゴは苛々しはじめているようだ。彼のことだから、〝インテリ話〟と呼ぶものに退屈しているに違いない。「やあ、元気か、ディエゴ。きみもダビードも、もっと面白いことを見つけたらどうだ？」

「いいの！　ぼくはどこにも行かない！」少年が言う。

「この子が言いだしたんだよ。おれじゃない」ディエゴが言う。「おれはあのドミトリーとかいうやつがどうなろうと、これっぽっちも興味ねえわ」

「ディエゴが興味なくても、ぼくはあるんだよ！」少年が言う。「ドミトリーが頭をすっかり取り換えるなんていやだ！　岩塩坑に行くほうがいいよ！」

午後二時になると、審理が再開される。再入廷した観客は先ほどよりがくんと数を減らしている。シモンとディエゴとダビードは難なく座席を見つける。

ドミトリーがまた舞台上に引きだされ、その後から裁判長と補佐官がつづく。

「いまわたしの目の前には、ドミトリー、あなたが雇われていた美術館の館長からの報告書がある」裁判長は言う。「あなたは常々、仕事を誠実にこなしていたと書かれている。ここにきて一連の出来事があるまで、あなたはどの点から見ても正直な人間だと思っていたと。また、神経病の専門家であるアレハンドロ・トゥーサン博士からの報告書もある。あなたの精神鑑定を依頼してあったのだ。あなたの側に暴力的かつ非協力的なふるまいがあったため、鑑定をくだすのは不可能だったと、博士は報告している。なにか言いたいことは？」

ドミトリーは石のごとく押し黙っている。

「最後は、三月四日の出来事に関して警察の検視官からの報告書だ。ここには、性交は完遂された、すなわち、性交は男性側の射精をもって終了したこと、また、射精は被害者がまだ生きているうちにおこなわれた旨が記されている。そののち、被害者は手で絞め殺された。これらの報告になにか異論はないか？」

ドミトリーは無言のままだ。

「最後の報告書にあるこんな不愉快な事実をなぜ詳述したのか訝るかもしれない。それは、あなたの犯した罪がいかに邪悪なものであるか、裁判所は十二分に認識していることを明確にしておくためだ。あなたはあなたを信頼している女性を凌辱し、その後、非道極まりない方法で殺《あや》めた。被害者が最期の数分間に味わった苦しみを思うと、わたしは、いや、わたしたちはみな震撼する。ひとつわからないのは、あなたがなぜこんな無分別で理由なき行動に出たのかということだ。ドミトリー、あなたは過つ人間の一人なのか、それとも、魂も良心も持たぬ異類なのか？　いま一度、要求する。己自身についてこの場で説明せよ」

「わたしは余所《よそ》の生き物なんだ。この世に居場所はない。捨ててくれ。殺してくれ。その踵ですり潰してくれ」

「言いたいことはそれだけか？」

ドミトリーは答えない。

「それだけでは不充分なのだ、ドミトリー。足りないのだ。しかしもうこれ以上陳述は要求しない。法廷はあなたを正当に裁こうと千辛万苦を重ねたが、あなたはこちらの働きかけにことごとく抗った。その報いを被ることになろう。補佐官とわたしは審議のため退廷する」裁判長は警護官に、「被告人を退がらせよ」と命ずる。

人々は不安げにざわつく。このままここに留まるべきなのか？　裁判がすっかり終わるまでどれぐらいかかるのか？　客席から人がばらばらと帰りだしたとたん、ドミトリーが舞台上に連れもどされ、判事たちも席にもどってくる。

「ドミトリー、起立」裁判長が命ずる。「裁判長の権限をもって、これより判決を言い渡す。手短に。あなたは情状酌量の申し立てをしていない。それどころか、もっとも厳重な処罰を要求している。問題は、この要求があなたの心に発するもの、すなわち、凶悪な行為への悔恨から来るものなのか、それとも心神喪失のなせる業なのかという点だ。

見極めの難しい問いである。あなたのふるまいには悔恨の欠片も見られない。妻を亡くした被害者の夫にも、謝罪の言葉ひとつ発されていない。良心を欠く者のような態度だ。どう考えても、あなたを岩塩坑送りにし、幕引きにするのが妥当だろう。

一方、あなたはこの件が初犯である。これまで勤勉に働いてきた。暴行を働いたその日まで、被害者にも敬意をもって接してきた。あの日、あなたがどんな悪しき衝動に駆られたのか、それだけが謎として残っている。こちらがいくら理解しようと努めても、あなたはその努力をことごとく退けてきた。

判決は以下のとおりである。被告人は精神障害を有する犯罪者として病院に送られ、そこで拘置される。年に一度、精神医学の専門家らが鑑定をおこない、当裁判所に報告書を提出する。その報告書によって、今後、裁判所があなたを召喚し、量刑の見直しをおこなうかどうか判断する。以上」

市民たちから、ため息の塊のようなものがひとつ発せられる。ドミトリーを思いやってのため息だろうか？　彼を気の毒に思っているのか？　そうとは思いがたい。裁判長と補佐官らは一列になって舞台袖に消える。こうべを垂れたままのドミトリーも、退場させられる。

「それじゃ、ディエゴ」と、シモンは声をかける。「ダビードも。週末はどうするつもりなんだい？　会いにいけるかな？」

「ぼくたち、ドミトリーと話せる？」少年は言う。

「それは無理だ」

「ぼくは話したいの！」とだけ言うと、ダビードはだしぬけに飛びだし、通路から舞台によじ登る。あわててシモンとディエゴも後を追い、舞台袖から暗い通路へと入りこむ。通路の突き当たりで、ドミトリーと警護官に出くわす。警護官は半開きになったドアから通りを覗き見ている。

「ドミトリー！」ダビードは大声で呼びかける。

手枷もものともせず、ドミトリーは少年を抱きあげて抱擁する。気も漫《そぞ》ろな警護官がふたりを引き離そうとする。

「岩塩坑には行かせてもらえないの、ドミトリー？」少年は尋ねる。

「わたしの行先は岩塩坑ではなく、気狂い病院だ。だが、脱出してみせる。心配いらない。病院を脱走したら、最初に来た岩塩坑行きのバスに乗りこむ。『ドミトリー、お務めに参上しました！』と言ってやろう。拒むような真似はしないさ。だから心配しないでくれ、坊や。ドミトリーはいまもって己の運命のあるじである」

「病院は頭をちょん切って新しいのに取り換えるって、シモンが言うんだ」

ドアが勢いよくひらき、まぶしい光が射しこむ。「さあ、行くぞ」警護官が言う。「ヴァンが到着した」

「ヴァンが来た」ドミトリーも言う。「ドミトリーはもう行く時間だ」と言って、少年の唇に唇を思いきり押しつけてキスをしてから、下におろす。「さよなら、若き友人よ。そう、やつらは新しい頭をくれようというんだ。赦しの代償として。赦してやる代わりに、頭をちょん切るぞ、と。言っておくが、赦しには気をつけろ」

「ぼくはドミトリーを赦さない」少年は言う。

「いいぞ！　ドミトリーから教訓を得ろ。決して赦させるな。〝新たな生〟を約束するというやつらの言うことは決して聞くな。新たな生なんて嘘なんだ、坊や。世にもひどい大嘘だ。来世なんて存在しない。いまここにあるのが、たった一つの生だ。頭をちょん切らせたとたん、その生は終わる。あとは暗闇、どこまでも暗闇、暗闇しかない」

まばゆい陽のむこうから、制服警官がふたりあらわれ、ドミトリーをしょっぴいて上がり段を降りていく。ヴァンの後部座席に押しこまれるところで、ドミトリーは振り向き、大声で言う。「シモンに例のものを焼くよう言ってくれ！　さもないと、喉を掻き切りにいくとな！」そこで車のドアがバタンと閉まり、ヴァンは走りだす。

「最後のは、どういう意味だ？」ディエゴが言う。

「なんでもない。私物が残っているので、わたしに破棄してほしいらしい。雑誌から切り抜いた写真だよ——あの手のね」

「服を着てない女の人たちだよ」ダビードが言う。「ぼくにも見せてくれたんだ」

第十四章

シモンは美術館長の部屋へ通される。「面会していただきありがとうございます。こちらの職員ドミトリーの要請でうかがいました。彼は自分ならびに美術館の名誉にかかわることを回避しようとしています。聞いたところでは、こちらの館内に、彼の私物である卑猥な写真《ピクチャー》のコレクションがあるとのこと。新聞社に入手されないうちに破棄してほしいと言っています。ご許可いただけますか？」

「卑猥な絵画《ピクチャー》というと……ごらんになったことがあるんですか、セニョール・シモン？」

「いいえ。しかしうちの息子が見ています。息子はダンスアカデミーの生徒なんです」

「それで、それが当館のコレクションから盗んだものだとおっしゃるんですか？」

「いえいえ、そういうピクチャーではありません。ポルノ雑誌から切り抜いた女性の写真です。お見せします。保管場所は知っています――ドミトリーから聞きました」

館長は鍵の束をとりだし、シモンの先に立って地下室へと降りていき、ドミトリーが指定したキャビネットを開錠する。いちばん下の抽斗に、小さな厚紙製の箱が入っており、館長はその蓋を開ける。

一枚目の写真は、けばけばしい赤の口紅を引いたブロンドの女性で、裸でソファに座って股をひらき、かなり豊かなバストを両手でつかんで前につきだしていた。

館長は不快げな声をあげると、すぐに蓋を閉め、「持っていってください！　この話は二度と聞きたくありません」と言う。

シモンが自分の部屋で一人きりになってから開けてみると、似たような写真があと六枚ほど出てくる。ところがそれだけでなく、この写真の下には封筒があり、中には女性物のパンティ一枚（色は黒）、シンプルなデザインの銀のイヤリングの片方、幼い女の子の写真、アナ・マグダレーナと思しき女性が猫を抱いてカメラににっこり微笑んでいる写真、そして最後に出てきたのは、輪ゴムでまとめられた「愛する人《ミ・アモール》へ　AMより」と書かれた手紙の束である。どの手紙にも日付も、差出人住所もないが、海辺のリゾート地アグアビーバで投函されたものと、シモンは推測する。手紙には休暇中のさまざまなできごとが記されており（泳ぎにいったこと、貝殻集め、砂丘の散歩）、ホアキンとダミアンの名前が出てきている。「またあなたの腕に抱かれる日を夢みて」と、ある手紙には書かれていた。「あなたが熱烈《アパシオナダメンテ》に恋しい」と書かれた手紙もある。

シモンは手紙の束を最初から最後までゆっくりと読みとおし、二巡目になると、手書き文字にも慣れてきたが、字がずいぶん幼稚なのはまったく意外であり、小文字のiは決まって上の点の代わりに小さな○が丁寧に書かれている。読み終わると、シモンは手紙を写真、イヤリング、パンティと一緒に封筒にもどし、その封筒を箱の中にもどし、箱をベッドの下に入れる。

まず思ったのは、ドミトリーはこれらの手紙を自分に読ませたかったのだ、ということ。シモンが遠くから欲情するしかないその女性に自分は愛されていた。シモンが男として不足だから手に入らない女性に自分は愛されていたのだ、と。しかしよく考えるほど、この説明では筋が通らない気がしてくる。もしドミトリーが実際にアナ・マグダレーナと情事をもっており、彼女の踏む地面まで崇めるとか、なのに蔑ろに扱われていたなどの発言は、美術館地下室での不義密通の隠れ蓑にすぎないとするなら、なぜドミトリーは幾度もの自白のなかで、彼女を無理に暴行したと述べたのか？　さらに、なぜドミトリーはシモンにふたりの秘密を知らせたがったのか？　シモンが知ればただちに当局に知らせる可能性が高いし、そうなれば、これまたただちに再審を求められることになるだろうに。やはり、いちばんシンプルに解釈するのがベストではないか。つまり、ドミトリーはシモンが中身に目を通さず、箱ごと焼却してくれると信頼したのだ。

　とはいえ、さらなる大きな謎は残る。アナ・マグダレーナが世間に思われているような女性ではなく、その死にざまが人々の思っているようなものではないとするなら、なぜドミトリーは警察でも法廷でも嘘をついてきたのか？　アナの名前を守るためか？　彼女の夫に屈辱を与えないためか？　ドミトリーは精神の高貴さから、罪をすべて独りでかぶり、アローヨ夫妻に汚名を着せないようにしたのか？

　それにしても、三月四日の夜、アナ・マグダレーナはみずからその腕に抱かれたい――しかも熱烈《アパシオナダメンテ》に――と書く相手に殺されるとは、いったい全体、なにを言ったりしたりしたのだ？

　一方、これらの手紙がそもそもアナ・マグダレーナの書いたものでなかったら？　これらが偽造文書で、アナの名を汚すための筋書きにシモンが利用されているのだとしたら？

　身震いがする。**とすると、本物の気狂いじゃないか！　裁判長の判断はやはり正しかったのだ！**

やつは精神病院に送って、鎖でつなぎ、七重に錠をかけた鉄格子のむこうに閉じこめるのがふさわしいのだ！

シモンはひどいことばかり考える。ドミトリーの事件になど、関わるべきでなかった。呼び出しに応えて面談したり、美術館長と話したり、箱の中など覗くべきではなかったのだ。もう精霊《ジニー》は瓶の外に出てしまったのに、どうしたらいいのかわからない。これらの手紙を警察に渡したが最後、目的不明の筋書きに自分も加担することになるだろう。また、警察ではなく、美術館長に差しもどしても同様だ。とはいえ、これらを焼いたり隠蔽したりすれば、べつな筋書きに加担することになる。アナ・マグダレーナを一点の穢れもない殉死者として世に差しだすという。

真夜中にシモンは起きだし、ベッドの下から箱をとりだし、予備のベッドカバーに包み、たんすの上にあげておく。

翌朝、その日配るビラ広告をとりに倉庫へ出かけようとしたところで、イネスの車がやってきて、中からディエゴがダビードを伴って降りてくる。

ディエゴは見るからに機嫌がわるい。「きのうは一日中、それに今日も、こいつがうるさくてさ。ふたりともげんなりなんだ。イネスもおれも。さあ、着いたぞ、ダビード、この人に話してみな。おまえの望みをシモンに」

「ぼくはドミトリーに会いたいんだ。岩塩坑に行きたいの。なのに、イネスがだめだって」

「そりゃそうだろう。きみも理解したものと思っていたが。ドミトリーは岩塩坑にはいないんだ。病院に送られたんだ」

「そうだけど、ドミトリーは病院には行きたくないんだよ、岩塩坑に行きたいって！」

「きみが岩塩坑をどう思っているのか知らんが、ダビード、第一に何百キロも遠いところだし、第二に岩塩坑はホリデーリゾートじゃない。だから、裁判長はドミトリーを病院に送ることにしたんだ。岩塩坑から救うためにね。岩塩坑は苦しみにいく場所なんだ」

「でも、ドミトリーは救われたくないんだよ！　苦しみたいんだ！　ねえ、その病院には行ける？」

「行けるわけないだろう。ドミトリーが送られた病院はふつうの病院じゃない。危険な人々を収容する病院だ。一般の人は入れてもらえない」

「ドミトリーは危険な人じゃない」

「いいや、ドミトリーは行動を見てもわかるとおり、極めて危険な人物だ。ともあれ、わたしはきみを病院に連れていかないし、ディエゴも連れていかない。もうドミトリーとは縁を切るつもりだ」

「どうして？」

「理由を説明する必要はない」

「シモンがドミトリーのこと大嫌いだからでしょ！　シモンはだれでも大嫌いなんだ！」

「きみは大嫌い《ヘイト》という語をなんにでも使いすぎる。わたしはだれも大嫌いではない。ドミトリーとはもう関わりたくないだけだ。あれは善い人物ではない」

「善い人物だよ！　ぼくのこと愛してるし、ぼくのことわかってくれるし！　シモンはぼくのこと愛してないじゃないか！」

「そんなことはない。わたしはきみを愛している。ドミトリーなんかよりはるかにきみを愛しているんだ。ドミトリーは愛の意味をわかっていない」

「ドミトリーはたくさんの人を愛してるよ。心が広いからみんなを愛せるんだ。そう言ってたもん。笑うなよ、ディエゴ！　なんで笑うんだよ？」

ディエゴは笑いを止められない。「あいつ、ほんとにそんなこと言ったのか？　広い心をもってれば、たくさんの人を愛せるって？　たくさんの〝女の子〟って意味じゃねえの？」

ディエゴの笑いが火に油を注ぐ。少年は声を荒らげる。「ほんとだよ！　ドミトリーの心は広くて、シモンの心は小さいんだ。ドミトリーがそう言ってた。シモンの心はトコジラミみたいにちっぽけだから、だれも愛せないんだって。シモン、ドミトリーがアナ・マグダレーナとセイコウして死なせたっていうのは、本当なの？」

「その質問に答える気はない。ばからしい。ナンセンスだ。きみは性交のなんたるかも知らないだろう」

「知ってるよ！　イネスが教えてくれたもん。イネスはいっぱいセイコウしたことがあって、大嫌いなんだって。最悪だって」

「それはともかく、ドミトリーに関する質問にはもう答えない。もう二度とその名前も聞きたくない。彼とは縁切りだ」

「でも、どうしてドミトリーはアナとセイコウしたの？　どうして教えてくれないんだよ？　アナの心臓を止めようとしてやったの？」

「いいかげんにしろ、ダビード。落ち着け」シモンはそう言うと、ディエゴのほうをむき、「この子が動揺しているのがわかるだろう。あの……あのできごと以来、毎晩、悪夢を見るようになった。

笑っていないで、この子の力になってやれ」

「教えてったら！」少年はまた声を高くする。「どうして教えてくれないんだ？　ドミトリーはアナの中に赤ちゃんをつくろうとしたの？　心臓を止めようとしたの？　アナは心臓が止まっても、赤ちゃん産めるの？」

「いいや、それは出来ない。母親が死んだら、お腹の中の子どもも死ぬ。それが決まりなんだ。だが、アナ・マグダレーナは子どもを産むことはなかったろう」

「どうしてわかるんだよ？　なにも知らないくせに。ドミトリーはアナの赤ちゃんも青くしたの？　ぼくたち、アナの心臓をもう一度、動かせる？」

「アナ・マグダレーナが子どもを産むことはなかったろうし、それから、彼女の心臓も二度と動かせない。心臓というのは、そんなふうには出来ていないんだ。止まったら、ずっと止まったままだ」

「でも、アナが新しい生を受けたら、また心臓が動きだすんでしょ？」

「ある意味では、そうだ。来たるべき世では、アナ・マグダレーナは新たな心臓を得る。新たな生、新たな心臓を得るだけではない。こんな悲しい惨事のことはなに一つ覚えていないだろう。アカデミーのことも、ドミトリーのことも、覚えていない。それは神の恵みだ。気持ちを翳らせる嫌な記憶はなくして、真《ま》っ新《さら》な状態で始めることができるんだ。きみやわたしが過去を洗い流したようにね」

「シモンはドミトリーを赦す？」

「ドミトリーに傷つけられたのはわたしじゃない。だから、赦すかどうか決める立場にはないんだ。

ドミトリーが乞うべきはアナ・マグダレーナの赦しだ。そして、セニョール・アローヨの」

「ぼくはドミトリーを赦さなかった。ドミトリーはだれにも赦されたくないから」

「それはあいつの虚勢だろう。ひねくれた虚勢だ。ふつうの人間が怖くて出来ないことをやってのけるワイルドな男だとみんなに思われたいんだ。ダビード、あの男の話は気分がわるくなるし、もううんざりだ。わたしからすれば、ドミトリーは死んで埋められたも同然なんだ。さて、そろそろチラシ配りに行かないと。こんど悪夢を見たら、いいかい、両腕を振るだけで煙みたいに消えてしまうよ。腕を振って『去れ！』と、ドン・キホーテみたいに怒鳴るんだ。さあ、キスをして。金曜日にまた会おう。失礼するよ、ディエゴ」

「ドミトリーのとこに行きたい！　ディエゴが連れてってくれないなら、独りで行くからいいよ！」

「行くのは自由だが、中には入れてもらえないぞ。あの男が入れられているのは、ふつうの病院じゃないんだ。犯罪者を収容する病院だから、壁に囲まれていて、門番と番犬がいる」

「ボリバルを連れてくもん。番犬なんて、ボリバルが嚙み殺すよ」

ディエゴが車のドアを押さえて待つ。少年は車に乗りこむと、腕を組んでふくれ面をする。

「おれの意見が聞きたきゃ言うが」ディエゴがそっと言う。「こいつ、手に負えないな。あんたとイネスでどうにかしろよ。手始めに、学校に行かせるとかさ」

シモンの病院像は、まったくの見当違いだとわかる。思い描いていた精神病院は、人里離れた僻地にあり、高い壁に囲まれ、番犬がいるような場所だったが、そんなものは存在しなかった。そこにあるのは、たんなる市民病院であり、この中に目立たない形で精神病棟がある。ドミトリーが美術館員になる前に働いていたくだんの病院だ。職員のなかには、当時のドミトリーを覚えていて温かく迎える者すらいた。彼らはドミトリーが自白した殺人犯だという事実は棚上げして、職員の厨房からおやつを差し入れたり、タバコを切らさないように気づかったりして、ちやほや甘やかしている。ドミトリーは〝立入禁止〟と記された棟の一画に個室をあてがわれ、部屋にはシャワー室とランプ付きのデスクまで備えている。

おやつやタバコやシャワー室——こうしたことをシモンが知ったのは、ディエゴが訪ねてきた翌日。自転車での配布から部屋に戻ってみると、このみずから罪を認めた人殺しがベッドで眠りこけており、その傍ら、ダビードが床にあぐらをかいてトランプ遊びをしていた。仰天したシモンは思わず叫び声をあげ、すると少年は指を唇にあてて、「しーっ！」と制した。

シモンはつかつかとベッドに歩み寄ると、怒りにまかせてドミトリーを揺さぶる。「おい！　おまえ、ここでなにをしてる？」

ドミトリーは半身を起こす。「落ち着いて、シモン。すぐに出ていきますから。ただちょっと確認したかっただけだ……その、ほら……例のことはしてくれました？」

シモンはその問いを無視して、「ダビード、どうしてこの男がここにいる？」

ドミトリーがその質問に答える。「わたしら、バスで来たんですよ、シモン。ふつうの人たちがするみたいに。まあ、落ち着いて。ダビード坊やは良き友のように面会にきてくれたんです。しばらくおしゃべりをしました。で、わたしは職員の制服を着て、ええ、過ぎし日のように、ここで坊やが手をつないでくれましてね、ふたりして外に出たんです。それぐらいあっさりと。**うちの息子**

なんです、と言うと、みんな、なんて可愛らしい、なんて言ってくれました。もちろん、制服の効果ですよ。制服を着ると人に信用される。これ、人生で学ぶことの一つでしょう。そうして病院の外に出て、まっすぐここへ来たというわけです。話の片がついたら、またバスに飛び乗って帰りますよ。わたしが外出していたなんて、だれも気づかない」

「ダビード、いまの話は本当か？　精神障害を抱える犯罪者を収容する病院が、この男をかんたんに外へ出したって？」

「ドミトリーはパンが欲しかったんだよ」少年は言う。「病院ではパンが出ないんだって」

「そんなバカな。一日三食つきで、パンは好きなだけ食べていたはずだ」

「パンがないって言うから、ぼくが取ってきてあげたんだ」

「座って、シモン」ドミトリーが言う。「一つ、お願いを聞いてもらえますか？」そう言って、タバコの箱をとりだすと、一本に火を点ける。「坊やの前でわたしを侮辱しないでいただきたい。お願いします。精神異常の犯罪者みたいに言わないでほしい。それは事実に反する。犯罪者ではあるでしょうが、精神異常ではない、これっぽっちも。

医者たちの見解を聞きたいですか？　わたしのどこがおかしいのか調べるよう言われた医者たちですよ。え、聞きたくない？　いいでしょう、医者の話は飛ばして、アローヨ夫妻のことを話しましょう。アカデミーを閉鎖することになったと聞いています。残念なことです。わたしはアカデミーが好きでしたから。子どもたちとふれあうのも。小さなダンサーたちはみんなとても幸せそうで、生命力にあふれていた。わたしも小さいころ、あんなふうにアカデミーに通っていたらと思いますよ。ひょっとすると、こんな人間にはなっていなかったかもしれない。とはいえ、覆水盆に返らずってやつでしょ？　済んだことは済んだことだ」

覆水だと。その言葉にシモンはかっとなり、「おまえがこぼした水を偲び、どれだけの人が悲しんでいると思うんだ」と、いきなり怒鳴る。「おまえは多くの人の心を引き裂き、多大な怒りを残していった」

「どうやら」と、ドミトリーはゆったりとタバコをくゆらしながら言う。「あなた、わたしが己の罪の由々しさに気づいていないと思っていますね、シモン？　気づいていなければ、どうして岩塩坑なんかにみずから行きたがります？　岩塩坑は腰抜けの行くところじゃない。岩塩坑と組みあえる男でないとね。病院がお払い箱にしてくれさえすれば、明日にでも岩塩坑に行くんですが。**ドミトリー、参りました**、と、現場の親方に言ってやりますよ。**丈夫で長持ち、ここに参上！**　ところが、出してくれないんだ。心理学者だの精神科医だの、あんな気狂いやこんな気狂いの専門家たちがね。**お母さんについて話してくれたまえ**、だと。**きみは母に愛されていたか？　小さいころ母乳を与えられたか？　母の乳を吸うのは、どんな感じだったか？**　どう答えりゃいい？　昨日のことすらろくに思いだせないのに、母のことだの母の乳だの、なにを覚えてるっていうんだ？　だから、思いついたことを適当に答えてますよ。**レモンを吸っているみたいでした**、とか、**豚肉みたいでした。豚のリブ肉を吸っている感じです**、とか。だって、精神分析ってのは、それでいいんでしょう？――初めに思いついたことを答えると、医者たちがどっか行って、分析して、どこがおかしいのか答えを出す。

医者たち、みんなわたしに興味津々ですよ、シモン。あきれたもんだ。わたしはわたしになんか興味がないのに、あいつらは違う。わたしにしてみれば、自分はありふれた犯罪者ですよ、雑草みたいにありふれた。けど、あいつらにとっては、特別なものらしい。ドミトリーには良心ってものがないのか、それとも、良心がありすぎるのか、医者たち判断がつかないんです。言っときますけど、良心がありすぎたら、あなた、良心に食いつぶされて、なんにも残らなくなりますよ。クモがハチを食い殺すのか、ハチがクモを食い殺すのか、どっちがどっちでしたっけ、とにかく、しまいにはもぬけの殻になる。どう思う、坊やは？　良心とはどんなものか、知ってるかい？」

少年はうなずく。

「だろうとも！　このドミトリーおじさんをだれよりもわかっているのは、きみだからね――世界中のどんな精神科医よりよくわかってる。**どんな夢を見るかね？　暗い穴に落ちていき、ドラゴンに飲みこまれる夢を見るのではないか。**なんて、やつらは訊いてくるんだ。**はい、そうです、まさにまさに！**って、わたしは答えてやる。そこへ行くと、きみは夢の質問なんかわたしにする必要がない。ひと目見るなり、たちまち理解してしまう。**ぼくはドミトリーのことわかるよ、ぼくはドミトリーを赦さない。**そう言ってくれたのは忘れない。この子は本当に特別な子ですよ、シモン。あなたの息子さんは。格別な子です。この年齢と思えない賢さだ。あなたも坊やに学ぶことがあるだろう」

「ダビードは格別な子でもなんでもない。格別な例なんてものは無いんだ。この子は格別な例ではないし、それはあんたも同じだ。いくら気のふれたふりをしたって、だれも騙されんぞ、ドミトリー、これっぽっちも。岩塩坑送りになることを切に願うよ。そうすれば、あんたの寝言にも切りがつくだろう」

「よっ、シモン、その調子、その調子！　そうこなくちゃなあ。キスしたいぐらいだが、あなたは嫌がるだろうね。キスを好むタイプじゃない。それに引き換え、この坊っちゃんはいつでも喜んでドミトリーにキスをしてきましたよ。そうだよな、坊や？」

「ドミトリー、どうしてアナ・マグダレーナの心臓を止めたの？」少年は尋ねる。

「良い質問だ！　医者たちもなによりそれを知りたがっている。想像すると興奮してくるんだろう——美しい女性をきつくきつく抱きしめ、やがて息の根を止める。ただ、やつらは恥ずかしくて訊けないのさ。きみみたいに率直に訊く度胸がない。そう、だからヘビみたいにぐるぐる回り道をして訊いてくるんだ。**母に愛されていたか？　母の母乳はどんな味がしたか？**　あるいは、あのマヌケな裁判長みたいに、**自分をなんだと思っている？　正気なのか？**ってね。

なぜわたしはあの人の息の根を止めたのか？　きみの質問に答えよう。あの人とふたりで一緒にいるときに、突然、ある考えが浮かんだ。ひらめいたら、頭から離れなくなった。**おまえの両手を、この人が、その……絶頂のさなかで、首にかけて、ちょっと息を詰まらせてやれ。どっちがご主人さまか、思い知らせてやるんだ。愛とは真にどんなものか教えてやれ。**

愛する人を殺すということ。それは、ここにいるシモンじいさんには永遠に理解できないことだろう。でも、ダビード、きみは理解できるんじゃないかな？　ドミトリーの理解者だ。きみは初めて会った瞬間から、わかっていた」

「アナはドミトリーと結婚するんじゃなかったの？」

「わたしと結婚？　いいや。アナ・マグダレーナみたいなご婦人が、どうしてわたしみたいな者と結婚する？　土くれのような人間だよ、坊や。シモンじいさんの言うとおりだ。わたしは土くれで、わたしが触れればみんなに土がつく。だから岩塩坑に行かねばならないんだよ。そこにいるのは土くれ人間ばかりだから、きっとくつろげる。そう、アナ・マグダレーナに袖にされたんだよ。わたしは愛して、崇めていた。あの人のためならなんだってする気だったが、むこうはわたしと関わろうとしなかった。きみにもわかるだろう。だれの目にも明らかだった。だから、思いもよらないときに、息の根を止めてやったんだ。教訓をたたきこんだ。少しは考えるようにね」

しんと静まり返ったところで、シモンが口をはさむ。「書類のことを訊くんじゃなかったのか。破棄してくれと頼まれていた書類だ」

「ああ、その件がなければ、なぜわざわざ病院を抜けだしてここまで来ます？　もちろん、書類のことを確認するためだ。どうぞ、話してください。わたしはあなたを信用したのに、あなたはその信用を裏切った。そういう話をしようというんでしょう？　さあ」

「わたしはどんな信用も裏切っていない。しかしこれは言っておく。箱の中身は、例のものも含めてこの目で確認した。したがって、いまのわたしはあんたに聞いた話は嘘だとわかっている。これ以上なにも言うつもりはない。しかしここに羊のごとくおとなしく突っ立って、嘘を聞いているつもりもない」

ドミトリーは少年のほうを向く。「なにか食べ物はあるかな、坊や？　ドミトリーはちょっと腹ぺこなんだ」

少年は食器棚に飛んでいき、中をごそごそ探ると、ビスケットの小さな箱を手にもどってきてドミトリーにわたす。

「ジンジャースナップか！」ドミトリーは言う。「お一つ、いかが、シモン？　要らない？　きみはどう、ダビード？」

少年は箱からビスケットを一つとって、かぶりつく。

「ということは、もう世間に知られているのかな?」ドミトリーは言う。

「いや、世間には知られていない」

「でも、それでゆすろうというんだろう」

「〝それ〟ってなあに?」少年が尋ねる。

「気にするな、坊や。シモンじいさんとわたしだけの秘密だ」

「〝ゆする〟の意味にもよるな。あんたが約束を守って岩塩坑に消え、一生そこで過ごすなら、例のものは問題ではなくなるだろう。どんな形にせよ」

「わたしを相手に論理ゲームはよしてくださいよ、シモン。おたがい〝ゆする〟の意味はわかってるじゃないですか。なぜわたしが頼んだとおりにしなかったんです? そら、とんだ泥沼にはまりこんだ」

「わたしがか? とんでもない。泥沼にはまっているのは、あんただろう」

「いいや、シモン。わたしは明日か、あさってか、しあさってには、自由の身になって、岩塩坑に行ってやりますよ。そこで罪を償い、良心を晴らす。その一方、あなたは、そう、あなたはこれからこの泥沼を抱えて生きていくことになる」

「〝ドロヌマ〟ってなあに、ドミトリー?」少年が尋ねる。「どうして教えてくれないの?」

「泥沼がどういうものか、教えてあげよう。ドミトリーには気の毒なことをした! あれは正当な裁きだったのか? われわれは彼に手をさしのべ、善良な市民に、社会の生産的な一員になれるよう、もっと尽力すべきだったのではないか。われわれがエストレージャで安泰な暮らしをしているときに、岩塩坑でしおしおと過ごすなんて、どんな気がするだろう？　あの男には少しく温情を示すべきだったのではないか？　あの男を呼びもどし、こう言うべきではないのか？　ドミトリーよ、すべては赦された。以前の仕事に復帰し、制服を着て、年金をもらうがいい。ただひと言、すみませんでしたと言ってくれれば、われわれも心が安らぐものを。これが〝泥沼〟だよ、坊や。排泄物の中を豚のように転げまわる。てめえの糞のなかを転げまわるんだ。シモン、どうして言われたとおりにしなかったんです？　ドミトリーを愚行から救うみたいな、こんなつまらんお為ごかしなんか不要だった。やつを医者のところへ送りこめ。頭をちょん切って、新しいやつを付けてやれ。そうなったら、すぐに薬が出てくる！　精神病棟に入るってのは、岩塩坑行きよりひどい！　一日を過ごすだけで、泥の中を這いまわっているみたいだ。チクタク、チクタク。もう一度、生活らしい生活を始めるのが待ちきれない」

シモンは我慢の限界だった。「もうたくさんだ、ドミトリー。いますぐ帰れ。ただちに出ていかないと、警察を呼ぶ」

「そうですか、ならこれでお別れですな？　きみはどうだい、ダビード？　きみもドミトリーにさよならを言うつもりかな？　さよなら――来世で会おう、と。そんな風になってしまうのかな？　わたしときみは理解しあっていると思っていたんだが。シモンじいさんに吹きこまれて、わたしを見る目が変わってしまったのか？　あれは悪い男だ。あんな悪いやつをどうして愛せるんだ？とね。悪い人間だからって愛せなくなるわけがあろうか？　わたしはアナ・マグダレーナに最悪のことをした。それでも、あの人はわたしを愛することをやめなかった。わたしを憎んでいたろうが、だからと言って愛していなかったことにはならない。愛と憎しみ。どちらかだけ持つことはできないんだよ。塩と胡椒みたいなもんだね。黒と白というか。そこを人々は忘れている。あの人はふつうの人間と同じように、わたしを愛し、わたしを憎んでいた。ここにいるシモンと同じように。シモンがきみのことを愛してばかりいると思うかい？　まさか、そんなことはない。シモンはきみを愛し、きみを憎む。彼のなかではふたつがごちゃ混ぜになっているんだ、きみには言おうとしないだけで。そうさ、それは心にしまっている。いつも心はすこやかで穏やかみたいな、大波も小波もたたないような顔をしている。彼の話し方がそうだろう。われらが理性の男。だがな、ここにいるシモンじいさんだって、心のなかはきみやわたしと同じで、とっ散らかっているんだ。いや、むしろわたしたち以上にぐだぐだだ。だって、少なくともわたしは自分を偽ったりしないからね。**これがわたしのあり方だ**、と言える。**この、しっちゃかめっちゃかなのがわたしの話し方だ**、と。聴いてるか、坊や？　聞けるうちにわたしの言葉を耳に入れておけ。ここにいるシモンはわたしを追いだそうとしているのだ、きみの人生から。ようく聴け。わたしの言うことを聴くなら、真実を聴くことになろう。そして、結局、われわれが求めるのは真実以外になにがあろう？」

「でも、つぎの人生でアナ・マグダレーナに会ったら、こんどは心臓を止めたりしないでしょ？」

「どうかな、坊や。つぎなんてないかもしれんよ——わたしにとっても、だれにとっても。太陽が急に空を大きく覆って、わたしたちを呑みこんでしまうかもしれない。そうなったら、わたしたちはみんなお終《しま》いだ。ドミトリーも、ダビードも、もういない。でっかい火の玉があるだけだ。ときどきそんなふうに思うよ。それがわたしの未来像だ」

「そのあとは？」

「そのあとには、なにもない。火ばかり、沈黙ばかりだ」

「でも、それ、本当なの？」

「本当とは？　だれにわかる？　すべては未来のことで、未来とは謎だ。きみはどう思うんだ？」

「本当じゃないと思う。そう言ってみてるだけでしょ」

「うむ、きみが本当じゃないと言うなら、本当じゃないんだろう。ダビード坊やはドミトリーの王さまだから、きみの言葉はわたしにとって命令だ。ところで、さっきの質問にもどると、そう、わたしはもう二度としないだろう。岩塩坑に行けば、悪いところも抑えられない怒りも凶暴さもきれいさっぱり治るだろう。そういうくだらないものはみんな叩きだされる。だから気を揉まなくていい。アナ・マグダレーナの身は安全だ」

「でも、アナとは二度とセイコウもしないこと」

「セイコウもだめか！　おたくのこの坊やは厳しいですな、シモン、有無を言わせない。とはいえ、大きくなったら、彼も考えが変わるでしょう。性交とは人間の本能の一部なんだよ、坊や。避けようがないんだ。シモンだって同意するだろう。ねえ、あれは避けがたいでしょう、シモン？　落雷を避けようがないみたいに」

シモンは口をつぐんでいる。落雷にあったことなどあったか？　いまの人生のなかでは無いはずだ。

すると、ドミトリーは急にふたりに興味が失せたようで、目をせわしげにきょろきょろさせ部屋を見まわす。「帰る時間です。孤独な独房に帰る時間だ。このビスケット、もらっていっていいですかね？　ときどきビスケット、食べたくなるんですよ。また会いにきておくれ、坊や。バスに乗って出かけるか、動物園に行ってもいい。楽しいだろうな。きみとおしゃべりするのは、いつも楽しいよ。きみはドミトリーおじさんのことを本当に理解してくれる唯一の人だから。心理学者も精神科医も質問するばかりで、わたしが何者なのか、人間なのかケダモノなのか、わからないんだ。そこへ行くと、きみはわたしのことなど、心の奥までお見通しだ。さあ、ドミトリーに抱擁を」

ドミトリーは少年の体にきつく腕をまわして抱きあげると、その耳元でなにか囁いたが、シモンには聞こえない。少年は激しくうなずく。

「失礼しますよ、シモン。わたしの言葉は、なんでもかんでも信じちゃだめです。ただの風ですよ、思いのままに吹く風（ヨハネ福音書三章八節より）」

出ていったドミトリーの後ろでドアが閉まる。

第十五章

学院が勧めてきたスペイン語講座のリストから、シモンは「スペイン語作文」（初級）を選ぶ。「スペイン語が話せることを前提とした講座です。明確で理論的な文章を、適切な文体で書くことを学びます」

クラスではシモンが最年長である。教師までが若い。黒髪に黒い瞳の魅力的な若い女性で、生徒たちには、マルティーナと下の名前だけで呼ばせていた。「初めに自己紹介をお願いします。ひとりひとりお名前と、この講座でどんなことを学びたいか、お話しください」マルティーナは言う。

シモンは自分の番になると、こう言う。「シモンです。広告業についています。もっとも、低レベルの業務ですが。ゆうに一年もスペイン語を使ってきましたので、しゃべるほうはかなり流暢です。そろそろ書く練習をする頃合いかと。明確で理論的な文章を、適切な文体で」

「よろしく、シモン」マルティーナは言う。「つぎのかたは？」

もちろん、うまく書けるようになりたい。だれだってそう思うだろう。だが、ずばり、それが目的でここに来たのではない。ここに来た理由は、ここにいればおのずと見えてくるだろう。

マルティーナは講座で使う読本を配る。「読本の扱いはていねいに。友だちに接するようにね。講座の終了時には返却してもらい、つぎの生徒さんの友人となります」シモンの手に渡った読本はだいぶ読まれた跡があり、ペンや鉛筆でたくさん下線が引かれている。

その日は、ビジネスレターの例文を二つ読む。セールスマンの職に応募するファンの手紙と、アパートの賃貸契約の打ち切りを伝えるルイーザから大家への手紙。生徒たちは出だしのあいさつ文と締め括りの例文をノートに書き留める。段落分けと段落の構成について細かく見ていく。「段落というのは、ひとまとまりの考えです」マルティーナは言う。「ひとつの考えを展開し、前後の考えと結びつけます」

段落に分けて文章を書く。これが講座で最初の課題だ。「あなた自身のことを教えてください。洗いざらいではなく、なにかに絞ってね。それを三段落でまとめてみましょう。段落同士がうまくつながるように」

シモンはマルティーナの作文哲学に賛同し、最善を尽くして課題をこなす。「わたしはなにをおいても重要な目的をもって、この土地にやってきた」と、書きだす。「それは、たまたま面倒を見ることになったある幼い男の子を危害から守り、この子を母親のもとに連れていくことである。そうするうちにわたしは彼の母親を見つけ、ふたりを再会させた」

これがシモンの書いた第一段落。

「しかしながら、わたしの任務はそこで終わらなかった」と、つづける。しかしながら、だ。段落をつなげる語だぞ。「わたしは引き続き、その母親と少年を気にかけ、ふたりが満足な暮らしを送れるよう力になった。ふたりの幸せな生活が脅かされたため、わたしはふたりをエストレージャに連れてきた。ここでわたしたちは歓迎され、ダビードの名で呼ばれ、現在は母親のイネスと伯父のディエゴと共に暮らしている（イネスとわたしはもはや居を共にしていない）この少年は才能を花開かせてきた」

第二段落の最後まできた。第三、すなわち最終段落は、「さて」というつなぎの語で始める。「さて、不本意ながら、わたしの任務はすでに終了した、少年はもうわたしを必要としていないことは認めねばなるまい。人生のある章を閉じ、つぎの章を始める頃合いなのだ。その新しい章の幕開けは、作文教室につづいていた――どんなつながりがあるのは、まだわたし自身わからない」

充分だろう。指定された三段落は書いたし、段落もちゃんとつなげてある。第四段落、それは指示にないから余分な文章になるが、もし書くなら、ドミトリーのことになるだろう。つなぎの語はいまのところ思いつかない。第三段落から第四段落へと明瞭かつ理論的に文章が流れるような語。ともあれ、その語の後にはこう書くつもりだ。「ここ、エストレージャで、のちに強姦魔であり殺人者として悪名をはせるドミトリーという名の男と、わたしは出会ったのだった。ドミトリーは幾度かわたしの話し方をからかった。彼からすると、やけに冷静で合理的すぎるらしい」ここでシモンは再考し、「冷静」を「冷ややか」に替えてみる。「話し方には人間が出るとドミトリーは考えている。ドミトリーなら、いまわたしが書いているような、適切なつながりをもたせながら段落に分けて書くような方法はとらないだろう。ドミトリーなら、情熱《パッション》を欠いた文章などと呼ぶだろう。かつてわたしを情熱のない男と呼んだように。情熱ある男は段落分けなどせずに気持ちをぶちまけるのだとドミトリーなら言うだろう。

このドミトリーという男に、わたしは一片の敬意もないのだが」と、第五段落となるものへ文章をつなげるだろう。「彼の批評癖にはへきえきしている。なぜへきえきするのか？　なぜなら、冷ややかなまでに合理的な人間は、衝動的で情熱的な男児にとって最良の指導者とは言えないと、彼が言うからだ（この点はわたしも大いに同意するのだが）。かくなるわけで（第六段落）、わたしはもっと違う人間になりたいと」段落の途中までできて、シモンははっとする。もう充分だ。充分すぎる。

講座の二回目で、マルティーナはビジネスレターというジャンルを、とくに願書についてさらに詳しく論じる。「願書はひとつの誘惑行為とみなせるでしょう。願書においてわたしたちはもっとも好ましい自分を演出するのです。**これがわたしです――どうです、魅力的でしょう？と。雇ってください、いかようにもお役に立ちますよ**」教室中にくすくす笑いが起きる。「とはいえ、願書は同時にビジネスライクでなくてはなりません。バランスが求められます。すぐれた願書を書くには、ある種の技が必要となります。自分をプレゼンする妙技です。今日はこの技をご自分でマスターし使いこなすつもりで分析していきましょう」

シモンはマルティーナに惹かれる。まだずいぶん若いのに堂々としている。

クラスの途中で十分の休憩がある。生徒たちは三々五々、廊下に出たり、トイレにいったりする。マルティーナは各自の提出物を読んでいく。授業が再開されると、それが返却される。シモンの作文には、こう書かれていた。「段落分けは良いです。内容が突飛」

二回目の課題は、マルティーナが「あなたの夢の仕事。あなたがいちばん望む仕事」と表現するものへの願書を書いてくること。「いいですか、惹きつける文章ですよ」そして、こう付け足す。「求められる演出を」

「エスティマード・セニョール・ディレクトール」と、シモンは書きだす。「本日付け〈星〉《スター》紙に掲載された美術館案内員募集に応募いたします。わたしはこの分野での経験はありませんが、美術館案内員として望ましい資質をいくつも備えております。第一に、成熟した頼れる人物であること。第二に、視覚芸術をはじめ、芸術への愛、少なくとも敬意を有していること。第三に、大それた野心がないこと。案内員の地位に就けるのであれば、主任に昇進するとか、いわんや館長になることなど期待しません」

そうしてしたためた文章を五つのパート、つまり短い五段落に分けてみる。

「正直言って」と、さらに書き足す。「美術館案内員は、わたしにとって夢の職業とは言えません。しかしながら、わたしは今、人生の危機に行き当たっております。変わらなくては、と自分に言い聞かせています。とはいえ、どんな人間に？　今回目についた募集広告はなにかのお告げなのでしょう。天からの。私についてきなさい、と〈星〉《スター》は言いました。ですから、わたしはそれに従います。この願書はその表明であります」

というのが第六段落である。

シモンはこれをマルティーナに提出する。六段落のまま。休憩時間にも教室に居残って自席から離れず、彼女が提出物を読みながら、そのペン先がすばやくためらいのない動きを見せるさまに見入る。自分の願書の番がきたことに気づく。ほかより時間をかけ、眉根を寄せて読んでいる。ふと目をあげ、シモンの視線に気づいたようだ。

休憩時間の終わりに、課題が返ってくる。シモンのそれには、「講座後にお話があります」と書かれている。

講座が終わると、ほかの受講生たちが帰るのを待つ。

「シモン、あなたの課題、おもしろく読みました」マルティーナは言う。「よく書けています。とはいえ、この講座が本当にあなたに適しているのかどうか。創作系の講座のほうがもっとのびのびやれると思わない？　いまなら、まだ講座を変更できますよ」

「この講座を辞めてほしいと言うのであれば、そうしますが」シモンは答える。「しかしわたしは自分の書いたものを〝創作〟とは捉えていません。自分にとっては、日記を書くのと同種のことなんだ。日記を書くのを創作とは言わないでしょう。たしかに手紙の形をとっていますが、人は自分に手紙を書くこともある。とはいえ、先生の言うことは理解できます。この講座には場違いなんでしょう。先生のお時間をこれ以上無駄にしたくない。失礼しました」と言って、鞄から教材の読本をとりだす。「これをお返しします」

「気を悪くしないで」マルティーナは言う。「いいから、辞めなくていいから。あなたの提出物はこれからも読みます。でも、ほかの生徒さんの課題と同じ目で読みますからね。講師としての目で読むのであって、相談相手にはなれません。そこはご了承ください」

「わかりました。ありがとうございます。ご親切に感謝します」シモンは言う。

三回目の課題は、これまでの仕事の経験について記述し、学歴をまとめた履歴書を作成する、というものだ。

「以前は、肉体労働をしていました」シモンは書く。「最近は、ビラ広告をポストに投函する仕事を生業としています。前より体力が落ちたからです。体力だけでなく熱意《パッション》も失いました。少なくとも、ドミトリー（前の作文にも書いた男です。情熱の男です）の意見ではそうなります。ドミトリーはある夜、たぎる情熱を抑えきれず、愛人を殺すに至りました。わたしはといえば、人を殺したいという欲望はありませんし、仮にも愛する相手ならなおさらです。わたしがそう言うと――愛する人を殺したりするものかと言うと、ドミトリーは一笑します。だれしも心の奥底では、愛する人を殺す願望を抱いているのだと。だれしも愛しい人を殺したいと願いながら、その望みを実現する勇気をもつのは、ごく少数の選ばれし者だけだと。

　子どもというのは、臆病者の匂いを嗅ぎ分けられる、とドミトリーは言います。子どもは嘘つきの匂いも嗅ぎ分けられるし、偽善者の匂いも嗅ぎ分けられる。ドミトリーによれば、今後、ダビードのわたしへの愛は先細りになる。シモンは臆病者であり嘘つきであり偽善者であることが露見しているのだから、と。それに引き換え、ドミトリー自身（殺しを自白した罪人ですが）や、彼の伯父ディエゴ（私見では、ろくでなしの乱暴者ですが、それはいいとしましょう）のような連中にダビードが惹かれることに、ドミトリーは深い叡智を見出すのです。彼いわく、子どもたちは善と悪を本能的に見分ける力をもってこの世に生まれてくる。なのに、社会化するに連れて、その力を失ってしまう。ドミトリーによれば、ダビードは例外なのだそうです。ダビードは生来の能力をもっとも純粋な形で持ちつづけている。それゆえに、彼はダビードを尊敬し――それどころか、崇めている。彼の表現を借りれば、認めて《レコグナイズ》いる。わが君主、わが王さまと、彼はなんの揶揄もなくダビードを呼びます。

前に会ったこともない相手に、見覚えがある《レコグナイズ》はずがないだろう？ ドミトリーにはそう問い詰めてやりたいです。

　ドミトリーと会ったことで（この男をわたしは嫌いですし、道徳的な観点から軽蔑してもいますが）わたしは多くを学びました。その経験を学歴として挙げてもいいぐらいです。

わたしはドミトリーふくめいろいろな新しい考え方に心をひらいているつもりです。ドミトリーのわたしに対する人物評はおおかた的を射ていると思います。つまり、父としても義父としても人生の指導者としても、ダビードのような特別な子どもには失格であるという。わたしがあの子のことをわかっていない、理解できていないというのは、本人からも事あるごとに言われていることですが。そうしたわけで、わたしはそろそろ身を引き、ほかに人生の役割を見つける潮時なのでしょう。ほかの対象または人物を見つけ、なんであれわたしの内からあふれ出すものをそちらに注ぐべきだ。それは、ただの駄弁かもしれないし、涙かもしれないし、わたしが頑として〝惜しみない愛〟と呼ぶものかもしれない。

〝惜しみない愛〟というのは、日記であればわたしもはばかりなく使う常套句です。しかし、これはむろん日記ではない。だから、惜しみない愛に駆られてなどというのは、大言というものでしょう。

続く。

脚注という形で、涙について付記させてください。

ある種の音楽を聞くと、涙がこみあげてきます。もしわたしが情熱《パッション》を欠く人間なら、この涙はどこから出てくるのでしょうか？　はたして、ドミトリーは音楽に感動して涙するのだろうか。

脚注其の二として、イネスの飼い犬ボリバルについて追記させてください。イネスがダビードの母親になると同意した際に連れてきた犬なのですが、いまではダビードの犬となっています。〝ダビードの〟というのは、わたしたちを保護してくれる人を〝わたしたちの〟保護者と表するときと同じ用法です。わたしたちやダビードのほうがこの人または犬に権力を行使できるという意味ではありません。

子どもと同様、犬も臆病者や嘘つきなどを嗅ぎ分けられると言われます。しかしボリバルは会った初日からなんのためらいもなく、わたしを家族として受け入れてくれました。この事実はドミトリーにとって格好の検討材料となるに違いありません」

セニョーラ・マルティーナ――若い講師とはいえ、マルティーナと呼び捨てにするのは抵抗がある――は添削した作文を受講生たちに返却するが、シモンにだけは返ってこない。席の横を通りしなに、「シモン、授業のあとでちょっと」と言われる。その言い方と、いわく言いがたい微かな香り。

セニョーラ・マルティーナは若くて、美しく、知的な女性だ。彼女の堂に入った態度や有能さに感心し、黒い瞳に見とれるものの、アナ・マグダレーナの場合と同様、恋をしているわけではない。マルティーナよりもよく知っている（裸すら見たことがある）が、すでに亡き人となったアナ。セニョーラ・マルティーナに求めているのは、愛ではない。愛以外のなにかなのだ。話を聴いてほしいのだ。彼の作文――力を尽くしてページに書きつけている作文――が真理をつくものであるか、あるいは、一から十まで嘘っぱちが並べられた代物であるのか、教えてほしいのだ。さらに言えば、身の処し方も教えてほしい。これからも、朝になったら自転車で漕ぎだしてチラシ配りをこなし、午後はベッドに寝転がって休みながらラジオを聴き（ますます）酒を飲み、そのまま寝落ちして、八時間か九時間かときには十時間も死人のように眠るような毎日を送るべきかどうか。世の中に出ていって、なにか新しいことをやるべきかどうか。

作文講座の講師というのは、多くを期待される。給料に見あわないほど多大なことを。とはいえ、遠い地の港で船に乗りこんだ子どもの例でいえば、冴えない服を着た単身の男に、自分を保護したうえ、見知らぬ土地での導き手になってくれるのを期待するというのも、ずいぶんなんじゃないか。

シモンのクラスメイトたち――いまだに会釈を交わす程度の仲でしかないが――がぞろぞろと教室を出ていく。「お座りください、シモン」セニョーラ・マルティーナが言う。シモンは彼女のむかい側に座る。「わたしの手には余ります」彼女は言って、シモンをまっすぐに見る。

「たんなる作文ですよ」シモンは言う。「作文として扱えませんか？」

「作文というより請願ですね」マルティーナは言う。「わたしに助けを求めている。午前中はべつな仕事があるし、夕方にはここの講座で教え、さらに夫と子ども一人のいる家庭があり、その世話があります。手に負えません」と、シモンの作文の重さを測るように持ちあげてみせ、「手に負えない」と繰り返す。

「人間というのは、まるで予期しないところで必要とされたりするものでしょう」

「言いたいことはわかりますが、とにかく、わたしの手には余るんです」

シモンは彼女の手から三ページの作文を取ると、それを鞄の中につっこむ。「失礼します。度々お世話さまでした」

これから起こり得る展開が二つある。一つ、なにも起こらない。二つ、セニョーラ・マルティーナが心変わりをし、部屋までやってきて、すると自分は午後の休みにベッドでラジオを聴いており、そこへマルティーナが声をかけてくる。「わかったわ、シモン。教えてちょうだい。わたしになにを求めているの」三日ほどようすを見てやろう。

三日が過ぎる。セニョーラ・マルティーナが部屋のドアをノックしてくることはない。一つめの展開であることは、明らかだ。なにも起こらないという。

だいぶ前に、気の滅入る卵の黄身色に塗られたその部屋は、シモンにとって、いつまで経ってもわが家となり得ない。部屋の大家である老夫婦は相変わらず他人行儀で、それ自体はありがたいことだったが、夜になると、ときどき薄い壁のむこうから、体がどこかわるいのか、夫のほうがしつこく咳きこんでいる音が聞こえてくる。

シモンは学院の廊下をしばしばうろつく。単調な食生活を豊かにすべく、料理の短期講座をとってみるが、インストラクターが伝授する料理はどれもオーヴンが必要で、シモンの部屋にはオーヴンがない。生徒全員に配られるスパイス（クミン、ジンジャー、シナモン、ターメリック、唐辛子、黒胡椒）の小さなセット以外は手ぶらで講座に出ることになる。

占星術のクラスにふらっと参加してみる。ディスカッションは〝天体〟（spheres。古代天文学ピタゴラス学派の考える惑星）の話に移る。星々（恒星）は天体たちに属しているのか、その逆で星々は独自の軌道をたどっているのか。天体の数は有限か無限か。講師は天体の数は有限と考えている。彼女いわく、有限ではありますが、その数は知られておらず、知り得ないのです、と。

「天体の数が有限であるなら、そのむこうにはなにがあるんですか？」受講者のひとりが質問する。

「〝むこう〟というものはありません」講師は答える。受講者は釈然としないようす。「〝むこう〟というものはないのです」講師は繰り返す。

シモンは天体たちにも、星々にすら興味がない。それらは自分に言わせれば、起源のわからない法則に則り、虚空を移動していく無機質な物体のかたまりにすぎない。知りたいのは、その星々が数とどんな関係にあるのか、その数が音楽とどのような関係にあるのか、また、ファン・セバスチャン・アローヨほどの知的人物がその伝で星々と数と音楽のことを語れてしまうのはなぜなのか？

ところが、講師は数にも音楽にも興味は示さない。彼女のお題目はひとえに、星々のあやなす星位であり、これらの星位がいかに人間の運命に影響するかということだけだ。

〝むこう〟というものはありません。なぜこの女はこうも断言できるのか？　シモンに言わせれば、実際に〝むこう〟があろうがなかろうが、〝むこう〟の世界という概念がなければ、人はしがみつくものを失くして絶望の底に沈むだろう。

第十六章

三姉妹からイネスに呼びだしの手紙が届く。緊急事態が起きたため、イネスとシモンは農園に至急来られたし。

ふたりはお茶と焼きたてのチョコレートケーキでもてなされる。姉妹が急かすものだから、ダビードは大きく切ったケーキ二きれをそそくさと平らげた。

「ダビード」と、彼が食べ終わるとアルマがさっそく言う。「あなたの好きそうなものがあるんですよ。ロベルタが屋根裏で見つけたマリオネットの一家なの。わたしたち、子どものころはこれで遊んだものです。マリオネットはご存じ？　そう。見てみたい？」

アルマが少年を連れて部屋を出て行くと、用件が切りだされる。

「こないだ、セニョール・アローヨの訪問を受けたんだよ」バレンティーナが言う。「おりこうな息子さんふたりを連れてきてね。アカデミーの立て直しに協力してもらえないかと。例の悲惨な事件のせいで、生徒が大幅に減ってしまったが、早くに再開すれば、ある程度はもどってくるのを見込んでいるそうだ。あなたたちはどう思う、イネス、シモン？　アカデミーと直接つきあいがあったのは、あなたたちだから」

「まずですね」と、シモンは話しだす。「セニョール・アローヨがアカデミーを再開するのはたいへんけっこうですが、だれが教えるんです？　それに、学院の運営はだれが請け負うんでしょう？　そういう重責はぜんぶ奥さんが担っていたんです。エストレージャのどこに、彼女の後を継いで、あの学長の展望や哲学を共有できる人材が見つかります？」

「セニョールによれば、彼の義理の姉が手伝いにくるらしい」バレンティーナは言う。「アリョーシャという若者のこともずいぶん買っているようだった。アリョーシャが仕事の一部は引き継げると思うと。しかしアカデミーは基本的にダンスより音楽を教えることになるらしい。セニョール・アローヨその人が教鞭をとるそうだよ」

ここでイネスが口をひらき、すかさず母としての立場を明確にする。「ダビードをアローヨ夫妻のアカデミーに入れるとき、確約されたんです──いいですか、約束があったんですよ──ダンス以外にも標準の教育を受けさせるって。読み書きや数の計算、つまりふつうの学校で子どもたちが学ぶこともちゃんと学べると言われました。なのに、まったく学べていません。セニョール・アローヨは、もちろん、りっぱな人でしょうけど、正規の教師ではありません。あの人にダビードを任せるのは、わたしはまったく気が進みません」

「正規の教師ではないというのは、どういう意味？」バレンティーナが尋ねる。

「〝雲の上の人〟というか。つまり、俗世で起きていることをわかっていません」

三姉妹は目配せしあう。シモンはイネスのほうに屈みこみ、「いま、それを話す時か？」と小声で言う。

「いま話さなくてどうするの」イネスが応える。「つねにざっくばらんがいちばんよ。わたしたち、ひとりの子どもの未来について話しあっているんだから。しかもこれまで学校教育が惨憺たる結果に終わっている幼子よ。周囲からどんどん遅れていく。これ以上、実験的な学校に任せる気にはなれない」

「では、決まりのようね」コンスエロが言う。「あなたはダビードの母親で、あの子にとって最善の道を決める権利がある。ということは、わたしたちがアカデミーの教育に投資するのは無駄という解釈でよろしいかしら?」

「そうですね」と、イネス。

「あなたのご意見は、シモン?」

「場合によりますが」とシモンは言って、イネスのほうに向きなおる。「イネス、ダンスアカデミーに再開の可能性がないうえ、歌唱アカデミーにもダビードの居場所がなく――どうやらそのようだが――さらに、公立の学校も考慮外というなら、きみはダビードをどうしようと言うんだ? どこで教育を受けさせる?」

イネスが答えないうちに、アルマがダビードを連れてもどってくる。少年は見るからにくたびれたベニヤ板の箱を抱えており、「アルマがこれくれるって」と得意げに言う。

「マリオネットですよ」アルマが言う。「もうわたしたちは使いませんから。ダビードなら喜んでもらってくれるかと思って」

「あら、いいわね」と、コンスエロが言う。「動かして遊んでね」

イネスの気が逸れることはなかった。「ダビードがどこで教育を受けるのかって話ね? 前に話したじゃないの。家庭教師を雇うのよ。きちんとしたディプロマを得てきちんとした教師の資質のある人。子どもたちはどこから来たのかとか、子どもの心のはたらきとか、そういうことに突飛な思想をもっていない人。ダビードの横に座って、標準的な学校のシラバスに従い、ダビードが学びそこねた勉強の基礎を身につける手伝いをしてくれる人。そういう教師を雇う。わたしたちがすべきなのはそれだと思う」

「ダビード、きみはどう思う？」シモンは訊く。「家庭教師をつけるべきかい？」

ダビードは椅子に腰かけ、膝に箱を置き、「ぼくはセニョール・アローヨのとこがいい」と言う。

「それはたんに、セニョール・アローヨなら思いどおりにできるからでしょ」イネスが言う。

「ほかの学校に入れたら、ぼく逃げだすよ」

「どこにも行かせやしないわよ。家に来て教えてくれる先生を雇うの」

「ぼくはセニョール・アローヨのとこに行きたい。セニョール・アローヨはぼくがどんな子か知ってる。イネスは知らない」

イネスは腹立ちまぎれにフンと鼻を鳴らす。シモンは気が進まないながら、彼女からバトンタッチする。「どんなに特別な人間であっても関係ない。だれしもおとなしく座って学ぶべき事柄というのはあるんだ。読み方を学ぶというのもその一つ。一冊の本だけを読んでいるのではだめなんだ。そうでないと、世の中でなにが起きているのか知ることができない。それから、数の計算もできるようにならないと、お金を扱えないだろう。イネスもこう考えていると思うんだよ——違ったら正してくれ、イネス——つまり、われわれは自律心や人の意見を尊重するといった良き姿勢を学ぶ必要がある、と」

「世の中でなにが起きてるかなんて、ぼく知ってるよ」少年は言う。「世の中で起きてることを知らないのはそっちじゃないか」

「世の中ではなにが起きているんですか、ダビード？」アルマが尋ねる。「わたしたち姉妹はこんな農園暮らしで、世の中から隔絶しているから。教えてもらえませんか？」

少年はマリオネットの箱を脇に置くと、軽やかにアルマの元へ寄っていき、その耳になにか長々と囁く。

「その子はなんと言ったの、アルマ？」コンスエロが訊く。

「説明できる気がしない。ダビードでないと無理でしょう」

「わたしたちにも話してくれる、ダビード？」コンスエロは言う。

少年はきっぱりと首を横に振る。

「だったら、話し合いはここでお終いね」コンスエロは言う。「セニョール・アローヨとアカデミーに関する助言をありがとう、イネス、ありがとう、シモン。息子さんに家庭教師を雇うというなら、その費用はわたしたちが補助できると思いますよ」

帰る間際、コンスエロはシモンを脇に呼び、「あの子、しっかり押さえこみなさいね、シモン」と、小声で言う。「あの子のためよ。なにを言いたいかわかりますね？」

「ええ。でも、あの子には違った面もあるんです。いつもあんなに生意気なわけではなく、心根は善良です」

「それを聞いて安心しました」コンスエロは言う。「では、もうお行きなさい」

シモンがアカデミーあるいは旧アカデミーの建物に入るには、かなり時間がかかった。まず呼び鈴を鳴らして待ち、また鳴らして待つというのを繰り返した後、ドアをノックしはじめる。最初は拳で、ついには靴のかかとの部分で。すると、ようやくなにか物音が屋内から聞こえてくる。鍵がまわされ、ドアをひらいたのはアリョーシャで、もう正午をゆうに過ぎているのに、起き抜けのようなぼさぼさ髪だ。

「やあ、アリョーシャ、覚えているか？　ダビードの父だ。どうしてる？　マエストロはご在宅かな？」

「セニョール・アローヨはお仕事中です。会いたければ、待つしかないです。長くなるかもしれない」

アナ・マグダレーナがいつもレッスンをしていたスタジオはがらんとしている。子どもたちのバレエシューズで毎日磨かれていた杉材の床も、その輝きを失っている。

「待つよ。こちらの時間は気にしないで」と、シモンは言い、アリョーシャの後について食堂に入ると、長テーブルのひとつの椅子に腰をおろす。

「お茶は？」アリョーシャが尋ねる。

「それはご親切に」

ピアノをぽろぽろと鳴らす音が微かに聞こえてくる。音楽はとぎれては、また始まり、また不意にやむ。

「セニョール・アローヨはアカデミーを再開しようとしているとか」シモンは言う。「きみが一部のクラスを受け持つかもしれないと聞いているが」

「リコーダーのクラスを担当し、小学生のダンスクラスも指導します。あくまで計画です。再開できたら」

「なるほど、ダンスクラスはきみが維持するのか。このアカデミーは純然たる音楽アカデミーになるものだと思っていたよ。純粋な音楽の学び舎《まなや》に」

「音楽の背景には、つねにダンスがあります。しっかりと耳を傾け、音楽に没頭すれば、しぜんとその魂がわたしたちの中で踊りだす。これが、セニョール・アローヨの哲学における基本理念のひとつです」

「そして、きみはあの人の哲学を信じているんだね？」

「信じています」

「ダビードは残念ながら復学しない予定だ。本人は強く望んでいるが、母親が反対している。わたし自身はまだ考えがまとまらない。とはいえ、このアカデミーの哲学、きみも賛同している哲学についてはどうも真面目に受けとりかねる。こう言って気をわるくしないでほしいのだが、とくにあの占星術的なやつだ。とはいえ、ダビードはアローヨ夫妻になついている。とくにアナ・マグダレーナの思い出には、深い愛着がある。しがみついていると言うべきか。決して手放そうとしない」

アリョーシャはほほえむ。「ええ、見るからにそうでしたね。ダビードは最初はあの人を試していた。あなたも彼のそういう面を見たことがあるはずです。あの子はまず人を試し、自分の意志を相手にきっちり主張します。アナに命令すら出そうとしましたが、それはあの人のほうがみじんも許容しなかった。**わたしの世話になっている間は、わたしの言うとおりにしてもらいます。そんな**

顔をするんじゃありません。どんな顔をしようとわたしには効き目がありませんよ。ダビードにそう言ったんです。それ以来、あの子は試すようなことはしなくなりました。アナに敬意を払い、言うことをきくようになった。わたしに対する態度は違いました。なめられていたんでしょう。べつにかまいませんけど」

「ダビードの級友たちはどうだろう？　やはり、彼女を恋しがってるのか？」

「幼い子たちはみんなアナ・マグダレーナを愛していました」アリョーシャは言う。「あの人は小さい子たちにも厳しく、多大な要求をしましたが、子どもたちはアナにぞっこんでした。あの人が亡くなった事件について、わたしは必死で彼らの耳に入らないようにしましたが、あらゆる噂が飛び交い、すると当然のことながら、保護者たちが飛んできて、子どもたちを引きとっていきました。ですから、彼らがあの事件にどんな影響を受けているかはわたしにはわかりません。凄惨な出来事でした。幼い子たちがあんな惨事にふれて平気でいられるはずがないでしょう」

「当然だろう。しかも犯人はドミトリーなんだ。その点もショックだったはずだ。ドミトリーは子どもたちの人気者だったから」

アリョーシャが言葉を返そうとしたところで、食堂へのドアがいきなりひらき、ホアキンと弟が騒ぎながら飛びこんでくる。それに少し遅れて、見たことのない白髪の女性が杖をつきながら入ってくる。

「メルセデス伯母さんが、ビスケット食べていいって」と、ホアキンが言う。「食べていい？」

「いいとも」アリョーシャはそう答えた後、とってつけたような紹介をする。「セニョーラ・メルセデス、こちらはセニョール・シモン。アカデミーの生徒さんのお父さんです。セニョール・シモン、こちらはセニョーラ・メルセデス。ノビージャからお越しです」
セニョーラ・メルセデス、すなわちメルセデス伯母さんは、骨ばった手を差しだしてくる。細長く鷲を思わせる顔立ち、土気色の肌、どこをとってもアナ・マグダレーナと似たところはない。

「おじゃまはしませんよ」彼女はカラスの鳴き声みたいな低い声で言う。「おやつをとりにきただけだから」

「おじゃまなんかではありませんよ」シモンはそう応じたが、実際はじゃまが入ったと思っていた。アリョーシャの話をもっと聞きたい。シモンはこの若者の良識と真剣さに感心していた。「セニョール・アローヨと会うのに、時間をつぶしているだけですから。アリョーシャ、アローヨ先生にわたしが来たことをお知らせしてきてくれないか」

セニョーラ・メルセデスは、ふうっと息をつきながら椅子に腰をおろす。「息子さんは連れてきていないんだね」

「ええ、母親と家にいます」

「ダビードっていうんだよ」ホアキンが言う。「クラスで一番なんだ」彼と弟はずっと離れたテーブルの端に陣取り、ビスケットの缶を目の前に据える。

「今日は、セニョール・アローヨと息子の将来について話しあいにきたんです」シモンはメルセデスに説明する。「息子の将来と、アカデミーの将来も、ですね。最近あんなひどいことがありましたから。はばかりながら、あなたの妹さんの死にはうちの家族みんなが深甚なショックを受けています。突出した教師であり、他に類を見ないお人でした」

「アナ・マグダレーナはわたしの妹じゃない」メルセデスは言う。「わたしの妹はホアキンとダミアンの母親で、十年前に他界している。アナ・マグダレーナはファン・セバスチャンの後妻だから……後妻だったから。アローヨ家の家系は複雑だ。ありがたいことにわたしはその複雑な係累とは関係ないが」（arroyoはスペイン語で「小川」、ドイツ語で「小川」はbach。即ち、ファン・セバスチャン・アローヨはヨハン・セバスチャン・バッハ（小川のbachとは語源が異なる）であり、その後妻のアナ・マグダレーナはJ・S・バッハの後妻アンナ・マグダレーナと重なる）

　どうりで似ていないはずだ！　アナは再婚相手なのか！　なんたるまぬけな勘違い！　「失礼しました。そうとは思いませんで」シモンは謝る。

「けど、アナ・マグダレーナのことは当然知っている」セニョーラ・メルセデスはおかまいなしにつづける。「短期間とはいえ、わたしの生徒でもあったからね。彼女とファン・セバスチャンのなれそめは、そういうこと。あの娘はそうしてファン・セバスチャンと出会った。そうやってこの一家のなかに入ってきたんだ」

　どうやら、シモンのまぬけな勘違いのせいで、昔の憎しみへの弁がひらいて通気してしまったようだ。

「あなたもダンスを教えていたんですか？」シモンは尋ねる。

「教えていたし、見た目からは信じられないかもしれないが、いまでも教えている」そう言って、杖をフロアにコツンと叩きつける。

「正直なところ、わたしにとってダンスというのは外国語のようなものでして」シモンは言う。

「ダビードはわたしに説明するのはあきらめています」

「だったら、息子さんをダンスアカデミーなんかに送りこんで、なにをやっているんだか？」

「自分のことは自分で決める子なんです。母親のいうこともわたしのいうことも、聞きません。すばらしい声をもっていますが、歌おうとしません。ダンスの才能もありますが、わたしの前では踊ってくれません。言下に断られます。わたしには理解できないそうです」

「まんいち息子さんにダンスを説明できる時がきたら、そこから先は踊れなくなるだろう」メルセデスは言う。「これが、ダンサーたちが囚われるパラドクス」

「じつのところ、わたしにそう説明したのはあなたが初めてではないんです。セニョール・アローヨからも、アナ・マグダレーナからも、息子からも同じことを言われました。わたしの質問がいかに愚鈍なものであるか、しきりと聞かされています」

メルセデスは犬が吠えるような野太い笑い声をたてる。「あなたもダンスを習うべきだ、シモン。そう、シモンと呼んでもかまわない？　ダンスを習えば、その愚鈍さとやらも治るだろう。少なくとも、質問攻めは止まるはずだ」

「わたしの場合、治しようがないと思いますよ、メルセデス。正直なところ、ダンスで解決できるような問題が浮かばない」

「まあ、そのようだね。でも、過去に恋をしたことはあるだろう。恋をしているときなら、愛が答えとなるような問いがわかるんじゃないか？　それとも、あんたは恋人としても愚鈍だったのかね？」

シモンは答えない。

「きっと、アナ・マグダレーナにちょっとは恋をしただろう？」メルセデスは追及してくる。「彼女はおおかたの男にそういう作用を及ぼすみたいだから。それを言ったら、アリョーシャ、あんたはどうなの？　あんたもアナ・マグダレーナに惚れていたの？」

アリョーシャは顔を赤くするだけで、なにも言わない。

「では、まじめに訊くよ。多くのケースにおいて、アナ・マグダレーナが答えとなるような問いとは何だったのか？」

なるほど、確かにまじめな質問のようだ。メルセデスという人はまじめな女性であり、まじめな人物なのだ。しかし子どもたちの前で討論するようなことだろうか？

「まず、わたしはアナ・マグダレーナに恋愛感情をもったことはありません」シモンは言う。「記憶にあるかぎり、もう長らくだれにも恋をしたことがない。しかし抽象論であれば、あなたのいう問いの力というのはわかります。なにも欠くものがない、つまり自己充足している人間が欠いているものとは何か？　恋をしていない人間に足りないものとは何か？」

「ドミトリーはアナ先生に恋をしていたよ」そこで割りこんできたのはホアキンだ。変声期前の澄んだ声で。

「ドミトリーというのは、アナ・マグダレーナを殺した男です」シモンが説明を添える。

「ドミトリーなら、知っているよ。この男の話を知らない人間がこの国にいるもんかね。報われない恋の果て、望んでも手に入らない相手に手をかけ、殺してしまった。もちろん、この男のやったことは極悪だ。極悪だが、理解できなくもない」

「それには同意しかねます」シモンは言う。「わたしには初めから、彼の行動は不可解でした。裁判官たちも不可解に思ったのでしょう。だから、精神病院に入れられることになった。正気の人間にはあんなことはできないからです」

ドミトリーは報われぬ恋をしていたわけじゃない。それは、おおっぴらには言えないことだ。これこそ、まさに不可解な話で、不可解をとおりこしていた。ドミトリーはなんとなくそんな気分になったから、**彼女を殺したのだ。女を絞め殺すのはどんな感じか知りたくて殺した。なんの理由もなく殺した。**

「わたしはドミトリーのことは理解できないし、したいとも思わない」シモンは言い募る。「彼の身になにが起きようと、わたしの知ったことではない。精神病棟でのらくらしながら、年老いていこうが、岩塩坑に送られて死にもの狂いで働こうが、どうでもいいことだ」

メルセデスとアリョーシャがちらっと目交ぜをする。「痛いところを突いたようだね」メルセデスが言う。「こんな話題を出してすまなかった」

「みんな、散歩にでも行かないか？」アリョーシャが少年たちに言う。「緑地に行ってもいい。パンくずを持っていって、金魚にえさをやろう」

彼らは出かけていく。シモンとメルセデスだけが残る。しかし彼は会話をするような気分ではない。メルセデスのほうも、そうらしい。ひらいたドアからアローヨの弾くピアノの音が聞こえてくる。シモンは目を閉じて、気持ちをおちつかせようとする。音楽をしみわたらせる。アリョーシャの言葉がよみがえってくる。**しっかりと耳を傾け、音楽に没頭すれば、しぜんとその魂がわたしたちの中で踊りだす。**魂が踊ったのなんて、いつ以来だろう？

演奏が止まっては再開する感じからして、なにかの曲を練習しているものとばかり思っていた。ところが、そうではないらしい。練習にしては間が空きすぎるし、曲自体がときどき迷走している。アローヨは曲を練習しているのではなく、作曲しているのだ。シモンは聴き方のポイントを変えてみる。

その曲はあまりにリズムの変化が激しく、あまりに複雑な理論にもとづいており、自分のように鈍重な人間にはついていけないが、小鳥のダンスを思わせる。宙で羽ばたいては、空をきって飛び、翼の動きが速すぎて見えないような小鳥だ。問題は、曲の魂はどこにあるのかということ。その魂はいつ隠れ家からあらわれ、翼を広げるのか？

自分の魂とは親密な関係にないが、魂一般について知っていること、つまり書物からの知識でいえば、鏡を向けると、魂はひらひらと飛んでいってしまう。それゆえ、魂の所有者、というか、魂に所有されている人間には、それが見えないということ。

自分の魂が見えないのだから、それについて人がどう言おうと（「ドライで情熱《パッション》を欠いた魂」だというのがおおかたの意見）、とくに正そうと思うこともなかった。自分では、この魂は情熱を欠くどころか、わけのわからないものへの憧憬で疼いているとおぼろげに直観しても、いや、それは、ドライで合理的でわびしい魂をもつ人間が自尊心をたもつために自分で自分に語りかける〝物語〟にすぎないと考えている。

だから、極力考えず、臆病な魂をおどかすようなことはしないようにしている。シモンは演奏の音に身をゆだね、しみこんできた音楽に洗われるにまかせた。すると、まるで事態を察したかのように、始まっては止まる演奏はやみ、音楽はなめらかに流れだした。意識の端の端に、魂がまさしく小鳥のようにあらわれ、翼をはばたかせてダンスを踊りだす。

もどってきたアリョーシャが見つけたのは、そういう状態のシモンだった。テーブルに両手で頰杖をつき、すやすや眠っている。アリョーシャはその体をゆすり、「セニョール・アローヨがお会いになるそうですよ」と言う。

あの杖をついた婦人、義姉メルセデスは跡形もなく姿を消している。いったいどれだけ眠りこけていたのか？

シモンはアリョーシャの後からのろのろと廊下を進んでいく。

第十七章

シモンの通された部屋は、天窓のガラスを通して日射しが入るため、心地のよい明るさで、広々とした感じがする。書類のちらかったテーブルと、グランドピアノが置かれているぐらいで、物がないせいもあるだろう。アローヨが立ちあがって、シモンを出迎える。

喪服姿でうちのめされた男がいるかと思いきや、アローヨはパジャマの上に紫紺色のスモーキングジャケットをはおり、室内履きをはいており、いつもと変わらず強健にして快活そうだ。煙草を勧めてくれるが、シモンは断る。

「またお会いできてなによりだ、セニョール・シモン」アローヨは言う。「カルデロン湖の湖畔で、星々について会話したのを覚えています。今日はなにを論じますか？」

演奏を聴きながら寝入っていたせいで、舌の回りは遅く、頭がよく働かない。「うちの息子のダビードのことで」シモンは話しだす。「あの子のことでお話にきました。あの子の将来のことです。ダビードは最近、いささか手に負えなくなっています。学校にも通っておりません。歌唱アカデミーにも申込みはしてきましたが、あまり見込みはないでしょう。あの子のことが心配です。とくに母親が気をもんでいます。家庭教師を雇うことも考えてきました。そこへ、あなたがここをまた開校するという噂を聞きました。それで、考えているのですが……」

「ここが授業を再開するなら、いったいだれが教えるのか、あなたはそう考えているのだろう。だれがわたしの妻の任につくのか、と。いったいだれが！　なぜなら、ご存じのとおり、あなたの息子さんは彼女にとてもなついていた。あの子が慕うアナの代わりがだれに務まるのか？と」

「そのとおりです。ダビードはいまもって彼女の思い出にすがっています。決して忘れようとしない。しかし問題はそれだけではないのです」頭のなかの靄が晴れてきた。「ダビードはあなたに大いなる敬意を抱いています、セニョール・アローヨ。ぼくのことをわかってくれる、と。アローヨ先生は自分がどういう人間かをよくわかってくれているが、それに引き換え、わたしはぜんぜん理解していないし、理解できた例しがないと言うのです。質問させてください。あの子の言う『先生はぼくのことをわかってくれる』とは、どういう意味なのでしょう？」

「あなたは父親なのに、あの子がどういう人間かわからないと？」

「わたしは実の父親ではなく、そう名乗ったこともありません。義理の父親のようなものと、自分では考えています。この国に来る船のなかで出会ったんです。親とはぐれているようでしたので、あずかることにし、世話をするようになりました。その後、あの子の母親イネスと再会させることができました。これが正味、うちの家族の来歴です」

「それで、いまごろ、船でひろったあの子は何者なのかと、わたしに訊くのだね。わたしが哲学者肌であれば、こう答えるだろう。『それは、〝何者〟が何を意味するかによる。〝彼〟が何を意味するかにもよる。〝は〟とはどういう意味かにもよる』と。彼は何者なのか？　あなたは何者なのか？　まずもって、わたしは何者なのか？　わたしに確実に言えるのは、ある日、ある人物が、ある男児が、どこからともなくこのアカデミーの戸口にあらわれた、ということだけだ。それはあなたもよくご存じだろう。あなたが連れてきたのだから。その日以来、彼の伴奏者の役割をわたしは楽しんできた。あの子のダンスの伴奏だ。うちであずかっている子たちには、みんなわたしが伴奏をつける。それに、話もした。実際、ずいぶんよく話したものだ、おたくのダビードとは。つねづね蒙《もう》を啓《ひら》かれた」

「ダビードと呼ぶことになっていますが、セニョール・アローヨ、あの子の本名は——本名という表現が適切か、意味のあることなのかわかりませんが——もちろんダビードではありません。あの子のことをよくわかっているあなたなら、当然ご存じですよね。ダビードは身分証明書に書かれた名前にすぎません。港のオフィスでもらった名前です。わたしのシモンという名も同様に本名ではなく、港でもらった名前にすぎない。わたしにとって名前は重要なものでも、こだわるものでもないんです。あなたが違うご意見をおもちなのはわかっています。名前とか数字の話になると、あなたとは考え方の流派が異なるようだ。でも、わたしの意見も述べさせてください。わたしの考えの流派では、名前というのはあくまで便宜上のものなんです。数字がそうであるように。名前にも数字にも神秘性はありません。いまわたしたちが話題にしている男の子はまた、66という名前を付けられていたかもしれないんです。わたしの名は99だったかもしれない。慣れてしまえば、66と99でも、ダビードとシモンでも、同じ役目をはたすんですよ。いまダビードと呼んでいるあの子が、どうして名前というものを、とくに自分の名前を、あんなに重要視するのか、わたしにはさっぱりわからない。われわれのいわゆる本名というのは、つまり、ダビードやシモンの前にもっていた名前のことですが、それだって、わたしはたんなる代替物のような気がするんです。その前にもっていた名前の。そう考えると、どこまでも遡ってしまう。本のページを後ろから前へ前へと、一ページ目を探してめくっているような感じです。でも、一ページ目が出てこない。この本には一ページ目がない。あるいは、集団忘却の霧のなかで失われてしまったのか。少なくとも、わたしはそう解釈しています。というわけで、再度質問させてください。ダビードの言う『先生はぼくのことをわかってる』とは、どういう意味なのか？」

「ふたたびわたしが哲学者肌であれば、こう答えるだろう、セニョール・シモン。『それは、〝わかる〟が何を意味するのかによる』と。ひょっとして、わたしは前世であの子に会っているのか？ 断言はできない。なにしろ、記憶はあなたの言うとおり、集団忘却によって失われているのだから。わたしにはわたしの、そして間違いなくあなたにはあなたの、直観というものはあるが、直観と記憶は別物だ。あなたは船の上であの子に出会い、親とはぐれていると判断して、あずかることにしたと言う。おなじことを、あの子はおそらく違うふうに記憶しているだろう。おそらく迷子のように見えたのはあなたのほうだろう。彼のほうがあなたをあずかることにしたと思っているのではないか」

「いや、誤解があるようだ。わたしは記憶こそあっても、直観というものはもちあわせていません。直観は、わたしの辞書にはありません」

「直観というのは、流れ星のようなものなのだ。きらっと光って空を流れていく。あっと思ったつぎの瞬間にはもう消えている。それが見えないと言うなら、目が開いていないのではないかね」

「しかし、何なんです、そのきらっと光って空を流れていくものというのは？ 答えがわかっているなら、なぜ教えてくれないんですか？」

セニョール・アローヨは吸っていた煙草をもみ消した。「それは、〝答え〟が何を意味するかによる」そう言うと、立ちあがって、シモンの両肩をぐっとつかみ、目をのぞきこむ。「勇気を出したまえ、友よ」息が煙草くさい。「ダビード坊やは並はずれた子どもだ。わたしに言わせれば、〝欠くところのない〟子だ。ほかの子どもたちとは違う意味で〝完全無欠〟なのだ。あの子には何も足せない、何も引けない。あなたやわたしが彼を何者と思おうと、そんなことは問題ではない。それはそれとし、疑問に答えてほしいというあなたの気持ちは尊重しよう。答えは、思ってもみないときに現われるだろう。いや、現われないかもしれぬ。答えが出ないことも間々ある」

シモンは苛立って身をふりほどく。「セニョール・アローヨ、いくら言っても足りないが、わたしはこういう陳腐なパラドクスや謎かけが大嫌いなんだ。誤解しないでください。わたしは亡くなった奥さんだけでなく、あなたにも同様の敬意を抱いています。教育者であり、天職を真摯に追究し、生徒たちを心から思いやっている――それは、ひとつも疑いません。しかしあなたの教育法〈アローヨ・システム〉については、きわめて深甚な疑問をもっています。あなたが音楽家であることに鑑みてもです。空の星たちや、流れ星、秘術のようなダンス。数秘学。秘密の名前。神秘のお告げ。幼子の心はつかむかもしれないが、わたしにまで押しつけないでほしい」

そうして不機嫌なまま、もの思いにふけってアカデミーを出ていくと、アローヨの義姉と鉢合わせし、むこうはあやうく転びそうになった。手にしていたステッキが音をたてて階段をころがり落ちる。シモンはそれを拾ってやり、ぼんやりしていてすみませんと謝る。

「謝らなくていい」と、彼女は言う。「階段に灯りがないのがいけないんだ。どうして建物の中をこんなに暗く辛気臭《しんきくさ》くする必要があるのかね。でも、せっかくだから腕を貸してくれないか。煙草が欲しいんだが、子どもたちを遣いに出すわけにはいかない。悪い見本だからね」

シモンは義姉に手を貸し、町角のキオスクに連れていく。女の歩みはのろいが、べつに急ぎの用があるわけでもないし、陽気もいい。シモンは気持ちが和んでくる。

「コーヒーでもいかがです？」と、誘ってみる。

ふたりはカフェに入り、歩道のテラス席に座って陽の光をいっぱいに浴びる。

「さっきの話だけど、気をわるくしないで」義姉はそう切りだす。「さっき、アナ・マグダレーナが男に及ぼす作用がどうとか言ったろう。アナ・マグダレーナとは馬が合わないだけで、じつはかなり好感はもってる。それに、あんな死に方をして――だれだって、あんなふうに死んでいいはずがない」

シモンはなにも言わずにいる。

「さっき言ったとおり、彼女が子どものころはダンスも教えた。将来性のある子だった。稽古熱心だったし、ダンスというキャリアに打ちこんでいた。けれど、少女から大人の女になる、その過渡期でつまずいてしまった。これはつねづね、ダンサーにとってむずかしい問題だけど、彼女の場合はとくにそうだった。純粋な体の線――未熟なうちは当たり前のように手に入るものだ――を保とうとしたが、くじけた。身体のどこかに新たな女の証があらわれて、女であることを主張しつづけた。アナはしまいにあきらめて、べつなものに興味を移した。わたしとの連絡も途絶えた。ところが、うちの妹が亡くなったとたん、アナが急に出てきてファン・セバスチャンの横におさまった。わたしはびっくりした。ふたりが連絡をとりあっていたのも知らなかったぐらいだ。けど、なにも言わないでおいた。

ファンにとっては良い相手だった、良い妻だったと言おう。アナのような人がいなければ、ファンは途方に暮れていたろう。アナは遺された子たちも引き受けて——小さいほうはまだ赤ん坊だったんだよ——ふたりの母親になってくれた。ファン・セバスチャンを先行きの暗い時計の修理業から救いだし、このダンスアカデミーを開校させた。そのお陰で、ファンの人生は花開いた。だから、勘違いしないでほしい。アナはいろんな意味で大した人物なんだよ」

シモンはなおも無言。

「ファン・セバスチャンもたいした学者だ。あの人の本を読んだことがある？　ないの？　自分の音楽哲学について書いた本が一冊あるんだよ。いまでも本屋で見かける。うちの妹が手を貸したんだ。妹は音楽教育を受けていたからね。抜きんでたピアニストでもあった。ファン・セバスチャンとよくピアノで連弾していたよ。一方、若いアナ・マグダレーナはたしかにどこから見ても知的な女性ではある、あったけれど、音楽家ではないし、わたしが言うところの知識人ではない。学識はないが、その代わりに情熱があった。ファン・セバスチャンの哲学をそっくり受け継ぎ、それに傾倒した。その理論を自分のダンスクラスにも応用した。ちびちゃんたちがあれをどう解釈したかはわからないがね。ちょっと訊くけど、シモン、おたくの息子さんはアナ・マグダレーナの教えをどう生かしていた？」

ダビードがアナ・マグダレーナの教えをどう生かしていたかだって？　すでによくよく考えた答えを口にしかけたところで、ふと考えなおした。さっきアローヨにぶちまけた怒りの記憶がいきおい甦ってきたせいか、それとも、理性的であることに疲れてしまっただけか。それはわからないが、自分の顔がひきつるのを感じ、喉から出た声は乾ききってしゃがれており、自分のものとは思えなかった。「わたしの息子は、アナ・マグダレーナの第一発見者だったんだ、メルセデス。死の床に横たわる彼女を目の当たりにした。彼のアナの記憶はその光景に、あのおぞましい有り様に汚されてしまった。死んでしばらくした人の姿だ。子どもが目にしていい光景ではない。

さっきのあなたの質問に答えると、息子はいまも生前のアナ・マグダレーナの記憶や、彼女から聞いた物語にしがみつこうとしている。数がいついつまでも踊っている天上の地があると信じたいんだ。アナに教わったダンスをすれば、数が空から降りてきて、いっしょに踊ってくれると信じたいんだ。毎日、授業の終わりに、アナ・マグダレーナは子どもたちを周りに集めて、彼女が〝アーク〟と呼ぶ音を流し――これはただの音叉だとあとでわかりましたがね――子どもたちに目を閉じさせ、その音に合わせてなんだか唱えさせていた。そうすると魂がおちつくのだと言って、星が軸を移動しながら発するという音と〝調和〟させていた。そう、うちの息子が頼みの綱にしているのは、これだ。天上の音。星たちのダンスに加わることで、そういう天上の存在と一体化できると思おうとしている。しかし、メルセデス、そんなものがどうして信じられるだろう？　あんなものを見てしまったあとで」

メルセデスはテーブル越しに身を乗りだしてきて、シモンの腕をなだめるようにたたいた。「うん、うん。たいへんな試練だったろう、おたくの家族みんなにとって。恐ろしい思い出のあるアカデミーのことは忘れて、ふつうの先生のいるふつうの学校に通うのが、息子さんにはいちばんかもしれないね」

再度、大きな虚脱の波が襲ってきた。なにも理解していないこんな赤の他人と会話をして、自分はどうしようというんだ？「うちの息子はふつうの子じゃないんだ」シモンは言う。「失敬、なんだか気分がすぐれないので、今日はこれで」と言って、ウエイターに合図を送る。

「心労だね、シモン。引き留めはしないけど、これだけは言わせてほしい。わたしがエストレージャに来たのは義弟のためじゃない。あの人はわたしが苦手らしいからね。妹の子どもたちのためだよ。母親を亡くしたふたりの息子のことは、だれもよく考えてやっていないだろう。おたくの息子さんは先に進んでいけるが、あのふたりの将来は？　まず実の母を亡くし、こんどは育ての母もなくして、男たちが男たちの考えでつくるこの過酷な世の中に置いていかれてしまった。ふたりのことを思うと泣けてくるよ、シモン。あの子たちには柔らかなやさしさが必要なんだ。どんな子にも必要だ。男の子でもね。なでられたり、抱っこされたりして、女性のやさしい匂いを吸い、女性の柔らかさに触れないとだめなんだ。あのふたりはどこでそういうものを得られる？　不完全なまま成長し、花開くこともできない」

柔らかさか。メルセデスに柔らかな印象はない。尖ったくちばしのような鼻、ダンサーらしい骨ばった手。シモンは支払いをして立ちあがる。「もう行かないと。明日はダビードの誕生日なんです。七歳になる。いろいろ準備があるので」

第十八章

イネスは息子の誕生日はそれにふさわしい形で祝うべきだと心に決めている。アカデミーの元クラスメイトも連絡先がわかる子はみんな招待したし、アパートの同じ棟でよくサッカーをしている男の子たちも呼んだ。ケーキはサッカーボールの形をしたものを、〝パステレリア〟で注文した。にぎやかにペイントしたロバの形のピニャータ（くす玉のようなもので中にお菓子が入っているパーティグッズ）もすでに買ってあったし、子どもたちがそれを割るためのパドルもクラウディアから借りてあった。マジックショーを披露する手品師まで雇ってあった。誕生日プレゼントの中身はシモンには見せてくれなかったが、大枚をはたいたことはわかっている。

初めはシモンもこれに張りあおうとするが、その衝動をおさえる。ダビードの親といっても補佐的な立場なのだから、補佐的なギフトであるべきだ。ある骨董品店の奥部屋でぴったりの品が見つかる。ふたりが乗ってきた船にそっくりな船の模型で、煙突と、プロペラと、船長船橋《キャプテンズ・ブリッジ》が付いており、木彫りの小さな乗客たちが甲板の手すりにもたれたり、アッパーデッキを散歩したりしている。

エストレージャの旧市街の店を物色して歩くついでに、メルセデスが言っていた、アローヨの音楽哲学書を探してみるが、見つからない。どの本屋も聞いたことがないと言う。「アローヨさんの演奏会には何度か行きましたよ」と、店主のひとりは言う。「稀代のピアニストです。真のヴィルトゥオーソです。けど、本も書いていたとは知りませんでした。確かなんですか？」

パーティ前夜はいろいろ準備があるため、イネスがダビードをうまく言いくるめ、シモンの借り間に泊まらせる。

「小さい坊やでいるのも今夜が最後だ」と、シモンはダビードに言う。「あしたには、七歳になるんだからね。七歳といえば、もうお兄さんだ」

「7は高貴な数なんだよ」ダビードは言う。「高貴な数はぜんぶ知ってる。並べてみようか？」

「うん、今夜はやめておこう。数秘術では、〝高貴な数〟のほかにどんな分野を習ったんだい？分数は？　それとも分数は禁じ手かな？　あ、数秘術という言葉を知らない？　数秘術というのは、セニョール・アローヨがアカデミーで実践している学問のことだ。数秘学者というのは、数が人間から独立して存在していると信じる人々のこと。彼らはたとえ大洪水が起きて、生き物がみんな溺れてしまっても、数は生き残ると信じている」

「その洪水がすごく大きくて、空にとどくぐらいなら、数も溺れてしまうよ。そのあとには、なにも残らない。暗い星と暗い数字しかなくなるんだ」

「暗い星？　なんだい、それは？」

「明るい星と星の間にある星だよ。暗いから目には見えない」

「その暗い星というのは、きみが自分で見つけたんだろうね。わたしが知るかぎり、数秘術には暗い星とか暗い数字についての記述はないから。それに、数秘学者によると、どんなに洪水の水位が高くても、数が溺れることはあり得ない。なぜかといえば、数はそもそも息をしたり食べたり飲んだりしないからだ。たんに存在する。われわれ人間はどこかから来て、どこかへ行く。この人生からつぎの人生へと移るが、数は永遠に、いつまでも変わらないんだ。セニョール・アローヨのような人たちの本にはそう書かれている」

「新しい人生から元にもどる方法をあみだしたんだ。教えてあげようか？　すっごいやり方なんだ。木にロープを結んどくの。長い長いロープだよ。それを持ったままつぎの人生に行ったら、こんどは反対の端をべつな木に結ぶんだ。そうすれば、元の人生に帰りたいときには、ロープをつかんでいけば帰れる。ラレビントみたいに」

「ラベリント（迷路）だろう。うん、それは気の利いたアイデアだね。じつに独創的だ。残念なことに、難点がひとつだけある。それは、前の人生にもどろうとするきみがロープにつかまって海を渡っているあいだに、波をかぶって、すっかり記憶を洗い流されてしまうことさ。同様に、またこちら側にもどるころには、むこう側で見聞きしたことは忘れてしまっている。むこう側の世界には足も踏み入れたことがないみたいに。夢も見ずにずっと眠っていたように」

「どうしてそうなるの？」

「いま言ったように、忘却の水にひたされてしまうからだよ。ものを忘れさせる水だ」

「でも、どうして？　どうして忘れなきゃいけないの？」

「それがルールだからだ。つぎの人生からもどって、そこで見聞きしたことを話すことはできない」

「どうしてそれがルールなの?」

「たんにルールはルールだ。正当化される必要はない。そういうものなんだ。数と似ている。数が存在することに、〝なぜ〟は無いだろう? この世界はルールで成り立っている世界なんだ。世界は理由があって存在しているわけではない」

「どうして?」

「また聞き分けのないことを」

その後、ダビードがソファで寝入ってしまうと、シモンも天井裏でネズミが這いまわる音を聞きながらベッドに横たわり、さっきのような会話を、この子はのちのちどんなふうに思いだすだろうと考えた。シモンは自分を理論的でまともな人間だと思っているし、物事の成り立ちについて尋ねる幼子に、理論的でまともな教育を授けているつもりだ。とはいえ、自分の無味乾燥な教えのほうが、アカデミーの奇想天外なお話より子どもの魂のためになると言えるだろうか? ダビードの好きにさせ、アローヨとアリョーシャのもとで、数のダンスをやったり星々と交信したりして、大切な年月を過ごさせればいいではないか? 正気と理論性が訪れるまで自然にまかせていればいいではないか?

陸と陸をつなぐロープか。アローヨに一筆したためて知らせるべきか。「うちの息子は――アローヨさんならぼくの本当の名前を知っていると言うあの子です――、人々を救う方法を考えだしたそうです。こちらの岸辺からむこう岸にロープを架け、それを伝って海を渡ればいいと言うのです。新しい人生に向かうことも、かつての人生にもどることもできると。そんなロープの架け橋があれば、われわれの忘却も終わりを告げる。自分が何者であったか思いだし、めでたしです」

まじめにアローヨに一筆したためるべきだ。一筆どころか、今朝席を蹴って出てきてしまわなければ言ったはずのことを伝えるような、もっと長くて中身の濃い手紙を。いまこんなに眠くて、こんなに無気力でなければ、灯りをつけて書きだすのに。「ファン・セバスチャン先生　今朝の無礼な態度をお赦しください。わたしも辛い時を過ごしております。もちろんわたしの心の重荷など、あなたのそれに比べればはるかに軽いものですが。具体的にいうと、海を漂っている感じがするのです（陳腐な比喩ですが）。しっかりした陸地からどんどん遠くへ流されていく。どうしてそうなるのか？　あけすけな書き方をお赦しください。いくら頭をひねっても、数の存在がわたしには信じられないのです。高貴な数のことです。そういう高みにある数を、あなたも、ダビードをふくむアカデミー関係者もみんな信じているようですが。そういう数のことを、わたしはいっさい理解できない。これっぽっちも、徹頭徹尾、理解できない。あなたのように数への信心があれば、こういう困難の時の助けにもなる（と拝察します）が、わたしは信心がありませんから、ぴりぴりして苛立ちやすく、感情を爆発させがちです（その一例を今朝ごらんになったでしょう）。実際、周囲の人たちも辟易しだしていますが、自分でもうんざりです。

答えは、思ってもみないときに現われるだろう。いや、現われないかもしれぬ。そうおっしゃいましたね。わたしはパラドクスは嫌いなんです、ファン・セバスチャン。あなたはそうではないようですが。心の平穏を得るには、パラドクスをパラドクスのまま呑みこめということでしょうか？ついでにお訊きしますが、なぜおたくの教育を受けた子どもは、数を説明せよと言われると、数は説明できない、数は踊ることしかできないと答えるようになるのか、教えてもらえないでしょうか。アカデミーに入る前には、敷石と敷石の隙間に落ちて虚空へと消えていく自分を想像しておびえていたような子が、です。それがいまでは、ダンスをしながらなんのためらいもなく隙間を越えていく。**ダンスにはどんな魔力があるのです？**」

実際にやってみるべきだ。手紙を書くべきだ。とはいえ、あのファン・セバスチャンが返事をよこすだろうか？　どうも、夜中にわざわざ起きてきて、水中で溺れていないにせよもがいている人間にロープを放ってやるような類の人間には思えない。

眠りに落ちていくシモンの脳裏に、緑地でのサッカーの試合の図が甦ってくる。ダビードが頭をさげ、両の拳を握って、止めようのない力に突き動かされるように駆けて、駆けていく。なぜ、なぜ、なぜだ。こんなに生命力にあふれているのに――いまの人生の、今生の力に――なぜつぎの人生に興味などもつのだろう？

誕生パーティに真っ先に到着したのは、アパートの階下に住むふたりの兄弟だった。きちんとしたシャツと半ズボンをはかされ、髪をぺったりとなでつけられて、居心地がわるそうだ。カラフルな紙に包まれたプレゼントをそそくさとダビードに渡し、ダビードは片づけてあった片隅のスペースにそれを置く。「これ、ぜんぶぼくのプレゼントなんだよ」と、贈り物の山を指した。「みんなが帰るまで開けないんだ」

プレゼントの山には、農園の三姉妹から贈られたマリオネットと、シモンが贈った船の模型もボール紙の箱に入れられリボンをかけられて加わっていた。

ドアの呼び鈴が鳴る。ダビードがゲストを飛んで出迎えにいき、さらにプレゼントをもらう。飲み物を配る係はディエゴが買って出たので、シモンはすることが大してない。子どもたちはディエゴがダビードの父親だと思い、シモンのことは祖父か、もっと遠縁のだれかだと思っているのではないか。

パーティは順調に運ぶが、何人か来てくれたアカデミーの友人たちはアパートの子どもたちが騒がしいのに閉口し、彼らだけで固まって小声で話していた。イネスは髪の毛をおしゃれにウェーブさせ、白と黒のシックなワンピースを着て、どこから見ても男の子が自慢に思える母親になりきり、パーティの成り行きに満足そうにしている。

「すてきな服だね」シモンはそう話しかける。「似合っているよ」

「ありがとう」イネスは言う。「そろそろ誕生ケーキの時間ね。運んできてくれる？」

ということは、緑のマジパンの台に載ったばかでかいサッカーボールのケーキを運んでくる特典はシモンに与えられたようだ。ダビードが七本のろうそくを「ふーっ」とひと息に吹き消すと、愛情深く微笑む役割も。

「ブラボー！」イネスは言う。「さあ、願い事をしなくちゃ」

「願い事はもうしたよ」とダビードは言う。「ないしょなんだ。だれにも話さない」

「おれにもか？」と、ディエゴが言う。「この耳にだけ教えてくれよ？」と言って、なれなれしく耳を寄せる。

「やだ」と、ダビードは答える。

ケーキカットのときに、パーティに水を差すようなことが起きる。ナイフが入ると、チョコレートの部分が割れ、ケーキが不均等に二分割されてしまい、その片方が台からころがり落ちて崩れ、テーブルの上に載っていたレモネードのグラスを倒す。

ダビードは勝《か》ち鬨《どき》のような声をあげ、頭の上でナイフをふりかざす。「地震が起きたぞう！」

イネスがあわてて、散らばったケーキを拭きとる。「そのナイフ、気をつけて。だれか怪我させたらどうするの」

「ぼくの誕生日だもん。ぼくの好きにさせてよ」

電話が鳴る。奇術師からだ。到着が遅れます。あと四十五分か、一時間はかかると言う。イネスは腹立ちまぎれに受話器をガシャンと置く。「どういう仕事のしかたをしてるのよ！」と、声を荒らげる。

アパートの部屋は子どもたちであふれている。ディエゴが風船をねじって人形《ひとがた》を作り、大きな耳も二つつける。これを男の子たちは追いかけまわす。部屋から部屋へと、家具を倒しながら走りまわる。ボリバルが起きあがり、キッチンの寝床から姿をあらわす。子どもたちは怖がって後じさる。首輪をつかんで犬を抑えつける役目はシモンがやる羽目になる。

「ボリバルっていうんだ」ダビードが紹介する。「噛まないよ。噛むのは悪者だけ」

「なでてもいい？」女の子のひとりが訊く。

「いまは、仲良くする気分じゃなさそうだ」シモンが答える。「ふだん午後は眠っているからね。とても規則正しい生き物なんだ」そう言って、ボリバルを強引にキッチンにつれもどす。

ありがたいことに、ディエゴがとくに荒っぽい男の子たち――ダビードもそのひとり――を手なずけ、緑地へサッカーをやりにつれだしてくれる。シモンとイネスは後に残り、おとなしい子たちを相手にする。じきにサッカー組が飛んで帰ってきて、ケーキとビスケットの残りを食べつくす。

ドアにノックの音がする。開けると、あたふたして頬を上気させた小柄な奇術師が立っている。

山高帽をかぶり、燕尾服を着て、籐の籠をさげて。イネスは口をひらく隙もあたえず、「遅すぎ！」と怒鳴る。「お客をなんだと思ってるの？　帰って！　一ペニーも払わないからね！」

子どもたちが帰っていく。ダビードはハサミを手に、贈り物を開けにかかる。イネスとディエゴからの贈り物の包みをとく。「ギターだ！」

「ウクレレだよ」ディエゴが訂正する。「弾き方を書いた冊子も入ってるだろ」

少年はウクレレをつま弾き、調子っぱずれのコードを鳴らす。

「最初にチューニングしないとな」ディエゴが言う。「やって見せてやるよ」

「いまは、いい」ダビードは言い、つぎにシモンのプレゼントを開ける。「わっ、すごい！」と、声があがる。「公園に持っていって、池に浮かべてもいい？」

「それは模型なんだよ」シモンは答える。「ひっくり返らずに浮いていられるかな。まずは、バスタブで実験してみよう」

バスタブに水を入れる。船は転覆するようすもなく、楽し気に水面に浮いている。「すごい！」ダビードはまた言う。「ぼく、このプレゼントがいちばん」

「弾けるようになれば、ウクレレがいちばんになるさ」シモンは言う。「あのウクレレはただの模型じゃない、本物だ。本物の楽器だよ。イネスとディエゴにお礼は言ったのかい？」

「あのさ、ファン・パブロがね、アカデミーは弱虫が行く学校だって。アカデミーに通うのはめめしい男だけだって」

ファン・パブロがだれかはわかっている。アパートに住む男児たちのひとりで、ダビードより年上で体も大きい。

「ファン・パブロはアカデミーの門をくぐったこともないだろう。あそこがどんなことをやっているのか、わかってない。きみが弱虫だったら、ボリバルがいばらせておかないはずだろう？　来世はオオカミになるというボリバルが」

帰りかけたシモンをイネスがドアロで引き留め、なにか書類を手に押しつけてくる。「アカデミーからの手紙と、きのうの新聞よ。個人教授の生徒募集。ダビードの家庭教師を決めなきゃ。良さそうな人に印をつけておいたから。これ以上待っていられないでしょ」

イネスとシモンの連名宛の手紙はダンスアカデミーからではなく、歌唱アカデミーからのものだ。手紙によれば、応募者の水準がいつになく高かったため、残念ながらダビードは来期の籍を得られませんでした、とのこと。当校への入学をご志望いただき感謝します。

その手紙を手に、シモンは翌朝、ダンスアカデミーを再訪する。

食堂の椅子にむっつりと腰かけ、「セニョール・アローヨにわたしが来校したと伝えてくれ」と、アリョーシャに言いつける。「お話できるまで帰りませんと」

数分後、巨匠みずからがお出ましになる。「セニョール・シモン！　また来たんですか！」

「ええ、また来ました。お忙しいでしょうから、手短にお話ししますよ、セニョール・アローヨ。先日、ダビードが歌唱アカデミーに入学申込みをしたとお話ししましたが、結果は不合格でした。こうなると選択肢としては、公立校に通わせるか、家庭教師をつけるしかありません。

じつは、あなたにお話ししていないことがあります。本来お知らせしておくべきことです。パートナーのイネスとわたしはノビージャからこのエストレージャにやってきました。法の手を逃れてきたのです。悪事をはたらいたわけではなく、ノビージャの当局がダビードを親元から引き離し——

—その理由は詳述しませんが——施設に入れようとしたからです。わたしたちは拒みました。そのことでイネスとわたしは法律違反者のレッテルを貼られてしまったんです。

われわれはダビードをこの地に連れてきて、あなたのアカデミーに彼にとってのわが家を見つけました。でも、それはつかのまのわが家に終わってしまった。率直に申しましょう。ダビードを公立校に入学させたら、すぐに身元が割れてノビージャに送り返される危険性が十二分にあります。だから、公立校は避けるつもりです。国勢調査がひと月以内に迫っていますが、これもやっかいな問題です。ダビードの存在を調査員に気づかれないよう、あの子のあらゆる痕跡を消さなくてはならない」

「わたしも息子たちを隠すから、ダビードもそこに加わればよい。この建物には暗い隅がたくさんある」

「なぜあなたも息子さんたちを隠す必要があるんです?」

「あの子たちは前回の国勢調査で数に入っていない。それゆえ、社会番号を持っていない。それゆえ、彼らは存在していないのだ。幽霊なのだ。だが、儘《まま》よ。公立校は考えていないということだね」

「ええ。イネスは家庭教師を雇う案に傾いています。それは前にも試みたのですが、うまくいきませんでした。ダビードは我が強く、また我を通すことに慣れていまして。もう少し社会的な生き物になる必要があるんです。ほかの子どもたちと教室で机を並べ、尊敬できる教師の指導を受けるべきかと。

アカデミーの人手が足りないのは承知しています、セニョール・アローヨ。アカデミー再開の目途がたち、ダビードが復学できるのであれば、わたしも無償でお手伝いさせてください。雑用係であれば、わたしにもこなせます——掃き掃除や、洗濯、薪運びなどなど。寄宿生の面倒もみましょう。肉体労働は不得手ではないんですよ。ノビージャでは、荷役をやっていましたから。

わたしはダビードの父親ではないかもしれないが、後見人であり保護者でもある。残念ながら、ダビードはかつてわたしに抱いていた尊敬の念を失いつつあるようですが。ひとつには、いまのやりたい放題の環境のせいでしょう。わたしのことを、うるさくついてきては指を振り立てて注意してばかりいるじいさんだと嘲笑《あざわら》っているんです。でも、あなたのことは尊敬しているんですよ、セニョール・アローヨ。あなたと、亡くなった奥さんのことは。

あなたがアカデミーの門を再びひらけば、昔の生徒たちはもどってくるでしょう。それは間違いない。ダビードは真っ先にもどります。あなたの音楽哲学を理解しているふりはしませんが、あなたの保護下にいられるのがあの子にとっては良いことなんだと、それだけはわかります。

先生はどうお考えですか？」

セニョール・アローヨはじつに真剣なまなざしでシモンの話に聴きいり、それまで一度も遮ろうとしなかったが、とうとう口をひらいた。

「セニョール・シモン、率直にお話しいただいたから、わたしも率直に申しあげよう。息子さんに嘲られていると言うが、それは事実と違う。たしかに言うことを聞かないこともあるだろうが、ダビードはあなたを愛し、尊敬しています。たとえば、あなたが荷役をしていたときのことを、誇らしげに話してくれる。いちばん重い船荷を担いでいたとか。年下の同僚たちのだれより重い船荷を。ダビードが反感を抱いているのは、あなたは父親のようにふるまうわりに、あの子がどんな人間なのかわかっていないという点なのだ。このことは、あなたも気づいているだろう。先日話しあった」

「あの子は密かに反感を抱くだけでなく、それをわたしの面前に叩きつけてくるんです、セニョール・アローヨ」

「面前に叩きつけられれば、当然、腹が立つだろう。先日お会いしたときにも話したが、少し言い方を変えてみよう。なにがしか慰めになるかもしれん。

われわれは新しい土地に到着し、新たなアイデンティティを与えられたという経験を各自が持つ。本来の名前とは違う名前のもとで暮らしだした。しかしじきに慣れてしまう。この新しく作りだされた人生に。

だが、あなたの息子さんは例外だ。この新しい人生の虚偽性を並々ならぬ強烈さで感じている。忘れろという圧力にいまだ屈していない。彼がどんなことを記憶しているのかわからないが、そこには自分の本名と信じる名前もふくまれるだろう。その名前とは？　これまた、わたしには申しあげられない。あの子は決して明かそうとしない。明かそうにも明かせないのかもしれぬ。どちらなのかわからない。おおむね、あの子の秘密は秘密のままにしておくのが最善だろう。あなたも先日言っていたが、彼の呼び名がダビードでもトマースでも、66でも99でも、アルファでもオメガでも、われわれにとってなんの違いがあるだろう？　あの子の真の名が明かされたなら、この大地が足もとで揺れたり、星々が空から落ちてきたりするだろうか？　そんなことのあるわけがない。

ならば、心安らかにあれ。子に拒まれる父親は、あなたが最初でもないし、おそらく最後でもないのだ。

では、もう一つの件だ。アカデミーへの奉仕を申しでていただき、感謝申しあげる。わたしとしては、ありがたくお受けしたいところだ。じつは先妻の姉も親切にも助力を申しでてくれている。本人が話したかどうかわからないが、あの人は高名なダンス教師なのだ。もっとも、他校の先生だが。さらに、このアカデミーを再開したいというわたしの願いは、彼女だけでなく、他の方面からも力添えを受けている。こうしたことを諸々考えあわせるに、われわれの目下の苦境は乗り越えられるのではないかと思えてくる。しかしながら、決断までにもう少し時間をいただきたい」

話し合いはそこで終了する。シモンは暇を告げる。〝われわれの目下の苦境〟という言葉が、苦い後味を残す。アローヨは自分がどんな〝苦境〟にあるのかわかっているのだろうか？　アナ・マグダレーナに関する真相を、この夫にあとどれぐらい伏せておけるだろう？　暇をもてあますドミトリーは入院が長引くほど、彼に冷たくするくせに手放そうとしなかった巨匠の妻との関係をまわりに吹聴しだす可能性が高い。噂は野火のように広がるだろう。人々は陰でアローヨを嘲笑する。彼は悲劇の人物から、物笑いの種になりはてるのだ。いまではシモンも当然、忠告の仕方を心得ているから、噂が流れだしたら対処できるだろう。

それにしても、あの手紙！　罪を告発する書簡の数々！　とうに燃やしてしまうべきだった。**テ・クイエロ・アパシオナダメンテ（あなたを熱烈に愛している）**。ドミトリーの件に関わった自分を呪うのはもう何回目だろうか。

第十九章

こんなむしゃくしゃした気持ちのまま部屋に帰りついてみると、ドアの前に、ほかならぬドミトリーが大の字に寝ころがっている。病院の職員の制服姿でぐしょ濡れになりながらも――また雨が降りだしていた――にんまり笑って。

「やあ、シモン。ひどい天気じゃないか？　中に入れてくれます？」

「いいや、断る。どうやってここまで来た？　またダビードがいっしょか？」

「ダビードは無関係ですよ。付き添いなしで来ました。バスに乗って、歩いて。だれひとり、気に留めもしなかった。うう、ぶるぶる！　寒い。熱いお茶の一杯ももらえるなら、なんでもしますよ！」

「どういう用件だ、ドミトリー？」

ドミトリーはくすくす笑う。「そうとうびっくりしましたね？　その顔を見せてあげたいですな。幇助と教唆、なんて言葉が頭をよぎっているんでしょう。罪人を幇助し教唆する。ご心配なく。すぐに消えますから。それきりこの世で二度と会うことはないでしょう。頼みます、入れてください」

シモンはドアを開錠する。ドミトリーは部屋に入るなり、ベッドカバーをはいで、それを体に巻きつける。「少しはあったまる！　わたしの用件を知りたいんですな？　話しますから、よく聴いていただきたい。いまからほんの数時間して夜が明けるころには、わたしは北へ向かっている。そう、岩塩坑へ。そう決めた、これが最終決定です。わたしは自らを岩塩坑送りとし、そこでどうなるかなんてわかりゃしません。しょっちゅうこう言われましたがね。『ドミトリー、おまえみたいな熊野郎は、なにがあろうとくたばらない』と。かつてはそうだったかもしれないが、これからは違う。鞭打たれ、鎖でつながれ、パンと水だけの食事——がっくりと膝をつき、『もうたくさんだ！　わたしを始末してくれ！　とどめの一撃を！』と泣きつくまで、どれだけもつことやら。

この蒙昧の闇に閉ざされた町で、知的人物といえばふたりしかいない。シモン、あなたとセニョール・アローヨだが、わたしがアローヨの妻を殺したりなんだりした以上、彼のほうは問題外のようだ。となると、残るはあなたですよ。あなたとはこうしていまも話せる。わたしがしゃべりすぎだと思っているんでしょうな。ある意味、そうかもしれません。わたしはいささか鬱陶しいやつでしてね。とはいえ、わたしの目から見てみましょう。自分で話さなければ、自分のことを自分で説明しなければ、わたしはいったいどうなります？　雄牛といっしょですよ。だれでもない。サイコパスとは言えるかもしれない。たぶん。とはいえ、なにものでもない。ゼロだ。この世に居場所もない。こんなことは、あなたには理解できないでしょうな？　言葉に対してじつにしわい、それがあなただ。よくよく検めて重さを計ってからでないと口にしない。世の中にはいろんな人がいるものだ。

わたしはあの女を愛していたんですよ、シモン。初めて目にした瞬間、これがわたしのスターだ、運命の人だとわかった。わたしという存在のなかに、彼女にしか埋められない穴がぽっかりと空いたのだ。じつを言えば、わたしはまだ彼女を、アナ・マグダレーナを愛している。土に葬られようと、焼かれて灰になろうと。どっちだか、だれも教えてくれませんがね。だから、どうした？と、あなたは言うんでしょう。**人が恋に落ちるなど日常茶飯事だ**、と。いや、それはわたしの恋とは違う。あの人はわたしに手が届く相手じゃない。これは明白な事実です。あなたにわかりますか？ある女性のそばにいて、あらゆる意味で一緒になって――婉曲な言い方をしますがね――自分のいる場所も忘れ、時は止まったようになり、ひとつになって恍惚とするみたいなね、わたしはあの人の中に、あの人はわたしの中に入り、そんなふうに女性とともに過ごしていながら、頭のどこかでは、こんなことはなにか間違っていると気づいている、それがどんなことかわかりますか？いや、道徳的に間違っているというのではなく――わたしは道徳には深入りしない、独自の意見をもつタイプ、いわば道徳的独立派なのですが――はるか頭上の天空にある惑星の並びが乱れたみたいな、宇宙論的な意味で間違っていると感じ、みずから『だめだ、だめだ、だめだ』と言いつづける、それがどういうことかわかりますか？　いいや、わかるはずがないでしょう。それも仕方ない。わたしのこんな下手な説明ではね。

　さっき言ったように、アナ・マグダレーナはわたしに手が届く相手ではなかった。それで、とうとうあんなことになったのだ。このわたしがあそこで彼女とベッドをともにしていたことがおかしい。間違ったことだった。星々に対する、なにかに対する冒瀆ですよ。なんだかわかりませんが。ともあれ、そんな感覚をもったんです。はっきりしないが、いっこうに消えようとしない感覚。わかりますか？　うっすらとでも？」

「わたしはきみの感覚には、まったくもって関心がないんだ、ドミトリー。過去にせよ、現在にせよ。だから、そんなことはいっさい話さなくてけっこう。お勧めしない」

「そりゃ、勧めないでしょう！　わたしの権利ってものを、あなたほど尊重する人はいません。シモン、あなたには慎みがある。真に慎みある稀有な人々のひとりだ。でも、わたしとしては孤立したくないんだ！　人間らしくありたい。人間であるとは、言葉を発する動物であることだ。だから、こんなことをあなたにお話ししてるんです。いま一度人間にもどり、自分の胸から、このドミトリーの胸から、人間の声が出るのを聞けるように！　こんなこと、あなたに話せなければ、だれに話せます？　ほかにだれがいます？　だから、お話しさせてください。わたしたちは、あの人とわたしは、やっていたんですよ、愛を交わしていたんです。できるならどこでも、一時間でも、いや、一分でも二分でも三分でも時間が空けばいつでも。こういう話もあなたには率直に話せますよ。秘密がありませんから。あなたが読むはずのないあの手紙を読んでしまった以上。

　アナ・マグダレーナ。彼女をその目で見たあなたなら同意するはずだ、シモン。あの人が美貌の人であること、真の美貌をもつ本物であり、頭のてっぺんからつま先まで非の打ちどころがないことを。そんな美しい人をこの腕に抱けたなら誇りに思うべきだったが、そうはいかなかった。むしろ恥じていた。あの人に釣りあうのはもっとすばらしい相手で、わたしみたいに不細工で毛むくじゃらでもの知らずの男じゃない。あのひんやりした腕――大理石のように冷たいあの腕がわたしを抱きしめ、彼女のなかにわたしを導く――このわたし、わたしを！――そのさまを思っては、わたしは首を振る。その図はなにかおかしい、なにかが根本的に間違っているでしょう、シモン。まるで美女と野獣だ。だから、さっき〝宇宙論的に〟という言葉を使ったんだ。恒星だか惑星だかの列が乱れてごっちゃになってる。

あなたはこんな告白は『お勧めしない』と言う。その点は感謝しますよ、本当に。あなたはあなたで尊重してくれているんでしょう。それでも、アナ・マグダレーナの側からしたらこの件はどうなのか。そう考えているはずだ。だって、彼女にとってわたしが正味無価値な男であるなら——そうに違いないですがね——なんでまたわたしとベッドを共にしたりしたのか？　その答えは、シモン、**わたしにもさっぱりわからない**、です。わたしの千倍もりっぱな旦那さんがいながら、しかもその旦那さんに愛され、ちゃんと愛情をしめされ、少なくとも彼女はそう言っていましたが、そうでありながら、わたしになんの魅力を感じたのか？

あなたの頭には、きっと〝欲情〟という言葉が思いうかんでいるでしょう。わたしの差しだすものがなんであれ、アナ・マグダレーナはそれに欲情していたんだと。ところが、そうではないんだ！　欲情していたのはわたしのほうだけだ。彼女にあるのは、あくまで慈愛と優しさ、まるで女神が天から降臨し、命にかぎりある人間に不死の存在の味を分けてくれるかのようだった。そんな人は崇めて然るべきだった。実際に崇めていた、心から崇めていたのに、あの最後の日、すべてが狂ってしまった。だから、わたしは岩塩坑へ行くんです、シモン。みずからの忘恩ゆえに。恐るべき罪だ、忘恩というのは。数ある罪のなかで、たぶん最悪のものだろう。わたしの恩知らずは、どこから湧いてきたんだろう？　わからない。世に言われるように、人の心は暗い森だ。たえずアナ・マグダレーナに感謝していたのに、あるとき——ドカン！——いきなり恩を忘れてしまう。そんな感じだ。

なぜかって？　なぜ最後にあんな――あんな取り返しのつかないことを彼女にしたのか？　わたしは自分の頭を殴りながら、**なぜだ、なぜやった、このマヌケ野郎が！**と問う。しかし答えは出ない。だって、悔やんでいるんですよ、それは間違いない。彼女をいまいる場所から連れもどせるなら――土に掘った墓穴にいるのか、海の藻屑と消えたのかわからないが――たちどころにそうするだろう。彼女の前に這いつくばり、**どれだけ後悔したでしょう、マイ・エンジェル**（あ、ときどきそう呼んでいたんですよ、マイ・エンジェルって）、**もう二度とあんなことはしません、**と言うだろう。しかし後悔先に立たず。後悔も改悛も役に立たん。時は矢のように過ぎる。時間を止めてはおけない。巻きもどすことも。

こんなことは病院の連中には理解できませんよ。美、恩寵、感謝――やつらには閉じた書物みたいなもんです。わたしの頭のなかを覗きこんで、明かりで照らしたり、顕微鏡で見たり、望遠鏡で見たりして、混線箇所がないか、オフであるはずなのにオンになっているスイッチはないかと探すんです。**欠陥はわたしの頭じゃなくて魂にあるんだ！**と、いくら言っても、当然ながら無視されます。なんなら、飲み薬をよこしたりする。**はい、これを飲んで、効くかどうか見てみよう。**だから、わたしは言うんです。**薬なんかわたしには効かない。効くのは鞭だけだ！　鞭で打ってくれ！**

わたしに効くのは鞭だけなんですよ、シモン。鞭と岩塩坑です。以上でわたしの話を終わります。最後まで聞いてくれてありがとう。今後は口を固く閉じておくと約束しますよ。アナ・マグダレーナの神聖な名は、二度と口にしません。来る年も来る年も黙々と労働し、この国の善き民のために塩を掘りつづける。ある日、掘れなくなるまで。この心臓、忠実なる老熊の心臓がとうとうついえる。わたしが息を引きとろうというとき、恵み深いアナ・マグダレーナが降りてくる。あいかわらずひんやりとして美しく、指をわたしの唇にあてて、こう言う。**いらっしゃい、ドミトリー、来世で一緒になりましょう。来世では過去は赦され忘れられます。**そんなふうに思い描いてるんです」〝赦され忘れられ〟と言うところで、ドミトリーは声をつまらせる。目に涙が光っている。本意ならず、シモンは心動かされる。と、ドミトリーが我に返って、「用件というのは」と言う。「今夜、泊めてもらえませんか？　ここでひと晩寝て英気を養いたいんですが？　明日は長くてつらい一日になるでしょうから」

「朝には出ていくと約束するなら、もう二度と目の前にあらわれないと誓うなら、二度とだぞ、二度と、いいだろう、ここで寝ても」

「誓いますとも！　金輪際ね！　母の首にかけて！　ありがとう、シモン。じつに気風《きっぷ》のいい人だ。まさかあなたのような町いちばんの堅物で真人間が罪人を幇助し教唆することになるとは、だれが思ったろうね。もうひとつ、お願いしたい。服を貸してもらえませんか？　買いとりますと言いたいところだが、持ち合わせがない。病院でぜんぶ取られてしまったんで」

「服ならやるし、金もやろう。あんたを追っ払えるなら、なんでもくれてやる」

「申し訳ないぐらいの太っ腹だ。まったく。シモン、すまないことをした。じつはあなたの陰口を言っていたんですよ。つい口がすべって。気づいてなかったでしょ？」

「わたしはよく物笑いの種にされる。もう慣れっこだ。右から左に聞き流している」

「アナ・マグダレーナがあなたのこと、どう言っていたか知ってます？　あなたはりっぱな市民、理性的な人間のふりをしているけど、じつは迷える幼子のひとりにすぎないって。彼女の言葉、そのまんまです。自分がどこに暮らしてなにを欲しているのかわかっていない子どもだって。慧眼の女性だと思いませんか？　そこへいくと、あなたは――このドミトリーのことですよ――少なくとも、自分の欲しいものをわかっている。それだけは言えるでしょうって。そのとおり！　わたしはいつだって自分の欲しいものをわかっているし、彼女はわたしのそういう点を愛したんだ。女はね、自分で自分の欲しいものをわかっている男、まどろっこしいやり方をしない男が好きなんですよ。最後にひとつ、シモン。なにか食べ物はないですか、明日の長旅に備えられるようなものは？」「食器棚からなんでも持っていけ。わたしは散歩でもしてくる。新鮮な空気を吸いたい。しばらくもどらないから」

一時間ほどして帰ってみると、ドミトリーはシモンのベッドで眠っている。夜中には、この男のいびきで起こされる。シモンはソファから起きていって、その体を揺さぶる。「いびきをかいているぞ」と言うと、ドミトリーは大きく息をついて寝返りをうつ。すぐにまたいびきが始まる。

つぎに気づいたときには、木々の梢で鳥たちが鳴きはじめていた。身を切るように寒い。ドミトリーは部屋の中をぺたぺたとせわしなく歩きまわっている。「もう出かけないと」と、小声で言う。「なにかお金と服のことを言ってましたよね」

シモンは起きだして電灯をつけると、ドミトリーに渡すシャツとズボンを見つくろう。ふたりは同じような背丈だが、ドミトリーのほうが肩幅があり、胸板も厚く、腰回りも太い。シャツはボタンを留めるのがようやくだ。シモンは財布から百レアルをとりだして渡す。「わたしのコートを着ていけ。ドアを出たところに架けてある」

「このご恩は一生忘れません」ドミトリーは言う。「さて、わが運命と対峙しに出撃だ。坊やにお別れを伝えてください。わたしを探しにくるやつがいたら、ノビージャ行きの列車に乗ったと」そこで一度口をつぐむ。「シモン、わたしはひとりで病院を出てきたと言いましたよね。正確には、そうじゃない。いや、真っ赤な嘘だ。おたくの坊やが手を貸してくれたんです。どうやって？　電話をしたんですよ。〝ドミトリーは自由を求めて叫んでる。助けてもらえないか？〟って。一時間もすると、坊やがあらわれ、前回と同じように連れだしてくれたんです。やすやすと。だれにも気づかれなかった。気味が悪いぐらい。まるでわたしたちが見えないみたいだ。話は以上です。話そう話そうと思っていたんです。ふたりの関係に一点の曇りもなくなるようにね」

第二十章

クラウディアとイネスは〈モダス・モデルナス〉でのイベントを企画している。春物の新作を宣伝するためのファッションショーだ。〈モダス・モデルナス〉では、これまでショーを開催したことはない。女性ふたりが縫子たちの作業を監督し、モデルを雇い、広告の発注にかまけている間、ダビードの世話はディエゴに任されていた。ところが、ディエゴは務めをまっとうしていない。エストレージャに新たな友だちができて、その連中と出歩いてばかりいる。ときには外泊することもあり、夜が明けるころ帰ってきて、午まで寝ている。イネスがうるさく咎めても、まるで意に介さない。「おれは乳母じゃないんだよ。乳母がほしいなら雇えよ」と言う。

ダビードはこういうことを逐一、シモンに報告する。独りアパートで過ごすのに飽き、チラシ配りをするシモンの自転車に乗って地域をまわる。仕事も手伝う。少年のエネルギーは無尽蔵であるかのよう。家から家へと駆けまわり、郵便受けにビラ広告をつっこむ。驚きの世界を新たに切り拓くそれらのチラシには、暗闇で光るキーホルダーや、睡眠中に脂肪を溶かしてくれるワンダーベルトや、呼び鈴が鳴るたびに吠えるエレクトロドッグのほか、〝占星術師　セニョーラ・ビクトリク

ス　完全予約制〟とか、〝ランジェリーモデル　ブランディ　完全予約制〟とか、〝道化役者　ファーディ　あなたのつぎのパーティを盛りあげます〟とか、料理教室は言うにおよばず、瞑想教室、怒りのマネジメント教室、ピザ二枚を一枚のお値段で、などなどが掲載されている。

「これはどういう意味なの、シモン？」ダビードが安手のクラフト紙に印刷されたチラシを差しだして訊いてくる。

万物の尺度たる人間と、そこには書かれている（プロタゴラスの「人間は万物の尺度である」より）。**著名な学者ハビエル・モレノ博士によるレクチャー。生涯学習学院、木曜シリーズ、午後八時より。受講無料、寄附歓迎。**

「なんだろうな。土地調査に関するものかな。土地調査師というのは、土地を区画に分けて売買できるようにする人のことだ。きみが聴いても面白くないと思う」

「じゃあ、これは？」少年はまた尋ねる。

「ウォーキートーキー（トランシーバー）か。無線電話のばかげた呼び名だよ。持ち歩いて、遠くにいる友だちと話ができる」

「一つ買っていい？」

「二つ一組で使うんだ。一つはきみ、一つは友だちが持つ。十九レアル九十五か。おもちゃにしては高いな」

「でも、〝あとわずかです。お早めに、お早めに〟って書いてあるよ」

「気にするな。この世のウォーキートーキーがぜんぶ品切れになったりしないから、大丈夫」

少年はドミトリーのことをあれこれ知りたくてたまらない。「もう岩塩坑に着いたと思う？　そこでは本当にドミトリーをムチでぶつの？　ぼくたち、いつ会いにいける？」

シモンはできるだけ誠実に答える。岩塩坑のことなどなにも知らなくても。「囚人たちも毎日塩を掘ってばかりということは、きっとないだろう。娯楽の時間もあって、サッカーをやったり本を読んだりして過ごす。ドミトリーも落ち着いたら、わたしたちに手紙を書いて、新生活の近況を知らせてくれるよ。しばらくの辛抱だ」

もっと答えに窮するのが、ドミトリーが岩塩坑に行くことになった罪にまつわる質問だが、これが何度も繰り返される。「ドミトリーがアナ・マグダレーナの心臓を止めたときって、痛かったのかな？　アナはどうして真っ青になったの？　ぼくも死ぬとき真っ青になる？」しかし数ある質問のなかでも、いちばん答えに窮するのはこれだ。「ドミトリーはアナをどうして殺したの？　どうしてなの、シモン？」

シモンは少年に問われたことは、答えをはぐらかしたくない。答えずにいたら、心にわだかまるだろう。そこで、もっともわかりやすく、もっとも耐えやすいストーリーをでっちあげ、「ほんの一瞬、ドミトリーは正気を失ってしまったんだ」と言う。「ある種の人たちに起きることなんだよ。頭のなかのなにかがプツンと切れる。ドミトリーは頭がおかしくなり、狂気のなかで最愛の人を殺してしまった。直後に我に返り、狂気が去った後の彼は後悔でいっぱいになる。アナ・マグダレーナを必死で生き返らせようとするが、どうすればいいのかわからなかった。だから、正しいことをしようと決意した。罪を自白して、進んで罰を受けることにしたんだ。いまは、労働して罪を少しずつ償おうと岩塩坑に行っている。アナ・マグダレーナとセニョール・アローヨ、そして大好きな先生を失ったアカデミーの男子女子のみんなに対する罪だ。わたしたちは食べ物に塩をふるたびに、ドミトリーが罪を償う手助けをしているんだと思えばいい。そして将来、罪をすっかり償ったら、ドミトリーは岩塩坑からもどってきて、わたしたちと再会できるだろう」

「でも、アナ・マグダレーナとは会えない」

「そうだ、アナ・マグダレーナとは会えない。彼女と会うには、来世まで待たなくては」

「お医者さんたちはドミトリーに、おかしくならない頭を新しくあげようとしたんだったよね」

「そのとおりだ。ドミトリーが二度と狂わないようにしようとした。残念ながら、人の頭を取り換えるには時間がかかるが、ドミトリーは急いでいた。だから、医者たちが古い頭を治療するか、新しい頭をくれるかする前に、病院を抜けだしたんだ。早く罪を償い、借りを返したかった。自分の頭を治療するより、そのほうが重要だと感じたんだ」

「でも、いまでも古い頭がついてるなら、またおかしくなるかもしれないよね」

「ドミトリーを狂わせたのは恋心なんだ。岩塩坑には、彼が恋に落ちる女性はいない。だから、ドミトリーがまた狂ってしまう確率は非常に小さくなる」

「シモンは狂わないよね」

「ああ、大丈夫だ。わたしはそういう、狂うような頭はもっていないから。きみもそうだ。われわれにとって、どっちが幸福だろう」

「でも、ドン・キホーテはおかしくなったよ。狂うような頭をもっていたんだ」

「そういうことだろう。だが、ドン・キホーテとドミトリーは人間として、まったく種類が異なる。ドン・キホーテは善良な人だから、その風狂は彼を善行にみちびく。乙女たちをドラゴンから救うとかね。ドン・キホーテはきみの人生の善い手本となる人だよ。しかしドミトリーは違う。ドミトリーからは、善きことはなにも学べない」

「どうして？」

「ドミトリーは狂気とまったく無縁のときも、善き心をもつ善き人物ではないからね。初めは気さくで心の広い人に見えるが、それはきみを欺くための上辺《うわべ》にすぎない。アナ・マグダレーナを殺す衝動はどこからともなく湧いてきたと、彼が話すのを聞いたろう。そんなはずがない。どこからともなく湧いてきやしない。それは彼の心にずっと昔から潜んでいて、ヘビみたいに嚙みつく機会をうかがっていたんだ。

ドミトリーに関しては、きみやわたしが救ってやろうにも手立てがないんだよ、ダビード。彼自身が自分の心を覗きこみ、そこに見えるものを直視することを拒んでいるかぎり、あの男は変わりようがない。口では救われたいと言っているが、救われるには、自分で自分を救うしかないんだ。しかしドミトリーはあまりに怠惰で、いまの自分に満足しきっているから、それは叶わないだろうね。わかるかい？」

「じゃあ、アリは？」少年は訊く。「アリも悪い心をもってる？」

「アリは昆虫だろう。血も流れていないし、だから心臓もないんだよ」

「じゃあ、クマは？」

「クマは動物だから、心に善いも悪いもないんだ。ただの心臓だ。なぜアリとクマのことを訊くんだい？」

「お医者さんたち、クマの心臓を取って、ドミトリーに入れたらいいんじゃない」

「それは興味深い案だ。しかし残念ながら、クマの心臓を人間に入れる方法を、医者たちはまだ編みだしていないんだよ。それが開発されるまでは、ドミトリーは自分のした行為に責任をとらねばならない」

ダビードはどう解釈したらいいのかわからない表情を向けてくる。面白がっているのか？　嘲っているのか？

「なぜそんな顔で見るんだ？」

「だって」と、少年は言う。

そうして一日が終わる。ダビードをイネスのもとに帰し、また自分の部屋に帰りつくと、恐ろしい霧がまといついてくる。グラスに一杯ワインを注ぎ、またもう一杯。**救われるには、自分で自分を救うしかないんだ。**あの子はわたしに手引きを求めてくるが、口先だけの、害にしかならない戯言以外になにを与えてやれるだろう？　自恃《じじ》か。このわたしも自分に頼るしかないなら、どんな救済の望みをもてるというのだろう？　なにからの救済だろう？　無為か、あてのない人生か、頭部に銃弾を受けることか。

たんすの上から例の小さな箱をおろし、封筒を開けて、腕に猫を抱いた少女を眺める。二十年後、この自分の写真を選んで、恋人に渡すことになる少女だ。彼女の何通もの手紙を、シモンはまた最初から最後まで読みなおす。


ホアキンとダミアンは寄宿舎の女の子ふたりと最近仲良くしています。だから、今日は彼女たちもビーチに誘いました。海の水は凍えそうに冷たいのに、子どもたちはみんな水に飛びこんで、平気な顔をしています。わたしたちは幸せな家族で、同じように幸せな家族たちに囲まれていましたが、本当のわたしはそこにはいません。べつなところにいました。あなたとともに。日々刻々、心のなかであなたとともにあるように。フアン・セバスチャンもそれを察しています。彼が愛されていると実感できるよう、できることはなんでもしていますが、それでも、ふたりの間のなにかが変わってしまったことに、彼は気づいているのです。わたしのドミトリー、あなたがどんなに恋しいか、あなたを思ってどんなにふるえているか！　丸々十日間なんて！　そんな長い時間がいったい過ぎるものかしら？……

夜もベッドで目がさえて、あなたを思いながら、時をじっとやり過ごし、裸でふたたびあなたの腕に抱かれることに焦がれて……

あなたはテレパシーを信じますか？　断崖に立って海を遠く見晴らし、全身全霊であなたを思っていると、たしかにあなたの声が聞こえてくる瞬間が訪れました。あなたがわたしの名前を呼び、わたしが呼び返す。きのうの火曜日のことです。午前十時ぐらいだったでしょう。あなたにも同じことが起きましたか？　わたしの声が聞こえましたか？　わたしたち、場所を隔てても語りあえるのかしら？　そうだと言って！……

ダーリン、あなたに会いたい。熱烈《アパシオナダメンテ》に会いたい！　ようやくあと二日です！

シモンは手紙をたたみ、それぞれの封筒にもどす。ドミトリーが偽造したものだと思いたいが、そうではないだろう。手紙に書かれているとおり、恋する女性が書いた文だ。ドミトリーには近づくなと、つねづねダビードには言っている。人生のロールモデルがほしいなら、わたしを、シモンを見てくれ、と。模範的な義父であり、理性の人であり、鈍重な……。わたしでなければ、あの無害の風狂老人ドン・キホーテを見よ。だが、あの子が本当に学びを求めているなら、あんなに不相応で、あんなに理解不能な愛を吹きこめるあのドミトリー以上の教材はないのではないか？

第二十一章

イネスはハンドバッグから、くしゃくしゃになった手紙をとりだして、「これ、見せようと思っていたんだけど、忘れてた」と言う。

セニョール・シモンとセニョーラ・イネスに連名で宛てたその手紙は、ダンスアカデミーの公式便箋に書かれており、便箋にはアカデミーの校章である兜飾りが一筆書きで描かれ、ファン・セバスチャンの署名があり、高名な哲学者ハビエル・モレノ・グティエレス博士ご来校につき、美術館内で開催されるレセプションへご招待すると記されている。「案内板にしたがってウーゴ通り側の入口から二階へお上がりください」とある。ちょっとした軽食のご用意があります、と。

「それ、今日の夕方なのよ」イネスは言う。「わたしは行けない。手が空かないから。だいたいにして、あしたは国勢調査もあるのよね。ファッションショーの日取りを決めるとき、そのことすっかり忘れてて、あっと思ったときにはもう変更できなくて。もう告知を出しちゃってたから。ショーは明日の午後三時スタートなんだけど、六時までにはすべての商業施設は閉店して、従業員を帰さなくちゃいけないでしょ。どうやったらそんな業ができるのよ。とにかくレセプションにはあなたが行って。ダビードを連れて」

「れせぷしょんって、なあに？　コクセイチョーサって？」少年が尋ねる。

「国勢調査というのは、数をかぞえることだ」シモンが説明する。「あしたの夜、エストレージャにいる人たちをぜんぶ数えて、名簿を作るんだ。イネスとわたしはきみを調査官から隠すことにしたんだ。独りっきりにはならないよ。セニョール・アローヨも息子さんたちを隠すそうだから」

「どうして？」

「どうしてかというと、理由はいろいろある。セニョール・アローヨの場合は、人々に数字をふるとみんな蟻になってしまうという考えからだ。わたしたちの場合は、きみを当局の名簿に載せたくないという理由。つぎに、レセプションについてだが、レセプションというのは、大人のためのパーティだ。でも、きみも一緒に来ていい。食べ物もあるらしい。行ってみてつまらなければ、アリョーシャの動物園でも訪ねよう。もう長いこと行っていないだろう」

「もしコクセイチョーサで数えたら、その人たち、ぼくのことわかるようになる？」

「なるかもしれない、ならないかもしれない。危険は冒したくないんだ」

「でも、ぼくのこと、ずっと隠しておくの？」

「まさか。調査の間だけだよ。プンタ・アレーナスのあのひどい学校にきみを送りこむような理由を彼らに与えたくないんだ。学校に行く年齢を過ぎたら、安心して自分の好きなようにすればいい」

「そしたら、ヒゲをのばしてもいい？」

「ヒゲをはやそうと、名前を変えようと、きみがきみだとわからないようにするためなら、なにをしようとかまわない」

「でも、ぼくはぼくだとわかってほしいんだよ！」

「そんなふうに思っちゃいけない、少なくともいまは。危険を冒そうとするな、ダビード。その人のことが〝わかる〟〝わからない〟というのが、どういう意味かきみはわかっていないんだろう。しかし、その件はいまは議論しないでおこう。大きくなったら、自分の思いどおりの人間になって、思いどおりのことをすればいい。それまでは、イネスとわたしに言われたとおりにしてほしいんだよ」

シモンと少年はレセプションに遅れて到着する。来場者の多さに、シモンは驚く。高名な哲学博士にして今日の主賓はずいぶんと支持層が厚いようだ。

ふたりは三姉妹にあいさつをする。

「こないだ来校したときも講演を聞いたのよ」コンスエロが言う。「あれはいつだったかしら、バレンティーナ？」

「二年前だね」バレンティーナが答える。

「二年前ね」コンスエロが言う。「これがまあ、おもしろい人で。あら、こんばんは、ダビード。キスはしてくれないの？」

少年は姉妹の頬に、かわるがわる律儀にキスをする。

そこにアローヨもやってくる。グレイの絹のドレスに、目にも鮮やかな緋色のマンティーヤ（長いヘッドスカーフ）をかぶった義姉のメルセデスと、モレノ博士その人と連れだっている。モレノはずんぐりとした短軀の男で、ふさふさした髪をなびかせ、あばた面で、カエルみたいに横に広がった薄い唇をしていた。

「ハビエル、セニョーラ・コンスエロとご姉妹はご存じだろうが、セニョール・シモンを紹介させていただきたい。セニョール・シモンは独流の哲学者なのだ。こちらの優秀な坊やの父親でもある。坊やはダビード」

「ダビードって本当の名前じゃないんだ」少年は言う。

「ダビードは本当の名前ではない、その点をお伝えすべきだった」アローヨは言う。「しかしわれわれの間ではその名で通っている。シモン、ノビージャから来たうちの義理の姉とは、すでに顔を合わせたと思うが」

シモンがおじぎをすると、メルセデスはその返礼ににっこりしてくる。前回話したときより顔つきも柔らかくなった。猛々しいなかに凜々しさのある女性だ。亡くなった妹はどんな人だったのだろう。

「今回はどうしてエストレージャにいらしたんです、セニョール・モレノ?」シモンは会話のきっかけをつくろうとして訊く。

「飛びまわっているんでね、セニョール。仕事柄、あちこちに出向いて巡業の毎日だ。国じゅうのあちこちの〝学院〟で講演をする。しかし、じつをいえば、エストレージャにはわが旧友ファン・セバスチャンに会いにきたんだよ。彼とは付き合いが長い。昔はふたりして時計の修理屋をやっていた。同じカルテットで弾いていたこともある」

「ハビエルは第一級のバイオリニストだ」アローヨが言う。「まさに一流」

モレノは肩をすくめる。「かもしれないが、所詮アマチュアだ。いま言ったように、ふたりで店をやっていたんだが、フアン・セバスチャンのほうはそれに疑問を感じだした。で、長い話をはしょると、わたしらは店をたたんだ。彼はダンスアカデミーを立ちあげ、わたしはわたしの道を行くことになった。とはいえ、いまでも連絡はとりあっている。彼とは意見の合わないところもあるが、大まかにいえば、わたしらは共通した世界観をもっているんだ。そうでなければ、あんなに長いこと、一緒に事業などできるはずないじゃないか？」

そのときになって、チラシの記憶が甦ってくる。「ああ、土地調査の講座を開いているセニョール・モレノですね！　広告を見ましたよ。ダビードもわたしも」

「土地調査？」モレノは言う。

「地形測量というのか」

「『万物の尺度たる人間』というのが、今晩おこなう講演のタイトルだが」モレノは言う。「土地調査の話ではまったくない。メトロスと彼の知的遺産について話すつもりだ。タイトルを見ればわかると思ったんだが……」

「すみません。こちらの勘違いです。ご講演、楽しみにしています。しかし、わたしがチラシで見た講座名は『万物の尺度たる人間』で間違いありません。その広告をわたしが配布したので知っているんです。チラシ配りの仕事をしていまして。メトロスというのはだれです？」

モレノは答えかけたが、話に割りこもうとじりじりしていたカップルが話しかけてきた。「マエストロ・モレノ、また来てくださって感激です！　エストレージャにいると、まともな知的生活から切り離されている気がして。今回のご講演はこれしかないのですか？」

シモンはなんとなくその場を離れる。

「セニョール・アローヨはどうしてシモンを哲学者って言ったの？」ダビードが訊いてくる。

「一種の冗談だよ。セニョール・アローヨの流儀は、いまではきみもわかっているはずだ。あの人が哲学者と呼ぶのは、わたしが哲学者なんかじゃないからだ。なにか食べないか。長い夕べになりそうだ。レセプションの後に、まだモレノ先生の講演がある。きっときみも楽しめるだろう。お話を読むような感じじゃないかな。セニョール・モレノが演壇に立って、メトロスという人の話をしてくれるんだ。わたしは聞いたことがないが、重要な人物に違いない」

招待状に書かれていた〝ちょっとした軽食〟とは、大きなティーポット入りの紅茶（ホットというより生ぬるい）と、いくつかのプレートに並べられた小さなビスケットであることがわかった。ダビードはビスケットをひとつかじってみて、顔をしかめ、ペッと吐きだしてしまう。「まずーい！」シモンはなにも言わず、吐きだしたものを拭きとる。

「ジンジャーを入れすぎだね」メルセデスの声だ。音もなく近寄ってきていた。杖はどうしたかと思えば、まったく見当たらない。じつは杖がなくても、楽に動けるらしい。「けど、アリョーシャに言うんじゃないよ。彼を傷つけたくないだろう。アリョーシャとあの兄弟が午後いっぱいかけて焼いたんだ。おや、あんたが有名なダビードだね！　良いダンサーだと、兄弟から聞いているよ」

「ぼく、ぜんぶの数字を踊れるんだ」

「そう聞いているよ。数のダンス以外で、できる踊りはある？　人間のダンスはできる？」

「人間のダンスってなに？」

「あんたは人間じゃないの？　人間がするようなダンスはなにかできる？　喜びの舞いとか、好きな人と胸と胸をつけて踊るとか？」

「アナ・マグダレーナはそんなのは教えてくれなかった」

「わたしが教えてあげようか？」

「いいです」

「そうかい、人間のすることをできるようにならないと、ちゃんとした人間とは言えないねえ。ほかにはなにかしないの？　一緒に遊ぶ友だちはいるのかね？」

「サッカーをするよ」

「スポーツをするんだね。けど、ただ遊んだりしないの？　ホアキンが言ってたけど、あんた、学校ではほかの子たちと口をきかないんだって？　ただ命令を出して、あれをしろ、これをしろと言うだけで。本当なの？」

少年は答えない。

「なるほど、あんたみたいなのと人間らしい会話をするのは、たしかにたやすくないね、ダビード坊や。だれかべつな話し相手を見つけるとしよう」そう言うと、メルセデスはティーカップを手に離れていく。

「動物たちに挨拶しにいったらどうだい？」シモンはダビードに持ちかける。「アリョーシャのビスケットを持っておゆき。ウサギたちは食べるかもしれない」

シモンはモレノを囲む人々の輪にもどっていく。

「メトロス当人については、現在、なにもわかっていないんだ」モレノはそう語りかけている。

「彼の哲学についても似たり寄ったりの状況だ。記録となる文書をなにも残していないから。それでも、現代社会に大きな影をおとす知の巨人と言えよう。少なくとも、わたしはそう思っている。

言い伝えのひとつによれば、メトロスはこの宇宙には計測できないものは何一つないと言った――べつな伝承によれば、絶対的な計測というものはあり得ないとも言っている。つまり、計測とはつねに他の計測値との相対であると。哲学者たちはいまも、このふたつの命題が両立し得るのか議論している」

「先生はどちらだと思われるんです？」バレンティーナが尋ねる。

「わたしは両論の間にまたがっていてね。今夜の講演ではそのように解説しようと思ってる。その後は、わが友ファン・セバスチャンが応答する番だ。今夜はディベートの場を設定しているんだよ――そのほうが活気づくと思ったんでね。ファン・セバスチャンはこれまで、わたしのメトロスへの関心に対して批判的だった。彼はメトラ全般、すなわち、宇宙の万物は計測できるという考えには批判的なんだよ」

「いや、宇宙の万物を計測すべきだという考えを批判しているのだ」アローヨが口を挟む。「〝できる〟と〝すべき〟は違う」

「宇宙の万物を計測すべき、だったか――訂正、ありがとう。だから、わが友は時計屋から足を洗ったんだ。結局、時計とは時の流れにメトロン（メトラの単数形）を押しつけるものに他ならないだろう？」

「メトロンとは？」バレンティーナが訊く。「なんですか、それは？」

「メトロンとはまさにメトロスに由来する名詞だ。どんな計測の単位もメトロンとみなしうる。たとえば、グラム、メートル、あるいは分。メトラなしには、自然科学は成立しないだろう。天文学を例にとってみよう。天文学とは星に関わるものだと一般には言われているが、厳密にいうとそうではない。むしろ、星々のメトラに関するものなのだ。それらの質量、たがいの距離などなど。星そのものを数学の等式にあてはめることはできないが、それらのメトラに数学的な処理をほどこし、そこから宇宙の法則を解明することはできる」

ダビードがまた隣にあらわれ、シモンの腕を引っぱり、「ちょっと見にきてよ、シモン」と、ひそひそ声で言う。

「宇宙の法則ではなく、宇宙の数学的法則だろう」アローヨがまた訂正する。

「宇宙の数学的法則ね」モレノも言いなおす。

見た目はいたって冴えないモレノだが、話術にはたいした自信がみなぎっている。

「なんとも興味深い」バレンティーナが言う。

「ねえ、見にきてったら、シモン!」少年はまた小声で言う。

「ちょっと待って」シモンも囁きかえす。

「たしかに興味をそそりますね」と、コンスエロが姉に同調する。「けど、もう講演の時間が迫っていますから、学院に移動したほうがよろしいかと。ひとつ手短にお尋ねしますが、セニョール・アローヨ、アカデミーの再開はいつごろになりますか?」

「まだ日程は決まっていない」アローヨは答える。「いまお伝えできるのは、ダンス教師が見つかるまで、教えられるのは音楽のみということだ」

「てっきり、セニョーラ・メルセデスが新しいダンスの先生になるものとばかり」

「いやいや、そうではない。メルセデスはノビージャに生徒がいて、放りだすわけにはいかん。彼女がエストレージャに来たのは、甥っ子たち、つまりわたしの息子たちのようすを見るためで、ダンスを教えにきたのではない。ダンス教師は、まだこれから探すことになる」

「ダンス教師は、まだこれから探すことになるんですか」コンスエロが繰り返す。「わたくし、あのドミトリーという男のことは、新聞で読んだ以外に知りませんが――こう申してはなんですけど、採用する職員については、今後もっと慎重になられたほうがいいかと」

「ドミトリーはアカデミーが雇ったわけではないんですよ」シモンが言う。「階下の美術館の職員だったんです。採用する職員についてもっと慎重になるべきなのは、美術館のほうです」

「まさにこの建物に殺人鬼がいたなんて」コンスエロが言う。「考えただけで身震いがする」

「たしかに殺人鬼でした。その一方、人好きのするところもあった。アカデミーの子どもたちにはずいぶん慕われていました」そう言ったのは、ドミトリーではなくアローヨを擁護するためだ。音楽に没頭しすぎて、〝下男〟との致命的な関係を妻にゆるしてしまった男。「子どもというのは無邪気なものです。無邪気とは、ものごとを額面どおりに取るということ。にこにこ笑いかけてきて、おだてたり、菓子をくれたりする人には心をひらいてしまうんです」

ダビードが口を挟む。「ドミトリーはどうしようもなかったんだって。ゲキジョウにかられてアナ・マグダレーナを殺したんだって」

凍りついたような沈黙がおりる。モレノが顔をしかめて、見知らぬ少年の顔をじろじろ眺める。

「激情《パッション》なんて弁明にはなりませんね」コンスエロが言う。「そんなものは、だれだってときどき感じるけど、だからって人を殺したりしませんよ」

「ドミトリーは岩塩坑に行っちゃったんだ」ダビードがまた言う。「たくさんたくさん塩を掘って、アナ・マグダレーナを殺したおわびをするんだよ」

「だったら、うちの農園ではドミトリーの塩を決して使わないようにしなくちゃね？」コンスエロは険しい目で姉妹をちらりと見る。「どれぐらい塩を掘れば、人ひとりの命を贖えるんだろう？あなたのメトラさんに訊けばわかるかしら」

「メトロスだ」モレノは言う。

「失礼、メトロスさんね。シモン、学院まで車に乗せていきましょうか？」

「ありがとう。でも、大丈夫です。自転車で来ましたから」

人の輪が分散していくと、ダビードはシモンの手をとって引っぱり、暗い階段を降りて、美術館の裏手の柵に囲まれた小さな庭に連れていく。小雨が降りだしている。月明りを頼りに、少年は扉のかんぬきを開け、四つん這いになって動物の柵の中に入りこむ。はじかれたように、メンドリたちが騒ぎだす。ダビードは暴れる生き物を両腕に抱いて出てくる。子羊だ。

「見て、ヘレミアスだよ！　前はこんなに大きくて抱きあげられなかったのに、アリョーシャがミルクをあげるのを忘れるから、こんなに小さくなっちゃった！」

シモンは子ヒツジをなでてやる。子ヒツジはその指を吸おうとする。「この世の生き物は小さくなったりしないんだよ、ダビード。小さくなったとしたら、アリョーシャがミルクをやり忘れたからじゃない。この子がもとのヘレミアスではないんだろう。新しいヘレミアスが古いヘレミアスの場所に入ってきたんじゃないかな。古いヘレミアスは大きくなって、おとなの羊になったんだ。みんなが可愛がるのは幼いヘレミアスたちで、年とったヘレミアスたちではない。年とったヘレミアスを抱っこしたがる人はいないだろう。気の毒なことだが」

「古いヘレミアスはどこにいるの？　会える？」

「古いヘレミアスは牧草地にもどって、ほかのヒツジたちと一緒にいるんだろう。いつか時間があるときに、探しに出かけてみよう。でも、今夜は講演を聴きにいく予定がある」

ウーゴ通りに出ると、雨脚が強くなっている。シモンと少年がドアロで逡巡していると、しゃがれた低い声がする。「シモン！」マントか毛布をかぶった人影がぬっと目の前にあらわれ、手招きをする。ドミトリーか！　少年は飛びだしていき、腿のあたりに抱きつく。

「いったい全体、ここでなにをしているんだ、ドミトリー？」シモンは詰問調になる。

「シーッ！」ドミトリーは言い、大げさに声をひそめて、「いっしょにどこか行けませんかね？」

「どこにもいっしょには行かん」シモンは声を落とさずに答える。「ここでなにをしているんだ？」

ドミトリーはそれに答えず、シモンの腕をつかむと、ひとけのない通りのむこうへ無理に引っぱっていき――男の腕力にシモンはぎょっとする――煙草屋の軒下に入りこむ。

「逃げだしてきたの、ドミトリー？」少年は訊く。興奮しているらしく、月明りに瞳がきらめく。

「いかにも、わたしは逃げだしてきた」ドミトリーは言う。「務めは終えた。逃げだすしかなかった。ほかにどうしようもなかったから」

「ドミトリーのこと、ブラッドハウンドが捜してる？」

「この天気じゃ、ブラッドハウンドも活躍できないさ」ドミトリーが言う。「びしょ濡れで、鼻が利かない。きっと犬小屋にもどって、雨がやむのを待ってる」

「くだらん話をするな」シモンが言う。「われわれになんの用だ？」

「わたしらは話しあう必要があります、シモン。あなたはいつでも親切で、話せる人だといつも思ってきました。おたくへ行けませんか？　帰る家もなく、横になれる場所もないってどんなことか、あなたにはわからないでしょうな。このコートに見覚えはありませんか？　あなたがくれたものですよ。自分のコートをくれるなんて、えらく感激したなあ。犯した罪のために、八方から罵倒されているわたしに、あなたはコートや眠るベッドを与えてくれた。真に寛大な人でなければしないことでしょ」

「ベッドを与えたのはあんたを追っ払うためだ。まとわりつかないでくれ。われわれ、急いでいるんでね」

「急いでないよ！」少年が言う。「岩塩坑での話を聞かせてよ、ドミトリー。岩塩坑では、本当にムチでぶたれたの？」

「岩塩坑については話せることがたくさんある」ドミトリーは言う。「でも、それはちょっと待って。差し迫って考えなくてはならないことがある。改悛だ。それにはあなたの助けが要るんですよ、シモン。知ってのとおり、わたしはまだ悔い改めていない。いまこそ、悔い改めたいんです」

「そのために岩塩坑があるんだと思ったが。改悟の場として。そこにいるべきときに、こんなところでなにをしているんだ？」

「そんなに単純な話じゃないんですよ、シモン。すっかりご説明しますから。でも、それには時間がかかる。ここで濡れて凍えながら頭を寄せあっているしかないんですか？」

「あんたが濡れようが凍えようが、知ったことか。ダビードとわたしはつぎの予定があるんだ。先日会ったときには、進んで罰を受けるために岩塩坑に行くとか言っていたが、そもそも岩塩坑には行ったのか？　それとも、あれもホラか？」

「あなたのアパートを出たときには、間違いなく岩塩坑に行くつもりでした。わたしの心がそう告げていました。**男らしく罰を受けろ**、と。ところが、ほかのいろいろな要素が介在してきたんです。介在、いい言葉ですね。ほかのいろいろな要素が出てきた。ですから、ええ、実際には岩塩坑には行けておりませんでね、いまのところ。申し訳ないね、ダビード。がっかりしたろう。行くと言っていたのに、行かなかったんだから。

じつのところ、つくづく考えてきたんです、シモン。ここ何日かは、自分の宿命について考えこんで暗い日々でした。当然すべきことを結局受けいれる度胸がないんだと悟ったときは、ひどいショックでしたよ。男の沽券に関わります。わたしが男なら、真の男であるなら、岩塩坑に行っていますよ、それは間違いない。ところが、わたしは男じゃないと判明した。男として半人前だ。腰抜けだ。わたしが直面することになったのは、そういう事実でした。人殺しのところにもってきて腰抜けである。これは、動揺しても仕方ないでしょう？」

シモンはうんざりしきっている。「行こう、ダビード」と声をかけ、ドミトリーには、「いいか、警察に通報しておくからな」と警告する。

ダビードはむずかるかと思いきや、そんなことはなかった。振り向いてドミトリーを一瞥しただけで、シモンについてくる。

「目くそ鼻くそじゃねえか」ドミトリーは後ろから叫んでくる。「あんたがアナ・マグダレーナをどんな目で見ていたか知ってるぞ、シモン！　あんたもあの人に欲情してたんだろ。相手にされなかっただけで！」

雨のうちつける往来の真ん中で、疲れきってなおシモンは振り返り、ドミトリーの罵倒の嵐に向かいあう。

「行っちまえ！　大事な警察に通報しろよ！　おまえもおまえだ、ダビード。もっといいやつだと思ってた。本当だとも。へこたれない小さな兵士だと。だが、どうだ、やつらの言うなりになるばかりじゃないか——あの性悪な冷血女のイネスと、このチラシ配りの男の。こんなやつらが母親と父親をやってるから、しまいにおまえは影しか残らなくなっちまったんだ。行っちまえ！　最悪を尽くせ！」

シモンたちの沈黙から力をかき集めるように、ドミトリーは雨をしのいでいた軒下から出てくると、コートを帆のように頭上高く揚《あ》げながら、大股で通りを渡ってアカデミーにもどっていく。

「ドミトリーはどうするつもりかな、シモン？」少年が小声で訊く。「セニョール・アローヨを殺すのかな？」

「どうだろう。あの男は気がふれているんだよ。幸いなことにアカデミーにはだれもいない。もうみんな学院のほうに出払っているからね」

第二十二章

シモンが力の限りにペダルを漕ぎ、講演に遅れて到着する。ふたりは濡れたまま、なるべく音をたてないようにしながら、ホール後方の席に座る。

「謎につつまれた人物なんです、メトロスは」モレノが話している。「そして彼のギリシャ神話仲間であり火をもたらしたプロメテウスのように、伝説のなかだけの人物かもしれない。しかしメトロスの到来が人類史のターニングポイントとなったのは確かだ。その瞬間から、人間は世界を直観的に感知するそれまでの方法を、無思考で動物的なやり方をいっせいにやめた。その瞬間から、もののごとをそれ自体で知ろうという探究心は不毛のものとして捨て、メトラを通して世界を見るようになった。メトラの変動に視線を集中することで、新しい法則、天体さえもが従う法則を見いだすことができた。

同様にこの地上でも、計量学の精神にのっとり、われわれはおのれを計測し、人類はみな同等であると理解し、人間は則《のり》の下《もと》に等しくあるべしと結論づけた。奴隷制度も、王室制度もなくせ、特例はもうなしだ、と。

さて、計量の人メトロスは悪者なのでしょうか？　一部の批評家が言うように、メトロスとその後継者たちは現実というものを破棄し、そこに現実の影を据えた罪に問われるべきか？　メトロスが誕生しなかったほうが、人類は幸せだったのではないか？　しかし、静力学と動力学のメトラに学んだ建築家たちが設計し、技術者たちが建てたこのりっぱな学院を見まわしてみると、そういう立場は支持しがたい気がしてくるのです。

ご清聴、ありがとうございました」

講堂をほぼ満員にした聴衆から起きた拍手は、長く、大きく響きわたる。モレノは講演原稿をそろえると、演壇をおりる。アローヨがマイクを手にする。「ハビエル、メトロスと彼の言い伝えに関する刺激的でみごとな概説をありがとう。まさに計測の乱れ打ちたる国勢調査の前夜にふさわしい概説だった。

では、打ち合わせどおり、わたしから短い応答を。この応答の後、会場もふくめて討論に入ろう」

アローヨが合図を送る。すると、息子たちふたりが前列の席から立ちあがって、服を脱ぎ、ランニングシャツと短パンに金色のバレエシューズという出で立ちで、舞台の父親の脇に立つ。

「エストレージャの街では、わたしは音楽家でありダンスアカデミーの学長として知られている。当アカデミーでは、音楽とダンスの間に線引きはしていない。なぜか？　それは、音楽とダンスがひとつになった〝音楽舞〟こそが、世界を直観的にとらえる学院独自の方法と考えているからだ。人間的でかつ動物的なやり方、メトロスの到来以前の世界に広まっていたやり方だ。

当アカデミーでは、音楽とダンスの区別をしないように、心と体の区別もしない。メトロスの教えからは新たな精神科学がつくられたが、そこで生みだされた知識とは精神に関する新たな知識だった。旧来の感知力は、音楽舞のリズムに合わせて連動する体と心、すなわち〝体心〟から生まれた。そのような舞いのなかでは、古い記憶が表面化する。われわれが海を渡ってここまで旅してきたときに失われた古《いにしえ》の記憶と知だ。

アカデミーと名乗ってはいるが、賢者のつどう学校ではない。メンバーは子どもたちだ。彼らのなかでは、あの古の記憶、前の人生の記憶は、消え去るどころではない。そこで、このふたりの若者に登壇してもらった。わが息子、ホアキンとダミアン、アカデミーの生徒です。

メトロスの教えは数に基づいているが、数じたいはメトロスが考案したわけではない。数はメトロスが生まれる前から存在している。人類誕生前から。メトロスはそれを自分の理論体系に落としこみ、利用したにすぎない。わたしの亡き妻は生前、メトロスに支配されて、延々と結合したり、割れたり、倍増したりする数を〝蟻数《ぎすう》〟と呼んでいた。ダンスを通して、生徒たちを真の数に帰してやっていたのだ。永続する、目に見えない、数えられない数に。

わたしは音楽家で、おそらくみなさんも聞けばわかるとおり、討論は得意ではない。メトロス到来以前の世界がどのようなものであったかごらんにいれましょう。ここでわたしは口を閉じ、ホアキンとダミアンがいくつかダンスをご披露します。2のダンスと3のダンス。その後に、もっとむずかしい5のダンスを踊ります」

アローヨはまた合図をする。すると、ふたりの少年は対置の形で同時に、ステージの左右の側で2と3のダンスを踊りだす。ふたりが踊るのを見ていると、ドミトリーとの対面でシモンの胸にせきあげていた苛立ちが消えていく。リラックスして、ふたりの悠々と流れるような動きを楽しむことができる。アローヨのダンス哲学はいまもって不可解だが、いたっておぼろげながら、なぜ一方のダンスが2にふさわしく、もう一方が3にふさわしいのかわかってくる。同じくじつにおぼろげながら、アローヨの言う〝数を踊る〟とか〝数を呼びよせる〟とはどういうことか、わずかにわかる気がしてくる。

ふたりの踊り手は舞台の真ん中で、同時に同じ拍でダンスを終える。しばしそのまま動かずにいる。フルートで伴奏をしている父親からの合図を受け、ふたりはそろって5のダンスに入る。

どうしてアローヨが5のダンスをむずかしいと言ったのか、すぐにわかる。踊り手たちにもむずかしいが、観客にもむずかしい。2と3では、シモンは自分の体の中でなにか力――血潮というかなんというか――が少年たちの振りに合わせてうねるのを感じられた。5には、そんな感覚が湧いてこない。ダンスにはなんらかのパターンがある――というのは、ぼんやり理解できた――が、シモンの体はいたく鈍重、鈍感で、そのパターンを見つけて追っていくことはできない。

隣に座るダビードをちらっと見る。ダビードは顔をしかめている。声を出さず、口だけ動かしている。

「なにか問題でも？」シモンは小声で訊く。「ふたりは正しく踊れてないのかい？」

少年は苛立たしげに頭を反らせる。

5のダンスが終わる。アローヨの息子ふたりは並んで客席にむかって立つ。観客は面食らっているにせよ、礼儀にかなった拍手を送る。この瞬間、ダビードは席を跳んで立ち、通路を走りだす。仰天したシモンは立ちあがってあとを追うが、止めるのは間に合わず、少年はステージによじ登ってしまう。

「どうした、きみ?」アローヨが顔をしかめて尋ねる。

「ぼくの番だ」と、ダビードは答える。「7を踊る」

「いま、ここでは、だめだ。発表会ではない。もどって座りたまえ」

観客がざわつくなか、シモンもステージにあがる。「来なさい、ダビード。迷惑をかけるんじゃない」

少年は断固たる態度で、シモンの手を振りきる。「ぼくの番だってば!」

「よかろう」アローヨが言う。「7を踊りたまえ。踊り終わったら、席にもどって静かに座っていてもらう。いいね?」

無言のまま少年は靴を脱ぐ。ホアキンとダミアンは場所をゆずる。沈黙のなか、ダビードは踊りはじめる。アローヨは目を細めてじっと見入っているが、じきにフルートを唇にあてる。彼の吹くメロディーは正しく、精確で、狂いがない。しかしシモンにさえ、その場をリードしているのが踊り手のほうで、従っているのがこの巨匠であることは、聞けばわかる。埋もれた記憶のどこかから、〝恩寵の柱〟という語が浮上し、シモンは意外に思う。なぜなら、自分が抱いているこの子のイメージというと、エネルギーを丸めて固めたような、サッカー場での姿なのだ。しかし、いま学院のステージには、まさにアナ・マグダレーナの遺産が姿をあらわしている。まるで地球が重力を失ったように、少年は体の重みを捨てさり、純然たる光になったかのように見える。そのダンス理論はシモンにはさっぱり摑めないが、眼前に展開するものが並はずれたなにかであることはわかる。ホールを埋めた観客も静まりかえっているところを見ると、エストレージャの人々も同じように感じているのだろう。

数とは包括的で性別のないものだと、アナ・マグダレーナは言っていた。数たちがどのように愛しあい、交合するかは、人間には理解できないのだと。そのため、性が未分化の存在にしか天から呼び寄せることができない。なるほど、いま目の前で踊っているのは、子どもでも大人の男でもなく、男児でも女児でもない。肉体か精神か区別がつかないとすら言える。ダビードは恍惚として目を瞑り、口を開け、時も歩みを止めそうな優美さで、すべるようにステップを踏んでいく。息をするのも忘れて見入りながら、シモンは胸のうちでつぶやく。**これをよく覚えておけ！　将来、この子を疑いたくなったら思いだすんだ！**

7のダンスは始まりと同じように唐突に終わる。フルートの音もやむ。少年はわずかに息をはずませながら、アローヨと向かいあい、「11のダンスも踊ってほしい？」と訊く。

「いや、いまはいい」アローヨは上の空で答える。

ホールの後方から声があがり、会場に響きわたる。なんと言っているのか不明瞭だが——ブラボー？　スラボー？——声には聞き覚えがある。ドミトリーの声だ。気が滅入る。どこまでつきまとうつもりなのか？

アローヨが気をとりなおして、「では、ここで、メトロスと彼の遺産という講演の題目にもどろう」と、アナウンスする。「セニョール・モレノに質問のあるかたはおられますか？」

年配の紳士が立ちあがる。「子どもたちのおゆうぎ会が済んだところでお尋ねします、マエストロ。ふたつほど質問を。さきほど、われわれ人間はメトロスの後継者として、自分たちを測り、人類はみな同等であると理解したとおっしゃいました。同等であるからには、則に照らして等しくあるべし、と。何人《なんぴと》も則の下《もと》にあるべし。今後は、王さまもスーパーマンもない、特例はないのだ、と。しかし――ここで一番目の質問ですが――法の支配のもとで例外を認めないというのは、本当に良いことでしょうか？　法を例外なく適用するなら、情けの入る余地はなくなってしまいませんか？」

モレノが進みでて演壇にあがり、「すばらしい質問、深遠な質問です」と応じる。「法の下に、情けの入る余地はあるべきか？　われわれの立法者たちがこれまで出してきた答えは、そう、情けの入る余地があるべきというものです。もっと特定の用語でいうと、情状酌量。**ただし、そうする価値がある場合のみです。**罪人は社会に対して負債、恩義がある。その罪が赦されるには、改悛という苦行を経ねばならない。そうしてこそ、量刑の至高性が保たれるんです。罪人が改悛したと言っても、その実態をいわば計量してから、それ相応の重みを判決から差し引くべきだ。二番目の質問があるんでしたね」

質問者は周囲をちらっと見てから、「では、手短に。お話のなかにお金のことは出てきませんでしたが、普遍的な価値尺度からすると、金というのはメトロスの遺産の最たるものかと。金がなくては、人間はどうなってしまうでしょう？」

モレノが答えるより前に、シモンのコートを着て頭は無帽のドミトリーが通路を駆けだし、道々「もうたくさんだ、たくさんだ、たくさんだ！」とわめきながら、ひらりとステージに登ってしまう。

「ファン・セバスチャン」ドミトリーは大声で呼びかける。マイクは必要ない。「お赦しを乞いに、ここに参りました」と言ってから、聴衆のほうに向きなおり、「そうとも、わたしはこの人の赦しを乞いにきたんだ。わかってる、あなたがたはべつなことで頭がいっぱいなんだろう、もっと重要なことで。だが、わたしはドミトリーだ。のけ者のドミトリーだ。ドミトリーには恥も外聞もない。恥など通り越しているんだ、ほかいろいろなことと同じく」そう言うと、またアローヨのほうを向き、「聞いてください、ファン・セバスチャン」と、間髪入れずにつづける。まるで、前々から練習してきたスピーチのように。「わたしは最近、暗い日々を過ごしてきました。一度はみずからに手をかけることも考えました。なぜか？　なぜなら、わたしは気づいてしまった――苦しい気づきでした――からです。罪の重荷がこの肩からおりるまで、自由にはなれないということに」

アローヨは動揺しているとしても、そんなようすはみじんも見せない。肩をいからせてドミトリーと対峙している。

「わたしはどこに安らぎを求めたらいいのか？」ドミトリーは問う。「法に？　いま、その人が法について話したのを聞いたでしょう。法というのは、人の魂の状態までは計測しない。法がやるのは、方程式を立てて、その罪に判決をあてはめるだけです。アナ・マグダレーナ、命をあんなふうに断ち切られたあなたの奥さんの例をとってみましょう。あの人の姿を目にしたこともないだれかに、赤の他人に、緋色の長衣を着てこんなことを言う権利がなぜあると言うんでしょう？　**被害者の命にふさわしい量刑として、終身刑に処す**、とか、**岩塩坑で二十五年の労働を科す**、などと。ばかげている！　この世には、測れない罪もあるというのに！　尺度からはずれているんだ！

それに、岩塩坑で二十五年の刑期を過ごしたからといって、なにを達成できると言うんです？　肉体の責め苦、それだけでしょう。肉体の責め苦さえ受ければ、プラスマイナスで相殺されるみたいに、精神の責め苦は帳消しになるんでしょうか？　いいや、精神の苦しみは猛りつづけます」

だしぬけに、ドミトリーはアローヨの前にひざまずく。

「わたしは罪深い人間です、ファン・セバスチャン。あなたも、わたしも、そのことはよくわかっている。善人ぶったこともない。わたしは罪深いゆえに、あなたの赦しを大いに必要としています。あなたの赦しが得られて初めて癒されるんです。その手をわたしの頭にのせ、ドミトリー、おまえ**はわたしに酷い悪事を働いたが、わたしはおまえを赦そう**、と言ってください」

アローヨは押し黙り、苦り切った表情のままだ。

「わたしのしたことは悪事です、ファン・セバスチャン。それを否定しないし、忘れてほしいとも言いません。ドミトリーは悪いことを、酷いことをしたと、いつまでも忘れずにいましょう。しかしだからといって、わたしが世間に断罪された後、忘却の闇にはじきだされていいことには決してなりません。わたしにも少しは情けがかけられてもいいはずです。だれか、ドミトリーか？　ドミ**トリーなら覚えてるよ。悪いことはしたが、根は悪いやつじゃなかったよ、ドミトリーじいさんは、**と言ってくれる人がいてもいいはずだ。それだけで、わたしは報われます——救いの水を一滴落としてくれるだけで。罪を赦免してくれと言うのではない、ただわたしを一個の人間と認めて、**やつはいまも町の人間だ、わたしたちの仲間だ**、と言ってくれればいい」

会場の後方がざわつきだす。制服警官がふたり、ステージに向かって決然と通路を歩んでくる。

ドミトリーは両手を頭上にあげた体勢で立ちあがり、「なるほど、これがあんたの答えか」と、怒鳴る。「**やつを連行して閉じ込めろ、この厄介者を**、と。責任者はだれだ？　警察を呼んだのは？　どこにこそこそ隠れてやがる、シモン？　顔を見せろや！　これだけの辛酸をなめてきたわたしが、監獄の独房なんか怖がると思うのか？　わたしが自分で手をくだすのに等しいことなど、あんたにはなにも出来ないぞ。あんたの目にはわたしが幸せそうに映るのか？　そんなことはない。

苦しみのどん底に沈む男に見えるだろう。実際、昼も夜もそこにいるんだからな。そんな苦しみの深い井戸からわたしを引きあげられるのは、あなたしかいないんだ、ファン・セバスチャン。わたしが悪いことをした相手はあなたなんだから」

警官たちは舞台の袂《たもと》で立ち止まっていた。ふたりとも若く、まだ少年のようで、ライトに照らされて、急に頼りなげに見える。

「わたしはあなたに悪いことをしました、ファン・セバスチャン。甚だしく悪いことを。なぜあんなことをしたのか？　まるでわからない。理由がわからないどころか、自分のしたことが未だに信じられない始末だ。事実なのに。まったき事実なのに。間違いない。しかし理解しがたい――外側からも、内側からも、理解しがたい。この事実がまっすぐにわたしの顔を見つめていなければ、裁判官の言うことに同調して――法廷の裁判長を覚えてますかな？――覚えているわけがありませんね。あなたは傍聴にきていないんだから――わたしはこう言ってしまいそうになりますよ。**あれをやったのはわたしじゃありません。ほかのだれかです**、と。でも、それは事実に反する。統合失調症だか、破瓜《はか》病だか、彼らのいう病気じゃあるまいし。わたしは現実から乖離《かいり》してはいない。地に足がついているし、これまでもずっとそうでした。いいえ、わたしです、わたしがやったんです。ミステリにならないミステリです。謎でもなんでもないミステリです。どうやったらわたしが犯人だなんてことになるんでしょう。数多の人間がいるなかで、なぜわたしが？　この問いへの答えを教えてくれませんか、ファン・セバスチャン？　だれか助けてくれないか？」

むろん、この男はどこまでも、どこまでも、インチキなのだ。悔恨などというのも当然、猿芝居であり、岩塩坑行きを逃れるための企みの一環だろう。それでも、この男が――毎日、広場の売店に寄って、子どもたちのためにポケット一杯の飴玉を買いこんでいたこの男が、その両手でアナ・マグダレーナのアラバスターのような喉元を締め、命を握りつぶすさまを思い描こうとすると、シモンの想像力はついえてしまう。ついえるというか、ひるむ。この男がやったことは本物のミステリではないかもしれないが、ミステリには違いない。

ステージの後方から少年の声が響く。「どうしてぼくに訊かないの？　ドミトリーはいつもほかの人に訊いてばっかりで、ぼくにはぜんぜん訊かないんだ！」

「おっしゃるとおり」ドミトリーは言う。「しまったな。きみにも尋ねるべきだった。教えてくれないか、わたしの可愛いジュニア・ダンサー、わたしはわたしをどう処理すればいいんだ？」

ふたりの若い警官は意を決し、ステージにあがろうとする。とたんにアローヨがぶっきらぼうに手を振って追い払う。

「そうじゃない！」少年は叫ぶ。「まじめに訊かなきゃだめだよ！」

「わかった」ドミトリーは言う。「まじめに訊こう」と言って、またひざまずき、両手を組んで表情をやわらげる。「ダビード、教えてくれ――いや、いやだめだ。わたしにはそんなこと訊けない。きみはまだ幼すぎるよ、坊や。愛だの死だのそういうことを理解するには、大人にならないと……」

「いつもそう言うんだ。シモンもいつもそう言う――**きみにはまだ理解できない。幼すぎる**って。ぼく、理解できるよ！　ぼくに訊いてよ、ドミトリー！　訊いて！」

ドミトリーは目を閉じ、無表情のまま、組んだ両手をひらいては組みなおす動作を入念に繰り返す。

「ドミトリー、ぼくに訊いてってば！」少年の声はもう金切り声になっている。

客席も騒然となっている。席を立って出ていく人々も。シモンは前列に座っているメルセデスの視線をとらえる。なにかジェスチャーをしてよこすが、どういう意味かわからない。その横に座る三姉妹は石のように硬い表情をしている。

シモンは警官たちに合図を送る。「そのへんでもういいだろう、ドミトリー、見世物は。もう去り時だ」

警官のひとりがドミトリーを押さえこみ、もうひとりが手錠をかける。

「だったら」ドミトリーはふだんの声にもどっている。「また異常者の病院に逆戻りか。わが孤独の房に。シモン、どうして坊やに話してやらないんだ、心の奥で思っていることを？　ダビード、きみの父だか、叔父だか、本人がなんと名乗るのか知らないが、この人はわたしが喉を掻き切って、血が流れでることを、心ひそかに願っているんだよ。そうすれば、検死でもやって、例の悲劇は犯人が精神のバランスを崩したゆえに起きたものだと結論し、ドミトリーの件はそれで一巻の終わりとなるから。彼のファイルは閉じられる。どうかな、言っておくが、わたしは自分に手をかけるつもりはない。生きつづけ、あなたにまといつきますよ、ファン・セバスチャン、あなたが赦してくれるまで」手錠をかけられた両手を頭上にあげた無理な姿勢で、いま一度ひれ伏そうとする。「赦してください、ファン・セバスチャン。どうか！」

「連れてってくれ」シモンが言う。

「やめて！」少年が叫ぶ。顔は紅潮し、息が速くなっている。ダビードは片手をあげ、ドラマチックに指さす。「あの人を連れもどせよ、ドミトリー！　**連れもどして！**」

ドミトリーはなんとか半身を起こして座る格好になると、無精ヒゲの生えた顎をさする。「だれを連れもどすって、ダビード坊や？」

「わかってるくせに！　アナ・マグダレーナを連れもどせ！」

ドミトリーはため息をつく。「そうできたらいいが、坊や。そうできたら。信じてくれ、アナ・マグダレーナが突然、目の前にあらわれでもしたら、わたしはこうべを垂れ、あの人の足を歓喜の涙で洗うだろう。けど、あの人はもどってこない。逝ってしまった。あの人は過去に属する人となり、過去とはどこまで行ってもわたしたちの後ろにある。それが自然の法則だよ。星々でさえ、時の流れに逆らって泳ぐことはできない」

そうしてドミトリーが弁舌をふるう間、少年はずっと片手を高く掲げたままでいる。まるで、そうしないと統率力を保てないかのように。しかしシモンの目にも、おそらくドミトリーの目にも明らかだったが、ダビードは震えている。涙が目にあふれてくる。

「もう行く時間だ」ドミトリーが言う。警官たちが手を貸すと、おとなしく立ちあがる。「また医者どものところへ逆戻りだ。**なぜあんなことをしたんだ、ドミトリー？　なぜ？　なぜ？　なぜ？**しかしおそらく〝理由〟なんてないんです。おそらく、どうしてニワトリはニワトリなんだとか、どうして天空にはでっかい巨大な穴ではなく宇宙があるんだと問うようなものだ。万物はあるがままにある。泣くんじゃない、坊や。じっとこらえて、つぎの生まで待つんだ。そこでアナ・マグダレーナに再会できる。それを忘れるんじゃないぞ」

「ぼく、泣いてないよ」少年は言う。

「泣いてるじゃないか。思いきり泣くのはいけないことじゃない。システム内の掃除になる」

第二十三章

国勢調査の日の夜が明ける。〈モダス・モデルナス〉のファッションショーの日でもある。目覚めた少年は物憂げで、ふきげんそうで、食欲がない。ひょっとして具合でもわるいのか？　シモンはひたいを触ってみるが、ひんやりしている。

「ゆうべ、７を見た？」少年は強い口調で訊く。

「見たとも。目をそらせなかった。みごとなダンスだったよ。だれもがそう思ったはずだ」

「けど、７は見えた？」

「数字の７のことを言っているのかい？　いや、数字は見えないね。わたしの能力不足だよ。目の前にあるものしか見えないんだ。それはきみも知っているだろう」

「今日はなにをするの？」

「ゆうべは大騒ぎだったからね、今日一日は静かに過ごしたらどうだい。イネスのファッションショーを覗いてみてもいいだろうが、男性はあまり歓迎されない気もする。よかったら、むこうのアパートからボリバルを連れてきて、散歩にいこう。六時までに帰ればいい。門限だからね」

また「なぜ?」を連発されるかと身構えたが、少年は国勢調査にも門限にも関心はしめさない。「ドミトリーはいまどこにいるの?」という質問も出ない。あれがドミトリーの姿の見納めになるだろうか? ドミトリーを忘れていく過程が始まってくれるのか? そうでありますように、とシモンは祈る。

実際、国勢調査官たちがドアをノックしてきたのは、真夜中近くだ。半分眠りかけ、毛布にくるまれてむずかっているダビードを、シモンは抱きあげ、戸棚にすっぽりとしまいこむ。「音をたてないこと。いいか、大事なことだ。ひとつも音をたてない」

国勢調査官たちは若い二人組で、夜遅い訪問を詫びる。「街のこのあたりは土地勘がなくて」女性の調査官が言う。「道や小路が入り組んでいて、まるで迷路ですね!」シモンはお茶を勧めるが、時間がないとのこと。「この後も、まだ調査リストが延々とつづくんです。夜通しかかりそうですよ」

調査じたいはあっという間に終了する。用紙にはシモンがすでに以下のように記入してあった。家族の構成人数:1名。結婚の有無:独身。

調査官が帰ると、シモンは閉じこめていた少年を出してやり、すやすや眠った状態の子をベッドにもどす。

翌朝、ふたりはイネスのアパートへのんびり歩いていく。イネスはディエゴとともに朝食の席についている。あいかわらず明朗快活、ファッションショーの仕儀についてぺらぺらおしゃべりをつづける。ショーは——みんな言ってるけど——大成功だったという。エストレージャじゅうの女性が春物の新作を見ようとつめかけた。深く刳ったネックライン、ハイウエスト、黒と白を基調にしたシンプルな装いは、街中の人気をさらった。先行販売は見積りを大きく上回る売れ行きだったとか。

少年はぼんやりした目で話を聞いている。

「ミルクを飲みなさいよ」イネスは言う。「ミルクを飲むと骨が丈夫になるのよ」

「シモン、ぼくを戸棚に閉じこめたんだよ」ダビードは言う。「息ができなかった」

「国勢調査官たちがいる間だけだろう」シモンは言う。「やさしい人たちだった。とてもていねいで。ダビードは小ネズミみたいに静かにしていたよ。調査官たちが目にしたのは、うとうとしているところを起こされた侘しい独り身の老人だけだ。ものの五分で終了した。人はたった五分で窒息死したりしない」

「こっちも同じ」イネスが言う。「来て帰るまで五分。質問もなし」

「ということは、ダビードは見えないままだな」シモンが言う。「おめでとう、ダビード。今回も逃げおおせたようだね」

「つぎの調査までだけど」と、ディエゴが口を出す。

「つぎの調査までだが」シモンも認める。

「何百万人も数えるんだろ」ディエゴが言う。「一人数えそこなったからって、問題あるか？」

「まったくだ、問題あるか」シモンも繰り返す。

「ぼく、本当に見えないの？」少年が尋ねる。

「きみには名前も、番号もないんだ。それだけで、見えなくなれるんだよ。だが、心配しないで。わたしたちにはちゃんと見えているから。こうして顔に目がついている人間なら、だれにでも見える」

「心配なんかしてないよ」少年は言う。

玄関の呼び鈴が鳴る。出てみると、手紙を一通たずさえた郵便配達の若者が立っており、自転車を長く漕いできたせいで、顔を真っ赤にほてらせている。イネスは中に招じ入れ、水を一杯差しだす。


手紙はイネスとシモンの連名宛てで、差出人は三姉妹の末娘アルマだ。イネスが読みあげる。

「ゆうべ学院から帰宅後、姉たちと夜遅くまで話しあいました。もちろん、ドミトリーのあんな乱入はだれにも予測できなかったでしょう。とはいえ、わたしたちは会の運営じたいを憂いています。そもそもの責任は子どもたちを舞台上にあげたセニョール・アローヨにあると思うからです。氏の判断力は褒められたものではありません。

姉たちもわたしもセニョール・アローヨには音楽家として多大な敬意をいまもって抱いていますが、あのアカデミーと彼がまわりに集めたお仲間とは距離をおく頃合いだと感じています。よって、ダビードがアカデミーに復学することがあっても、今後、学費の援助はしないことを、ここにお知らせいたします」

イネスはそこで読み上げを中断する。「なんなのよ、これ？　学院でゆうべなにがあったの？」

「話せば長い話なんだ。レセプションの主賓であるセニョール・モレノが学院で講演をおこない、わたしもダビードも聴講した。講演後、アローヨが自分の息子たちを舞台にあげ、アカデミー流のダンスを披露させた。ある種、講演への芸術的応答の意味があったのだが、統制がとれなくなり、会場中がたいへんな混乱に陥った。そのときの詳細は別途話そう」

「ドミトリーが来たんだよ」少年が言う。「シモンに怒鳴ったの。みんなにも怒鳴ってた」

「またドミトリー！」イネスが憤慨する。「あの男、永遠に追っ払えないの？」と言って、手紙にまた目をもどす。

「わたしたちはなにしろ、子どものいない行かず後家ですから」と、アルマはつづけていた。「姉もわたしも子育てについてアドバイスする資格はないかもしれません。それでも、わたしたちからすると、ダビードは過度に甘やかされている気がします。生まれついての癇《かん》の強さをときに引き締めてやったほうが、彼のためになると思います。

わたし個人の意見を追記させてください。ダビードは稀に見る子どもです。この先二度と会わなくても、思いだせば愛おしさが湧いてくるでしょう。あの子によろしく伝えてください。彼のダンスを楽しんだと。

御許《みもと》に。アルマより」

イネスは手紙をたたむと、ジャム瓶の下につっこむ。

「どういう意味なの、ぼくが〝カドに甘やかされている〟って？」少年が問いただす。

「いいから」イネスが言う。

「あの人たち、マリオネットを取り返しにくる？」

「まさか。あれはもらったものでしょ」

長い沈黙がある。

「さて、どうするか？」シモンが言う。

「家庭教師を探しましょ」イネスが言う。「わたしは最初からそう言ってるけど。ちゃんとした経験のある先生。つまらないことを言ったら容赦しない先生を」

その日、アカデミーの扉を開けたのはアリョーシャではなく、メルセデスだ。また杖を使用している。

「こんにちは」シモンは言う。「恐れ入りますが、新しい手伝いが出勤してきたと、マエストロに伝えていただけますか？」

「お入りなさい」メルセデスは言う。「マエストロはいつものように籠ってるよ。あなた、出勤っ
て、なにをしにきたの？」

「清掃や運搬など、必要に応じてなんでもやります。今日のわたしはアカデミーの雑役夫ですから。

何でも屋、おつかい係です」

「言葉どおりとっていいなら、キッチンは床磨きの必要があるね。バスルームも。どうして手伝い
を申し出てきたの？　給金は出ないよ」

「取り決めてあるんです、ファン・セバスチャンとわたしの間で。金銭の授受はなしと」

「ダンサーでもないのに、ファン・セバスチャンとアカデミーに入れ込むなんて奇特な人だね。つ
まり、息子さんが復学するということ？」

「いえ。それには、あの子の母親が反対しています。息子がきかん気になったのは、ファン・セバ
スチャンの教育のせいだと考えているんです」

「当たらずといえども遠からず」

「当たらずといえども遠からず、です。そろそろ人並みの教育を始める潮時だと、母親は考えてい

ます」

「それで、あなたは？　あなたはどう考えるの？」

「わたしは考えないんですよ、メルセデス。うちの一家では、わたしはおミソなんです。なにも見えていない、踊れないやつ。イネスがリードする。ダビードがリードする。犬がリードする。わたしは決まって後ろから、まろびながらついていく。いつの日か自分の目が開かれ、2や3やほかの輝かしい数たちも含め、世界の本当の姿を見られることを願いつつ。先日、ダンスの稽古を申し出てもらったのに、断ってしまいましたね。いまからでもお願いできますか？」

「ちょっと遅かったね。わたしは今日ここを発つんだよ。ノビージャ行きの列車に乗る。チャンスが与えられたときに挑戦すべきだった。ダンスを習いたいなら、おたくの息子さんに頼んだらどう？」

「わたしは教えようがない、救いようがないと、ダビードは思っているんです。一回だけでもレッスンの時間はないでしょうか？　ダンスの神秘をうかがい知る短い入門篇でいいんですが？」

「どうしたものかねえ。昼休みの後でもう一度、おいで。アリョーシャに話して伴奏をしてもらおう。その間に、シューズをなんとかしてもらわないと。その重たい靴じゃ踊れない。約束はできないよ、シモン。わたしはアナ・マグダレーナじゃない。アローヨのエル・システマ（理論体系）の信奉者じゃないんだから、わたしに習ってもヴィジョンは得られないかもいれない」

「かまいません。ヴィジョンはしぜんに降りてくるものです。こないかもしれませんが」

　例のシューズショップは難なく見つかる。前回とおなじ店員――背高で悲しげな顔につつましい口髭を生やした男――が担当する。「お客さま自身が履くバレエシューズですか、セニョール？」

店員は首を振る。「お取り扱いがありません、お客さまのサイズになりますと。どうご助言すればいいものやら。当店にないとなると、エストレージャには扱っている店がなさそうです」

「在庫のいちばん大きいサイズを出してくれ」

「いちばん大きいのは36ですが、レディースサイズなんです」

「見せてくれ。金色のやつだ」

「あいにく36サイズは銀色しかご用意がありません」

「だったら、銀色でいい」

言うまでもなく、36サイズでは足が入らない。

「これを買うよ」シモンはそう言って、五十九レアルを手わたす。

自分の部屋にもどると、バレエシューズの爪先に剃刀で切れ目を入れ、足を押しこんで紐を結ぶ。爪先が見苦しく飛びでている。まあ、上等だろう、とつぶやく。

シモンのバレエシューズを見て、メルセデスは爆笑する。「そのピエロみたいなシューズはどこで手に入れたの？ 脱いで脱いで。それなら裸足で踊ったほうがましだよ」

「いや、ピエロシューズでも金を払って買ったんです。履いて踊ります」

「ちょっと、ファン・セバスチャン！」メルセデスはマエストロを呼ぶ。「見にきてちょうだいよ！」

アローヨがふらりとスタジオに現われ、シモンに会釈する。シューズに目を留め、変だと思っていたとしても、とくに反応は見られない。ピアノの椅子に腰かける。

「今日は、アリョーシャの伴奏かと思ってました」シモンは言う。

「アリョーシャが見つからなくて」メルセデスは言う。「気にしないで。ファン・セバスチャンにあなたの伴奏をさせたからって、無礼にはあたらないから。毎日、子どもたちのために弾いている人だからね」メルセデスは杖を脇におくと、シモンの後ろにつき、彼の左右の上腕をしっかり摑む。「目を閉じて。まず、左右に身体を揺らすよ。体重を最初は左足にのせ、それから右足にのせ、それを交互に繰り返す。効果があるなら想像してごらん。あなたの後ろで、触れるのもはばかられる美しく若い女神が――みっともないメルセデス婆さんじゃなくてね――あなたの動きに合わせて動いているところ」

シモンは指示に従う。アローヨがピアノを弾きだす。シンプルな旋律、子ども向けの曲だ。シモンは自分で思ったよりしっかり立っていられない。まともに食べていないせいだろうか。それでも、音楽に合わせて左右に揺れる。

「よろしい。では、右足を前に出して短いステップ。はい、もどす。つぎは左足を出して、もどす。よろしい。では、その動きを繰り返して。右、前に出して、もどす。左、前、もどす。わたしがストップと言うまでやる」

シモンは靴底が妙にやわらかいシューズでときどきよろけながら、指示どおり動く。アローヨは曲を転回させ、変奏し、複雑に展開させるが、そのあいだも拍は一定を保ち、小曲はポイントごとに新たな構造を露わにしはじめる。空気中で結晶が成長していくように。シモンは幸福感に充たされる。できれば、座りこんできちんと聴いていたい。

「では、わたしは手を離すよ、シモン。両腕をあげてバランスをとりながら、右出してもどる、左出してもどるを繰り返す。ただし、ステップのたびに、身体を左に四分の一回転させる」

シモンは言われたとおりにする。「いつまでつづけるんですか？　なんだか目眩がしてきた」

「つづけて。そのうち目眩はおさまるから」

シモンは指示に従う。スタジオの中はひんやりとしている。頭上の広々とした空間を意識する。

メルセデスが後ろにさがる。音楽だけが鳴り響く。腕を伸ばし、目を閉じ、シモンは足をすりながらゆっくりと弧を描く。地平線に一番星が昇りだす。

訳者あとがき

本書は、J・M・クッツェーによる*The Schooldays of Jesus*（二〇一六年）の全訳である。『イエスの幼子《おさなご》時代』が終わったところから始まる続篇といえるが、もちろん本書単体で読んで充分に楽しめると思う。

「続篇がうまくいった例しはない」などと『続ドン・キホーテ』からの一文を引用し、自虐めいたエピグラフに仕立てているのも、当然ながら作者ならではの韜晦《とうかい》であろう。訳者としては、ある意味、作者史上もっとも軽快かつ深遠な、会心の新境地だと思う。

なにしろ、セックスと女性に対するスタンスに大きな変化が見られるのである。アパルトヘイト撤廃後のリアリズム寄り小説群の起点が『恥辱』にあるとするなら、同作はまさにセクシュアルハラスメントおよび、パワーハラスメントを主題としたものであり、主人公デヴィッド（ダビデ）はその罪を認められない哀れな、そして終いにはなにもかも失う五十代の中年男だった。

『遅い男』のポール（パウロ）も『恥辱』の十年後（六十代）という趣の男性で、交通事故で片足を失うが、やさしい介護士に恋着し、迷惑がられ、それでも財力にものを言わせて絆をつくろうとする一方、出会い系で性欲処理の相手を募って女性の性を消費するという、ドン・デリーロやフィリップ・ロスが描いてきた〝ダイイング・アニマル〟（死にきれない獣＝老年の肉欲）をこれでもかというほど情けなく描き、最後はすべて巻き上げられる暗示で終わるという痛々しい小説だった。とはいえ、#me too運動後のいま読むと、批判を買いそうな箇所もいくつかある。

本書の前作『イエスの幼子時代』のシモンは、本人は四十代に見られたいようだが、実年齢は六十代ぐらいのようである。終末後の世界とおぼしきゆるやかで不気味なディストピア管理社会に暮らす彼は、好意と善意にあふれたクリーンなこの国になじめず、性懲りもなく性欲をぎらつかせている。

そんなシモンに納得できないのは、やさしい人々の感情の希薄さだ。みんな、にこにこ、ほのぼのとして、パンと水で生きるような質素な暮らしに満足しているのだ。

彼ががらりと変わっていくのが、血縁のない男児ダビードをわが子とし、そのわが子に母親を見つけたあたりからだ。どのように見つけたか、その経緯はぜひ前作を読んでいただきたい。シモンはこの女性イネスを加えた三人で奇妙な聖家族をつくりあげていこうとする。そこには、性関係の介在はなく、シモンが女性に露骨な査定や性的なまなざしを向けることもほとんどなくなり、家族と息子——むしろ孫という感覚に近いが——をひたすら守ろうとするけなげな好々爺然《こうこうやぜん》としてくるのである。たとえるなら、幼い孫を預けられ、しかし妻は仕事も社交も現役で忙しく、ひとりで孫の世話に奮闘している退職後の〝じいじ〟という趣なのだが、このじいじは生活のために、この年で肉体労働に日々勤《いそ》しまなくてはならないのだ。なんだか、日本の状況と重なって見えてきはしないか。

さて、『恥辱』『遅い男』『イエスの幼子時代／学校時代』という小説群の主人公をオーサーサロゲート（作者代理）として読むかどうか、それについてはひとまず措くことにし、本書の解説に入ろう。言うなれば、疾走するエンターテインメント不条理小説。巻を措く能わずのおもしろさである。

特異な才能をしめす六歳のダビードは就学年齢だが、前作で学校の教師のいうことをきかず、寄宿制の特殊学校へ送り込まれた。そこでの脱走事件などを経て、シモン、ダビード、イネスの三人は法の手を振り切って、「ノビージャ」の街を逃れ、「エストレージャ」という小さな町にやってくる。これが本書の冒頭である。果樹農園での住み込み生活が始まり、お嬢さん育ちらしきイネスは、スカーレット・オハラよろしく慣れない手つきで畑仕事をする。後半、ビジネスの世界で思わぬ成功をおさめていくあたりもスカーレット・モチーフである（子育てをしないところも）。

一方、ダビードは地元の〈ダンスアカデミー〉に入学し、そこで、数字を呼び寄せるダンスレッスンを受けるようになる。天才的な音楽家とダンサーのアローヨ夫妻の教授メソッドは、シモンにはカルト教団の教義のように思えて、理解できないばかりか、受け入れられない。

　しかし、作中には言及がないが、彼らが展開する数と星と音楽の関係はピタゴラスが構想したとされる「天球の音楽」理論を下敷きにしている。

「人は太古の昔から、宇宙のなかに秩序とパターンと意味を見いだそうとしてきた。そして太陽系の惑星たちは、何らかの関係性を隠しもっているのではないかと考えられてきた。いにしえの学者たちは、道を究めた者たちのために天体が歌い奏でるという、精妙で完璧な和音からなる「天球の音楽」に深く思索をめぐらせた。こんにちの私たちは、ケプラー、ニュートン、アインシュタインによる精度の高い法則を手にしている」（『星たちのダンス　惑星が描きだす美の世界』ジョン・マルティノー／青木薫訳　ピュタゴラス・ブックス　ランダムハウス講談社）

　アローヨはこの天球の音楽を再現し、子どもたちはダンスを通して宇宙の星の動きを表現しているのだ。もう少し専門家の解説を引いておく。

「古代ギリシャより、天体の運行が音を発し、宇宙全体が和声を奏でているという発想があり、これが「天球の音楽」と呼ばれた。〈中略〉耳には気づかれないとされる。こうした発想の根底には宇宙が数の原理に基づき、音楽はこの原理を体現するという西洋の伝統的思想がある」（『現代美術用語辞典ver.2.0』金子智太郎「天球の音楽」項より）

　後年、プラトン、プトレマイオス、アウグスティヌスらがこの理論を受け継いだとされる。

　また、つづけて音楽関係で言うと、アローヨ夫妻の名前、フアン・セバスチャンとアナ・マグダレーナからも推察されるように、本作の音楽の底流にはバッハが流れている。本文中にも註釈をつけたが、夫妻の姓のarroyoはスペイン語で「小川」であり、ドイツ語で「小川」はbach。即ち、フアン・セバスチャン・アローヨはヨハン・セバスチャン・バッハ（音楽家のBachは小川のbachとは語源が異なるが）であり、後妻のアナ・マグダレーナはバッハの後妻アンナ・マクダレーナと重なることになる。

（加えて、前作に引き続き本作でも、各登場人物の名前は聖書に関連している。「アナ」という名は前作にも出てきたが、クッツェーの作品で最多登場数を誇る女性名で、多くは主人公が性的に惹かれる相

手だ。今回のアナは性的欲望を超越しているようである）

さて、シモン、ダビード、イネスの家族と、アローヨ夫妻、この主役たちの他に、際立った個性のキャラクターがいる。この人物のために、本作は書かれたと言っても過言ではないだろう。美術館の主任兼ダンスアカデミーの〝門番〟（カフカの「掟の門前」を何度もオマージュとして使っているクッツェーにとって、門番は特別な存在である）を自ら務める「ドミトリー」という四十代の不気味な男だ。これまで病院などの雑役を転々としてきたというが、これまたその名前が暗示するとおり、ロシア文学の香りのする人物造形ではないか。ドストエフスキー『カラマーゾフの兄弟』の激情家の長男を思わせる。さらに言えば、アローヨ夫妻のアシスタントとして登場する心やさしい「アリョーシャ」という若者が、カラマーゾフ家の三男を彷彿《ほうふつ》させるのは言うまでもない。

さて、「彼」はあの人物になぜ手をかけたのか。中盤から物語はいきおいスピーディーに展開し、まるでミステリか法廷小説のようになっていく。「彼」は本当にあの人物と、濃密な性愛を交えた恋愛関係にあったのだろうか？　無骨な〝森番〟と上流夫人が激しい恋に落ちる『チャタレー夫人の恋人』的なモチーフもここには感じられる。作中、無数に使われる passion という単語はさまざまな含意をもつ。その奥深い多義的な含意を表すため、訳語はあえて一つに統一しなかった。そのときどきによって、激情、熱情、情熱、欲望、熱愛、恋愛感情、昂ぶり、熱意などと訳し分け、「パッション」とルビを振った。作中には出てこないが、イエス・キリストの「受難」が語源にあることは言うまでもない。

「彼」は最初から、自分がその人を殺したこと、どのように殺したかは認めており、しかし最後まで解けない謎は「なぜ」なのである。まさにドストエフスキーの『罪と罰』や、カミュの『異邦人』を思わせる人間の心の不可視性と不条理が描かれる。ドミトリーの心は闇であり、文字通り計り知れない。ゆえに、量刑も決められないのだ。

そう、本作のテーマの一つは、「測ること」もしくは「測れないこと」である。古代ギリシャ哲学のソフィストであるプロタゴラスの言葉「人間は万物の尺度である」をタイトルにかかげる怪しげな講演者が終盤に出てくるが、この人物が論じる「メトロス」という思想家は架空人物のようだ。アローヨの言うように、人は万物を測り、数値化し、数の則《のり》で世界を支配することで、宇宙との直感的な関わりを失い、堕落したのだろうか？　テンポの速い展開のなかに、著者独特の哲学問答が織り込まれていく。

前作から人気のダビード少年は、アローヨ夫妻のもとでダンスを学び、じきに寄宿生となって家を出る。坊やがついに親元を離れるのだ。星のダンスや崇拝するアナ・マグダレーナに夢中になり、あっさり家を出ていくダビード。それに対して子離れできないシモンの姿には哀切があるが、それでも、シモンは坊やのためなら、ヌーディストビーチで全裸になって老体をさらし、重い自転車を漕いでチラシ配りの仕事をこなし、イネスとは倦怠期の夫婦のようになりつつも、なんとか家族の形をたもとうとする。新しいアパレルの仕事にやりがいを見いだし、遅くに帰ってきたイネスに、「食事の支度がまだですまない」と謝るとシモンと、「食べてきたからいい」と軽く言うイネスのやりとりに、これまでのクッツェー作品なら、これは男女が逆であったろうと、ある種の感慨を抱いた。シモンはどこまでいっても、風車に突撃しては跳ね返される、滑稽なドン・キホーテなのだろうか？　もちろん、前作に引き続き、セルバンテスの『ドン・キホーテ』の主題やモチーフは本作にも引き継がれている。

本作では、ダビードの心身の成長もさることながら、さまざまな殻を打ち破っていくシモンの健気な奮闘、初老の男の「成長」ぶりもなかなか感動的だ。最後まで事件の謎は解けないものの、ダビードはわが道をゆき、イネスも天職らしきものを見つける。みんな人生のステージの中央に踊り出ているのに、自分は……と内省するシモンは家族のために尽くしてきた主夫が、自分の人生ってなに？　と自問するようでもある。ラストシーンで必死に立とうとする姿に、思わず眼頭を押さえた。

本作の後には、*The Death of Jesus*（『イエスの死』）がすでに書かれている。この作品も日本語で紹介できることを願いたい。早川書房の編集部のみなさんには、今回も最後までお世話になりました。どうもありがとうございました。

二〇二〇年四月

訳者略歴　お茶の水女子大学大学院修士課程英文学専攻，英米文学翻訳家　訳書『恥辱』『遅い男』『イエスの幼子時代』Ｊ・Ｍ・クッツェー，『昏き目の暗殺者』マーガレット・アトウッド（以上早川書房刊），『嵐が丘』エミリー・ブロンテ，『風と共に去りぬ』マーガレット・ミッチェル他多数

イエスの学校時代《がっこうじだい》

2020年4月20日　初版印刷
2020年4月25日　初版発行

著者　Ｊ・Ｍ・クッツェー
訳者　鴻巣友季子《こうのすゆきこ》
発行者　早川　浩
発行所　株式会社早川書房
東京都千代田区神田多町2－2
電話　03－3252－3111
振替　00160－3－47799
https://www.hayakawa-online.co.jp

印刷所　三松堂株式会社
製本所　大口製本印刷株式会社

Printed and bound in Japan

ISBN978-4-15-209934-1 C0097

乱丁・落丁本は小社制作部宛お送り下さい。
送料小社負担にてお取りかえいたします。